욕망의 마음 그릇은 작으면 작을수록 하루하루가 행복하다.


오늘은
『하루를 게을리 하는 자는 평생을 포기하는 것이나 마찬가지다.』라는
교훈을 일상의 화두로 삼는 하루가 되었으면 합니다.


_____ 님에게

메마른 영혼에 단비가 되어줄
100가지 행복의 문장들

# 행복

# 그리고

# 깨달음

1판 1쇄 인쇄 2016년 7월 11일
1판 1쇄 발행 2016년 7월 15일

지은이 박치근
펴낸이 임종관
펴낸곳 미래북
편  집 정광희
본문디자인 서진원
등록 제 302-2003-000326호
주소 서울시 용산구 효창동 5-421호
마케팅 경기도 고양시 덕양구 화정동 965번지 한화 오벨리스크 1901호
전화 02)738-1227(대) | 팩스 02)738-1228
이메일 miraebook@hotmail.com

ISBN  978-89-92289-85-6    03810

메마른 영혼에 단비가 되어줄
100가지 행복의 문장들

# 행복 그리고 깨달음

박치근 지음

MIRAE
BOOK

## Prologue

꽃이나 새는
자기 자신을 비교하지 않는다.
저마다 자기 특성을 마음껏 드러내면서
우주적인 조화를 이루고 있다.

비교는
시샘과 열등감을 낳는다.
남과 비교하지 않고 자기 자신의 삶에 충실할 때,
그런 자기 자신과 함께 순수하게 존재할 수 있다.

사람마다
자기 그릇이 있고 몫이 있다.
그 그릇에 그 몫을 채우는 것으로 자족해야 한다.
스스로 만족할 줄 알아야 한다.

내 그릇과 내 몫을
알아야 하는데
그걸 모르고 남의 몫을, 남의 그릇을
자꾸 넘겨다보려고 한다.

_법정스님

Contents

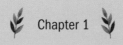

Chapter 1

삶

약속

행복

오늘은 자신과의 작고 사소한 약속이라도
소홀히 취급하거나 하찮게 여기지 않는
착한 하루가 되었으면 합니다.

# *001*
# 지혜로운 삶의 길

우리 개개인은 길다면 길고 짧다면 짧은 삶을 살아가면서 자신이 선택한 길을 가게 됩니다. 이때의 길은 원래 있는 길을 그냥 아무런 생각 없이 무작정 가는 것이 아니라, 없는 길을 자기 스스로가 만들면서 가는 길이어야 하며, 행복이 충만하고 희망찬 미래를 여는 뜨거운 열정과 피나는 노력이 한데 어우러지는 길이어야 합니다. 나름의 뜨거운 열정과 피나는 노력이 살아 숨 쉬지 않는 길은 우리 자신이 원하는 길이 아니기 때문입니다.

그렇습니다.

온갖 모방과 흉내로 만든 길은 영혼과 생명이 없는 길이며, 영혼과 생명이 없는 길은 아무리 기를 쓰고 애써 가 본들 풀 한 포기 자라지 않는 사막의 건조한 모래언덕만큼이나 아무런 의미도 아무런 가치도 없으니까요.

우리는 길이라고 해서 다 같은 길이 아니며, 각자가 선택한 길은 상대적이라는 사실을 간과하지 않아야 합니다. 다른 사람이 만든 길인 줄 뻔히 알고 있으면서도 아무런 생각 없이 무작정 따라나서는 길은 자기 주관을 송두리째 다른 사람에게 저당 잡히는 결과를 가져오기 때문입니다.

우리는 우리가 선택해야 하는 삶의 길은 두 종류의 길만이 있다는 사실을 인정하지 않으면 안 됩니다. 하나는 자신의 삶을 책임져야 하는 주인공으로서 반드시 선택해야 하는 길이고, 다른 하나는 되도록이면 선택하지 않아야 하는 길입니다.

어느 길을 선택하느냐 하는 문제는 결코 남이 관여하거나 개입할 수 없는 자기 몫이며, 자기 소관입니다. 그러나 자기 몫이고 자기 소관이라고 해서 무턱대고 아무런 고민 없이 섣불리 선택해서는 안 됩니다. 자기 나름의 주관과 소신 그리고 의지를 전적으로 무시한 선택은 자칫 강요가 될 수 있으니까요.

우리는 만물의 영장인 인간으로서의 자존과 존엄 그리고 도리와 경우를 지키기 위해서라도 가야 하는 길은 반드시 가야만 하고, 가지 말아야 하는 길은 어떤 경우에도 가지 않아야 합니다.

반드시 가야 하는 길을 가지 않는 것은 자신에 대한 배신과 굴욕이기 때문이며, 가지 말아야 하는 길을 굳이 가는 것은 자신에 대한 불신과 만용이기 때문입니다.

우리 개개인이 스스로 만든 길은 자신과의 약속이나 다름없습니다. 하나의 약속에는 책임과 의무가 따르는 법이며, 책임을 도외시하고 의무를 소홀히 하는 길은 자기 자신을 스스로 기망欺罔하는 길이기도 합니다. 기망으로 가득 찬 길은 오염되기 쉬우며, 오염된 길은 그 아무리 좋은 세제로 세척을 한다한들 얼룩은 남기 마련입니다.

그 얼룩은 오랜 세월이 지나도 쉽게 지워지지 않습니다.

# 길이 아닌 길은 가지 마세요!

길이 아닌 길을 가는 건 현명하지 못합니다. 현명하지 못함은 인간으로서 마땅히 행해야 하는 도리나 사리에 어긋나는 일이니까요.

만약에 자신 스스로가 선택해서 가는 길이 다른 사람의 시기와 질투의 대상이 되고 괜히 못마땅해 하는 사람들의 악의적인 입방아에 올라 마음의 상처를 입는다 해도 절대 굴해㈈서는 안 됩니다. 굴하는 순간부터 그 길은 자신의 길이 아닌 다른 사람의 길로 잘못 왜곡되거나 와전될 수도 있으니까요.

우리는 삶을 살아가면서 자기 자신과 밀접하게 관계되거나 연관이 있는 주위의 모든 사람들이 올바르고 좋은 길을 선택할 수 있도록 진심으로 깨우쳐주고 이끌어 주고 도와주어야 합니다. 이때의 깨우침, 이끎, 도움은 다른 사람의 처지와 입장을 먼저 생각하고 배려하는 마음 씀씀이니까요.

우리는 정서가 불안정하고 감수성이 예민한 청소년기의 학생들에게 그릇된 길을 가지 않도록 기꺼이 충고할 줄 아는 정신적 멘토가 되어야 합니다. 단, 이때의 충고는 남의 인격과 인성 그리고 품성을 폄하하는 이기적인 마음에서 빚어지는 충고가 아니어야 합니다.

후회 없는 삶의 길은 그 어떤 반대급부나 보상을 기대하지 않고 자기 주관과 소신 그리고 의지가 반영된 길을 선택하여 자신이 살아온 삶의 여정을 사심㈈心없이 뒤돌아 볼 때가 아닐까요?

오늘은 자신이 선택한 길이 어리석은 길인지 지혜로운 길인지를 스스로 깨우치는 하루가 되었으면 합니다.

반드시 가야 하는 길을 가지 않는 것은
자신에 대한 배신과 굴욕이며,
가지 말아야 하는 길을 굳이 가는 것은
자신에 대한 불신과 만용이다.

# *002*
# 의미 있는 생각과 가치 있는 일

남이 나를 속인다고 생각하지 마라. 사람은 늘 자기가 속이고 있는 것이다.
그대의 생각이 일부러 올바른 중심을 벗어나서 자기를 괴롭히고 있는 것이다.

_요한 볼프강 폰 괴테

우리에게 주어지는 하루라는 시간은 우리가 인정을 하든 하지 않든, 시비를 걸든 걸지 않든, 관심을 주든 주지 않든 보란 듯이 홀연히 나타났다가 시나브로 슬그머니 꼬리를 감춘다는 사실을 알고 있는지요?

하루라는 시간은 우리가 단 한 순간이라도 주의를 기울이지 않으면 금세 몇 년이 훌쩍 지난 모습으로 언제 그랬냐는 듯이 버젓이 얼굴을 드러내는 뻔뻔한 녀석입니다.

그때 우리는 물 흐르듯 무심하게 흘러가버린 세월을 때로는 못내 아쉬워하기도 하고, 때로는 괜스레 억울해하기도 하고, 때로는 자신도 모르게 회한에 젖어보기도 합니다.

혹자는 우리 인간은 삶을 살아가면서 겪게 되는 온갖 문제들을 애초에 생각한 대로, 마음먹은 대로 원만하게 해결할 수 없는 불완전한 존재이지만, 그 불완전한 한계성을 뛰어넘으려는 진취적이고 적극적인 의지로 무슨 일이든, 그 무슨 일이 크나큰 일이든 작은 일이든 일단 시도는 해보는 것이 현명이라고 했습니다.

그렇습니다.

한 가지 일을 도모함에 있어 모든 것이 그 일에 맞추어 완벽하게 준비되기를 기다린다면 평생토록 기다려도 부족한 법이니까요.

어떤 하나의 일을 시작하기도 전에 모든 준비가 완벽하게 갖추어지기를 바라는 사람은 여행을 떠나기도 전에 이미 목적지에 다다른 것으로 여기거나 생각해버리는 아주 소극적이고 어리석고 불행한 사람이라 할 수 있습니다.

무슨 일을 행하는데 있어, 생각할 수 있는 범위 안에서 가장 완전하다고 여겨지는 이상적인 조건과 환경은 결코 존재하지 않습니다. 주어지는 모든 정황에는 우리가 미처 예상하지 못한 온갖 불확실하고 불투명한 요인들이 알게 모르게 개입되기 마련이니까요.

그러나 매사를 현명함으로 대처하는 사람은 불투명하거나 불확실한 조건과 상황을 나름의 수단과 방법으로 잘 이용하여 자기 것으로 수용하는 남다른 지혜를 가지고 있습니다.

타의에 의해서든 자의에 의해서든 무한 경쟁사회를 살아갈 수밖에 없는 우리는 그 어떤 변화를 두려워하고 경계해야 하는 일상을 살아가고 있다 해도 한 치의 주저함이나 망설임도 없이, 비록 별 볼일 없는 하찮고 초라한 작은 생각에서 비롯된 사소한 일일지라도 주어진 상황여하에 따라 과감히 행동으로 옮길 줄 아는 용기와 결단성이 필요한 법입니다.


작은 생각, 사소한 일을 소홀히 하지 마세요!

하나의 성공과 성취는 작은 생각과 사소한 일이 하나씩 하나씩 쌓여가는 가운데 만들어지는 것이니까요.

우리는 오늘 당장이라도 결단력이 실종된 우유부단한 생각과 오늘 할 일을 내일로 미루는 나쁜 습관을 과감히 버려야 합니다. 버리는 순간, 우리 자신이 나름 계획하고 있는 모든 일은 일사천리로 진행될 테니까요.
그 아무리 하찮은 작은 생각이라 해도, 그 아무리 변변찮은 사소한 일이라 해도 아무런 생각과 아무런 일을 하지 않고서는 어느 것도 이룰 수 없는 것이 인간의 존재 이유가 아닐까요?

오늘은 의미 있는 생각과 가치 있는 일에 나름의 관심과
정성을 다하는 하루가 되었으면 합니다.

오늘 당장이라도
결단력이 실종된 우유부단한 생각과
오늘 할 일을 내일로 미루는
나쁜 습관을 과감히 버려야 한다.

# *003*
# 자신과의 약속

아무리 보잘것없는 것이라 하더라도 한 번 약속한 일은 상대방이 감탄할 정도로
정확하게 지켜야 한다. 신용과 체면도 중요하지만 약속을 어기면 그만큼
서로의 믿음이 약해진다. 그러므로 약속은 꼭 지켜야 한다.

_데일 카네기

너와 나, 우리 모두는 매일매일 자신에게 무언의 약속을 하면서 살아가는
존재인지도 모릅니다.

아침에 눈을 뜨는 것, 물 한잔을 마시는 것, 화장실에 가는 것, 세수를 하고
아침밥을 먹는 것, 직장에 출근하여 열심히 일하는 것, 퇴근길에 동료들과
포장마차에서 가볍게 술 한잔을 하는 것, 잠자리에 들기 전에 하루를 반성
하는 것까지….

이 모든 일련의 과정들이 자기 자신과의 약속인 셈이니까요. 그러나 유감
스럽게도 우리는 가끔 이런 소중한(?) 약속들을 자신도 모르게 잊고 사는
경우가 허다합니다.

때로는 게을러서, 때로는 귀찮아서, 때로는 번거로워서, 때로는 싫어서,
때로는 권태로워서, 때로는 아무런 이유 없이 그냥 무시해 버리거나 외면
해 버리기 일쑤입니다.

자기 자신과의 약속은 때로는 대수롭지 않고 하찮게 여겨질지 모르지만
주어진 일상을 살아가기 위해서는 반드시 지켜져야 하는 소중한 의무입

니다. 소중한 그 무엇을 소중하게 생각하지 않는 것은 자기 자신을 소중하게 여기지 않는 것과 다를 바 없으니까요.

자기 자신을 소중하게 취급하지 않는 사람은 삶의 균형과 중심을 제대로 잡을 수 없는 절름발이 사고의 소유자입니다.

자기 자신과의 약속은 자신만이 행할 수 있고, 자신만이 마땅히 지켜야 하는 고귀한 의무이며, 그 어떠한 경우에도 남이 대신해 줄 수도 없고 대신해서도 안 되는 준엄하고 소중한 자신만의 불문율 그 이상 이하도 아닙니다.

우리는 자신과의 약속을 작은 바람에도 쉽게 날리는 새털처럼 가볍게 생각하거나 보잘것없는 잡동사니 물건처럼 사소하게 다루어서는 안 됩니다.

자신과의 약속조차 제대로 지키기 못하는 사람은 큰일을 이룰 수 없거나 할 수 없으니까요.

그렇습니다.

늘 반복되는 일상의 굴렁쇠를 굴리며 살아가는 동안 한 권의 책을 읽는 것도, 한 편의 시詩를 낭독하는 것도, 한 페이지의 일기를 쓰는 것도 자신에 대한 작은 약속이라 할 수 있습니다. 한 권의 책을 통해 최소한의 지식을 넓히고, 한 편의 시 낭독을 통해 건전한 정서를 함양하고, 한 페이지의 일기를 통해 나름의 깨달음과 지혜를 얻는 자발적 행위야말로 자신과의 약속을 위한 작은 투자가 될 수 있으니까요.


## 자신과의 약속은 반드시 지키세요!

지키는 그 순간부터 현기증을 느낄 정도로 복잡하게 돌아가는 세상을 똑바로 읽을 수 있고, 온갖 불신과 오해를 불러일으키는 사람을 냉철하게 구별할 수 있고, 본래의 모습을 잃고 오염되어 있는 사물을 똑바로 볼 수 있는 혜안이 깊어지고 넓어질 것입니다. 혜안은 자신 고유의 내면세계를 솔직하게 있는 그대로 들여다볼 수 있는 마음의 거울이니까요.

지금이라도 늦지 않습니다.

늦었다고 생각할 때가 제일 빠른 때라는 말도 있듯 주어진 일상을 살아가면서 반복적으로 일어나는 작고 사소한 일부터 〈자신과의 약속〉이라는 이름표를 과감하게 붙여보십시오.

그런 다음, 단 한순간도 망설이거나 주저하지 말고 곧바로 행동으로 옮겨보십시오. 자신도 모르는 사이에 예전에는 느껴보지 못했던 새로운 삶의 깨달음을 얻게 될 테니까요.

이때의 깨달음은 감당하기 버거운 약속이 우리 앞에 주어진다 해도 슬기롭게 대처할 수 있는 지혜로움을 불러오는 용기입니다.

자기 자신과의 약속은 그 어떠한 경우에도 성실히 지켜지는데 그 의미와 가치가 있는 법입니다. 그냥 머릿속에만 고이 저장되어 있는, 실행이 따르지 않는 약속은 이미 약속이 아닌 구두선口頭禪에 지나지 않는 허울뿐인 약속 그 이상 그 이하도 아닙니다.

우리는 자신과의 약속을 소홀히 취급하지 않으려는 확고부동한 의지 하나만으로도 자신의 숨은 잠재력을 새롭게 일깨우는 계기가 될 수 있다는 사실을 간과하지 않아야 합니다.

지금이라도 자기 자신에 대한 작지만 소중한 약속부터 지키겠다는 마음으로 일상의 문을 열고 나서십시오. 여느 날과 다르게 삶에 대한 긍정의 기운을 가득 차게 하는 충일감을 느낄 수 있을 테니까요.

자기 자신과의 약속은 반드시 지키십시오!

지키겠다는 의지와 노력 그리고 행동이 없이는 그 어떤 약속도 유효하지 않으니까요.

오늘은 자신과의 작고 사소한 약속이라도 소홀히 취급하거나
하찮게 여기지 않는 착한 하루가 되었으면 합니다.

그냥 머릿속에만 고이 저장되어 있는,
실행이 따르지 않는 약속은 이미 약속이 아닌
구두선에 지나지 않는 허울뿐인 약속이다.

# 004
# 참된 행복 끌어오기

행복이란 넘치는 것과 부족한 것의 중간쯤의 간이역이다.
사람들은 너무 빨리 지나치기 때문에 이 작은 역을 보지 못한 채 지나간다.
_ C. 폴록

머릿속의 생각과 마음속의 감정을 표현할 줄 아는 우리 인간은 늘 자기 나름의 행복을 꿈꾸는 존재입니다.

우리는 삶을 살아가는 동안 다른 사람보다 더 행복해지기를 소망하며 하루하루를 준비하고 마감하는 데 많은 시간을 투자하고 많은 노력을 아끼지 않습니다.

그러나 투자한 시간만큼, 아끼지 않은 노력만큼 행복이 선뜻 손에 잡히지 않을 때 실의에 사로잡히기도 하고, 다른 사람보다 덜 행복하다는 자격지심으로 때로는 자신을 학대하기도 하고, 때로는 자신을 경멸하기도 하고, 때로는 자신도 모르게 방황하기도 합니다.

혹자는 행복과 불행의 척도는 물질적인 풍요가 많고 적음이 아니라 정신적인 만족의 넉넉함과 부족함에 있다고 했습니다. 이 말은 물질적인 것은 언젠가는 시나브로 닳아 없어지는 한낱 보잘것없는 소모품일 뿐이며 진정으로 누리고자 하는 행복의 근원은 개개인의 마음과 정신에 있다는 뜻이 아닐까요?

그렇습니다.

우리가 추구해야 하는 참된 행복이란 물질적인 욕망에 연연하지 않는 정신적인 풍요로움이 이루어내는 기쁨 속에 있으며, 자신의 정신과 마음이 다른 사람보다 참되고 순수할 때 비로소 진정한 의미와 가치가 있는 법이니까요.

인간의 궁극적인 이상향이라 해도 지나치지 않은 행복이란 다른 사람보다 더 많이 가진 사람의 전유물이 결코 아닙니다. 낡은 골판지 한 장을 요 삼아 깔고, 신문지 한 장을 이불 삼아 덮고, 살을 에는 차가운 냉기가 가시지 않은 싸늘한 콘크리트 바닥 위에 지치고 고된 육신을 달래는 노숙자에게도 나름의 행복은 있기 마련이니까요.

행복이란 얼굴은 우리 자신 스스로가 정신적으로 만족하지 못하고 있다는 사실을 느끼면 느낄수록 우리의 의지와는 상관없이 저 멀리 달아나고 싶어 안달복달하는 속성을 가지고 있습니다.

그러나 불행은 우리 자신 스스로 상실감과 패배감에 젖은 채 방황하면 할수록 그림자처럼 우리 곁을 한시라도 떠나지 않으려는 집요함을 드러내는 나쁜 녀석입니다.

행복은 우리가 온갖 고난과 시련을 두려워하지 않고 항상 자신에 대한 믿음을 저버리지 않고, 삶에 대한 의욕을 잃어버리지 않을 때 우리를 향해 환한 미소를 아끼지 않습니다.

행복은 끊임없이 반복되는 일상을 살아가면서 어쩔 수 없이 부대껴야 하는 온갖 미혹迷惑과 미망迷妄에서 벗어나고자 노력하는 사람에게는 늘 가까이 있습니다. 행복은 아무에게나 함부로 행복을 약속하지 않으며, 정녕 행복해지고 싶으냐고 묻지도 않습니다.

방관자처럼 얄밉게 우리 주변을 어슬렁거리다 언제 그랬냐는 듯이 어느 날 갑자기 천천히 아주 천천히 손을 내밀어줍니다.

그렇습니다.
나눠주고 싶을 때 홀연히 나타나, 주고 싶은 만큼만 주고 소리 없이 사라지는 것이 행복이니까요. 행복은 아무나 그럴듯하게 속이려 하거나 심하게 나쁜 쪽으로 몰아세우지도 않으며, 아무에게나 기분 내키는 대로 선뜻 선택의 주사위를 던지지 않습니다.
일하기를 싫어하는 게으른 자, 주색잡기에 빠져 있는 방탕한 자, 부끄러움을 모르는 몰염치한 자, 남에게 입은 은혜를 쉽게 배반하는 배은망덕한 자, 뻔뻔함으로 세상을 살아가는 파렴치한 자, 도덕과 양심에 어긋나는 행위를 일삼는 부도덕한 자, 경우와 염치가 뭔지도 모르는 철면피한 자, 인간의 도리에 어그러진 행위를 저지르는 패륜적인 자, 기타 등등… 만물의 영장인 인간으로서 살아가기를 감히 부정하고 거부하는 자에게는 결코 그 어떤 협상이나 타협의 기회를 주지 않으니까요.

## 늘 행복하다는 생각을 하세요!

하루를 시작하는 마음의 거울에 자기 자신이 진정으로 바라는 참된 행복이 비칠 때 이미 그 행복은 남의 것이 아닌 자신의 것입니다. 자기 자신의 마음속에 살아 숨을 쉬는 행복만이 참된 행복이며, 자기 마음속에 소중히 간직하고 있는 행복은 자기 몫 그 이상 이하도 아니니까요.
행복은 행운과 엄연히 다릅니다.
로또 복권 당첨처럼 단번에 일확천금의 요행을 바라는 마음으로 행복을 규정하면, 그 행복은 이미 유통기한이 지난 불량식품이나 다를 바 없으니까요.

그렇습니다.

'행복은 성적순이 아니다'라는 말도 있듯 행복과 불행의 성적표는 결코 재물의 많고 적음으로 점수가 매겨지는 것이 아닙니다.

로또 복권 당첨처럼
단번에 일확천금의 요행을 바라는 마음으로
행복을 규정하면, 그 행복은 이미 유통기한이 지난
불량식품이나 다를 바 없다.

# 005
## 허울뿐인 겉치레 동정

동정심에 의해서 우리는 타인의 불행을 자신의 것처럼 아파한다.
우리들은 그렇게 해서 남을 구제하는 것이 바로 우리들 자신도 구제되는 것으로 믿게 되는 것이다.

_ 토마스 브라운

우리 인간은 삶을 살아가는 동안 자의든 타의든, 싫든 좋든 양심과 윤리에 어긋나는 행위로 인하여 뜻하지 않는 불행을 자초하기도 하는 어리석은 존재입니다.

만약에 길을 가다 자신보다 불행해 보이는 사람을 보았다면, 그 사람이 남루한 차림으로 거리를 배회하는 사람이건, 못생겨서 사람들이 꺼려 하거나 혐오감을 느끼게 하는 사람이건, 육교 계단 위에 이마가 바닥에 닿을 정도로 머리를 조아린 채 구걸을 하는 사람이건, 그런 사람에게 일말의 동정을 느끼는 것은 인간이라면 누구나 공감하는 어찌할 수 없는 인지상정 때문인지도 모릅니다.

그러나 단순히 눈앞에 보이는 현실 그 자체만으로 동정의 대상이 된다고 해서 이런저런 환경이나 상황 그리고 조건 따위 따지지 않고 하나로 묶어서 취급하는 것은 한 번쯤은 냉정하게 생각해 볼 문제가 아닐까요? 단지 불쌍하고 불행하다고 해서 동정의 전부가 되어서는 안 됩니다.

다른 사람의 어려운 사정을 알아주고 자신의 일처럼 여겨 심정적으로 안

타까워하는 동정은 어디까지나 상대적 의미 그 이상 이하도 아니어야 합니다. 불행이 전적으로 자신 스스로가 저지른 실수나 실패 때문이라면 동정의 여지는 아무런 의미도 없게 됩니다.

반면에 전적으로 다른 사람으로 인한 불행이라면 동정은 그 자체만으로 의미가 있는 셈입니다. 그리고 나 아닌 다른 사람의 불행을 아무런 생각 없이, 아무런 이유 없이, 무턱대고 저울질하는 것은 바람직하지 않을뿐더러 결코 옳은 일이 아닙니다.

그 아무리 자신보다 못나고, 못 배우고, 가진 것이 없는 사람이라 해도 자신이 그 사람보다 더 잘났다거나, 더 많이 배웠다거나, 더 많이 가졌다는 생각을 함부로 해서는 안 되니까요.


## 섣부른 동정은 삼가세요!

자신의 의지나 의사에 반하는 생색내기용 겉치레 동정심은 자신의 아름다운 생각과 마음을 오염되게 만드는 그릇된 요인으로 작용할 수 있으니까요.

반면에 자신보다 불행해 보이는 사람을 보고도 가볍게 경멸하지 않으려고 신중하게 노력하는 사람은 아름다운 생각과 정신으로 세상을 바로 볼 줄 알고 읽을 줄 아는 심미안審美眼을 가진 사람입니다.

인간의 다양한 감정 중의 하나인 동정심은 너와 나, 우리 모두가 서로 하나의 동등한 인격체로 대우하고 대우받는 진심 어린 마음에서 우러나와야 합니다. 허울뿐인 겉치레로 하는 값싼 동정은 그 사람을 두 번 불행하게 만드는 실수가 될 수도 있으니까요.

자신 스스로의 진정성이 움직이지 않은 동정은 가급적 하지 않아야 합니다.
진정한 동정은 남의 불행을 자신의 불행처럼 생각하고 진심으로 끌어안
을 때 비로소 그 의미를 찾을 수 있으니까요.

그리고 우리는 되도록이면 자기 자신을 동정하지 않아야 합니다. 다른 사
람이 자신에게 주는 동정은 때로는 고맙게 생각해야 할 경우도 있지만,
자신이 자신을 동정한다는 것은 자신에 대한 구차한 변명이며 굴욕이니
까요.

오늘은 허울뿐인 겉치레 동정으로 남의 불행을 나쁜 쪽으로
매도하지 않는 하루가 되었으면 합니다.

나 아닌 다른 사람의 불행을
아무 생각 없이 아무 이유 없이 무턱대고 저울질하는 것은
바람직하지 않을뿐더러 결코 옳은 일이 아니다.

●

31

# 006
# 결과에 집착 안 하기

집착만큼 우리의 삶을 오랫동안 병들게 하는 것은 없다.
_ 아르투어 쇼펜하우어

우리 인간은 모든 일에는 일정한 연관성을 가지고 하나로 이어지는 일련
의 원인과 과정 그리고 결과가 있기 마련이라는 사실을 인정하면서 나름
의 삶을 살아가는 유한의 존재입니다.

그러나 한편으로는 의식적이든 무의식적이든 자의든 타의든 종종 원인과
과정보다는 하나의 결과에만 연연하고 집착하는 속성을 공공연히 드러내
는 존재이기도 합니다. 그 이유는 다른 사람보다 더 많이 소유하고자 하는
원초적인 욕망을 쉽게 떨쳐버리지 않으려는 나름의 본성을 지니고 있기
때문입니다.

하나의 결과는 어디까지나 원인과 과정의 반대 개념일 뿐이며, 원인과 과
정을 소홀히 하거나 무시한 결과는 결코 성립되지 않습니다.

결과에 대한 원인과 과정은 단순한 비유에 지나지 않으며, 하나의 결과를
이끌어내기 위해서는 반드시 거쳐야 하는 일련의 원인과 과정은 그 어떠
한 경우에도 대수롭게 취급해서는 안 됩니다.

그렇습니다.

일련의 원인과 과정을 소홀히 한 결과물은 하나의 완제품을 완성하기 위해서는 반드시 필요한 하나 이상의 공정을 무시하고 만들어낸 불량품이나 다름없으니까요.

어떤 원칙이나 논리에 따라 일정하게 흐르는 과정을 간과한 결과물은 무의미 무가치한 것입니다. 영원불변의 진리처럼 처음부터 딱 부러지게 정해진 결과는 있을 수 없는 것이니까요.

우리는 톱니바퀴의 맞물림 같은 일련의 원인과 과정을 결코 아무렇게나 가볍게 다루지 않아야 합니다. 하나의 결과는 원인과 과정에 좌우되며, 그 어떤 결과에 대한 책임 소재의 유무는 원인과 과정에 있으니까요.

일정한 연관성을 가지고 하나로 이어지는 원인과 과정은 과거나 미래의 개념이 아니라 주어진 하나의 환경과 조건 속에서 끊임없이 반복적으로 일어나는 현재진행형입니다.

눈에 훤히 보이는 결과만을 맹목적으로 추종하는 사람은 과거지향적인 사람 그 이상 이하도 아닙니다.

반면에 어느 한순간도 원인과 과정을 허투루 다루지 않고 중요시하는 사람은 모든 일에 최선을 다하는 미래지향적인 사람이라 할 수 있습니다. 미래지향적인 사람은 나름의 비전이 있기 마련이지만, 과거지향적인 사람은 미래에 대한 비전에 자유롭지 못합니다. 다시는 돌이킬 수 없는 과거에 연연하는 사람일수록 현재는 물론이고 미래 또한 보이지 않는 법이니까요.

우리는 하나의 결과가 원인과 과정을 평가하는 잣대가 아니라, 하나의 원인과 과정이 결과를 분석하고 평가하는 냉철한 제3의 관찰자라는 사실을 마음에 새겨두어야 합니다.

이것은 우리의 삶이 궁극적으로 지향해야 하는 하나의 진리이며 필연이기도 하지만 한편으로는 모든 사물, 모든 개체, 모든 개념, 모든 의식 속에 있으면서 어떤 일이 일어나기 전에 미리 그 일이 어느 방향으로 진행될는지를 알게 해주는 예지이기도 합니다.


## 눈에 보이는 결과에 집착하지 마세요!

그렇습니다.
결과에 집착하면 할수록 원인과 과정은 희석되기 마련이고, 진정으로 바라는 결과는 엉뚱한 방향으로 뒤틀어지기 마련이니까요.
우리가 성취하고자 하는 모든 일에는 처음부터 미리 정해진 결과는 존재하지 않습니다. 일련의 원인과 과정이 있음으로 해서 하나의 결과가 만들어지는 법이니까요.


눈에 훤히 보이는 결과만을
맹목적으로 추종하는 사람은 과거지향적인 사람이며,
반면에 어느 한순간도
원인과 과정을 허투루 다루지 않고
중요시하는 사람은
모든 일에 최선을 다하는 미래지향적인 사람이다.

# 007
# 소외는 자기 탓

> 만일 사람이 인생을 살아가는 동안 교우관계를 맺지 않는다면 그는 곧 스스로 외톨이가 되어 있는 것을
> 발견할 것이다. 사람은 자기의 교우관계를 항상 개선해야만 하는 것이다.
> _S. 존슨

스펀지에 한 번 스며든 물은 손으로 일정한 힘을 가하지 않으면 스펀지 안에 그대로 머물러 있기 마련입니다. 그 머물러 있는 상태를 우리는 정지되어 있는 자연현상으로 알고 있습니다.

불가에서 말하는 명상의 세계에서는 그 정지되어 있는 자연현상을 몰입이라고 부릅니다. 이때의 몰입은 세속의 인간들이 얽어내는 화합과 갈등, 화해와 대립, 이해와 오해, 소통과 단절, 진실과 거짓 그리고 삶과 죽음이 없는 무의식과 의식의 완전한 합일의 상태를 뜻합니다.

완전한 합일의 상태에는 소외가 존재하지 않습니다. 우주를 형성하고 있는 모든 사물은 따로따로 분리되어 있지 않고 하나에 속해 있으니까요.

그러나 불행하게도 만물의 영장이라고 자처하는 우리 인간 군상들만이 이러한 완전 합일의 몰입 상태에서 알게 모르게 멀찌감치 떨어져 나와 있습니다. 그 이유는 나름의 개인적인 문화와 다양한 생각과 감정을 밖으로 드러내며 삶을 살아가고 있는 불완전한 존재가 바로 우리 자신이기 때문입니다.

우리 인간은 유감스럽게도 주어진 상황이 이치나 도리에 어긋나지 않는, 모든 사람들이 보편적으로 인정하고 이해할 수 있는 상황임에도 불구하고 올바르지 못한 이기적인 편견으로 자신의 생각이나 입장을 고집스레 내세우고, 증오와 교만으로 다른 사람의 이성적인 판단을 미혹하게 하고, 사사건건 자신만이 우월하다는 자만심으로 자신의 정체성을 합리화하려는 본성을 가진 이중적인 존재입니다.

그런 이중적인 본성에 집착하는 사람일수록 주위에서 꺼리며 따돌림을 당하는 소외감을 자신 스스로 불러들이는 주범으로 전락하기 쉽습니다. 어쩌면 소외라는 얼굴은 남이 만들어 내는 것이 아니라 자신 스스로가 불러들이는 것인지도 모릅니다.


## 소외는 자기 탓임을 명심하세요!

지금도 대자연의 순환은 우리가 모르는 사이에 조금씩, 조금씩 많은 변화의 과정을 거치면서 반복되고 있습니다.

우리 인간 또한 온갖 생각과 감정 그리고 행동을 자신 스스로 부정하지 않으며 주어지는 상황과 환경에 순응하면서 소외의 원인이 되는 비이성적이고 비생산적이고 비합리적인 것들을 멀리하고 남과 더불어 살아갈 수 있는 지혜와 깨달음을 얻기 위한 나름의 몰입에 정진해야 하는 의무감을 가져야 합니다.

몰입을 통하여 나름의 지혜와 깨달음을 얻을 수 있다면 삶의 성공과 실패는 소외감을 느끼고 있느냐 없느냐에 따라 좌우된다는 사실을 알게 될 것입니다.

소외는 자신의 생각과 말 그리고 감정과 행동에 책임을 질 수 없을 때 느끼게 되는 정신적 유배나 다름없으니까요.
소외를 남의 탓으로 돌리지 마세요.
남에게 소외감을 조장하는 그 어떤 말과 행동을 삼가세요.
자신도 언젠가는 남들로부터 알게 모르게 소외될 수 있으니까요.

오늘은 자신 나름의 몰입을 통해 한순간의 생각과 말 그리고
행동을 스스로 통제할 줄 아는 하루가 되었으면 합니다.

이중적인 본성에 집착하는 사람일수록
주위에서 꺼리며 따돌림을 당하는 소외감을
자신 스스로 불러들이는 주범으로 전락하기 쉽습니다.

# 008
# 합리적 긍정의 사고

긍정적으로 생각하라. 원하는 것을 마음속 깊이 생각하고 또 생각하면 그 바람은 어김없이
현실로 나타난다. 원치 않는 것을 떠올리지 말고 갖고 싶은 것, 하고 싶은 것을 생각하라.

_앤드류 매튜스

우리 인간은 자의든 타의든 예기치 않은 문제에 맞닥뜨리게 되면 때로는
갈등하고 때로는 고민하기도 합니다. 어쩔 수 없는 일입니다. 싫든 좋든
흔히 말하는 생각 주머니라는 애물단지(?) 하나씩을 차고 나름의 삶을 살
아갈 수밖에 없는 인간인 이상 결코 피할 수 없는 숙명 같은 것이니까요.
그렇습니다.

우리는 오늘도 다시는 돌이킬 수 없는 과거의 시간에 아무런 까닭 없이 연
연하고, 팍팍하고 버겁기만 한 현재의 시간과 죽을 둥 살 둥 힘겨운 씨름
을 하며, 닥쳐올 불확실한 미래의 시간을 나름 불안해하는 불완전한 존재
인 것입니다.

과거에는 남들보다 기세등등하게 잘나갔다고 믿고 있는 사람은 현실에
무감각해지기 쉽고, 현재에 민감한 사람은 모든 일의 원인과 결과에 대한
통찰력과 분별력을 잃어버리기 쉽습니다. 그리고 미래에 아등바등 목을
매는 사람은 지금 일어나는 많은 것들을 맹목적으로 부정하기 쉽습니다.
위의 무감각과 상실감 그리고 맹목적인 부정은 자기 자신에 대한 의혹과

불신이 원인입니다.

우리는 그 의혹과 불신을 환골탈태換骨奪胎 정신으로 과감히 벗어던져야 합니다. 그러기 위해서는 지나간 과거는 과거 그 자체로 접어버리고, 지금의 현재는 현실 그 자체로 받아들이고, 다가올 미래는 미래 그 자체로 내버려두는 긍정적인 사고의 소유자가 되어야 합니다.

만약에 의혹과 불신의 그림자를 떨쳐버리지 못하면 평생 동안 부정적인 사고의 소유자로 살아가야 할지도 모르니까요.

부정적 사고의 소유자는 과거에 연연하면 할수록 헤어날 수 없는 딜레마에 빠지기 마련이고, 현재에 민감하면 할수록 상처는 더 깊어지기 마련이며, 미래에 목을 매면 맬수록 말이나 행동이 앞뒤가 서로 맞지 않고 스스로 모순에 빠지는 자가당착에 사로잡히기 마련입니다.

지금이라도 긍정적인 사고의 끈을 놓지 마세요. 긍정적인 사고에는 사물을 올바르게 관찰하게 하는 균형과 조화가 한데 어우러져 있으니까요.

균형과 조화 속에는 우리에게 삶다운 삶을 살아갈 수 있는 지혜와 깨달음이 있습니다.


## 자신의 존재를 부정하지 마세요!

자기 자신의 정체성을 부정적으로 매도하지 않고, 긍정적으로 볼 때 삶은 자신을 기만하지 않는 진실된 얼굴로 자신의 존재를 사랑하게 될 것입니다.

그렇습니다.

자신의 존재를 인정하는 긍정적 사고는 자신을 결코 배신하지 않습니다.

반면에 자신의 존재를 의심하는 부정적 사고는 자기핑계이며 자기변명에 지나지 않습니다.

우리는 과거의 시간이 그려놓은 삶의 그림 하나하나를 소중한 마음으로 되새기면서, 현재의 소중하고 풍요로운 것들은 미래의 청사진에 필요한 좋은 배경으로 알고, 미래를 향한 일상에의 열정을 매일매일 비축해 나가야 합니다.

애써 지우고 싶어도 지워지지 않는 것이 과거의 시간이며, 싫든 좋든 주어진 환경에 안주할 수밖에 없는 것이 현재의 시간이며, 그 아무리 기를 써도 예측할 수 없는 것이 미래의 시간입니다.

매일매일을 긍정적 사고로 자신의 존재를 인정하며 나름의 삶을 충실히 살아가십시오.

지나간 과거는 과거대로 그냥 못 본 척 하세요.

지금의 현재는 현재대로 그냥 지켜만 보세요.

다가올 미래는 미래대로 그냥 내버려두세요.

부정한다고 해서 과거가 현재가 되고 현재가 미래가 되는 것이 아니니까요. 시시각각 되풀이 되는 새로운 문제와 갈등을 원만하게 해결할 수 있는 마스터키를 가질 수 있는 자격됨은 긍정적인 사고로 자신의 존재를 인정하고 재확인하는 사람만의 특권이 아닐까요?

부정적 사고의 소유자는 과거에 연연하면 할수록 헤어날 수 없는
딜레마에 빠지기 마련이고, 현재에 민감하면 할수록 상처는
더 깊어지기 마련이며, 미래에 목을 매면 맬수록 말이나 행동이
앞뒤가 서로 맞지 않고 스스로 모순에 빠지는 자가당착에 사로잡히기 쉽습니다.

# *009*
# 절제와 금지

자제심이란 인간의 기질과는 상반되는 것일지도 모르지만 자기 억제가 안 되는 사람은
결국 자신의 묘 구덩이를 스스로 파게 될 것이다.

_ 마야 마네스

우리의 삶 속에는 자율적인 의미이든 강제적인 의미이든 어떤 생각이나 행위를 어느 선까지는 하지 못하게 막는 절제와 금지가 간섭하고 개입되기 마련입니다. 하지만 주어진 형편이나 사리에 맞지 않은 근거로 그 무엇을 절제하거나 금지하는 것은 때로는 죄악이 될 수도 있습니다.

간절히 하고자 하는 것과 절실히 바라고 있는 것을 무턱대고 절제하고 금지한다면 우리는 본의 아니게 상실감이나 좌절감 그리고 박탈감에 사로잡혀 인간으로서의 주체성을 잃어버리게 됩니다.

하나의 생각과 감정을 자유롭게 밖으로 표현하지 못하면 머릿속에 잠재해 있는 창조력은 어느 순간부터 시멘트처럼 딱딱하게 굳어버리고 말 것이며, 하나의 행위를 하지 못하게 막는다면 소극적인 소심함으로 인하여 자신도 모르게 매사에 무기력해지고 말 것입니다.

우리는 그 어느 것도 아무런 이유도 없이, 아무런 근거도 없이, 아무런 제도적 장치도 없이 그냥 멈추게 해서는 안 됩니다.

인간의 생각과 행위는 흐르는 물처럼 나름의 자유스러움으로 자연스럽게

흘러가야 합니다. 활짝 열려 있는 개방적인 상태에서 나름의 통제와 조절로 자유롭게 생각하고 행동할 수 있는 수준에 이르기까지는 굳게 지켜야 하는 기본 바탕이 필요한 법이니까요.

우리 인간은 구속이나 속박을 경험하지 않고 제멋대로 행동하려고 하면 할수록 우스꽝스런 어릿광대처럼 되어 버리기 쉽습니다.

최소한의 절제와 금지가 요구하는 기본적인 규칙과 원칙을 완벽하게 숙지할 수 있을 때까지 어느 정도의 시간은 그것을 배우기 위하여 많은 노력과 정성을 아끼지 않아야 합니다.

이때의 배움은 절제와 금지를 자기 나름의 통제와 조절을 통해 이해할 수 있는 수준에 이르게 하는 소통의 원활한 통로라고 할 수 있습니다.


## 절제와 금지를 나름 조절하세요!

절제와 금지만이 능사能事가 아니라는 말이 있습니다.

이 말은 사회적 관습과 전통 그리고 통념에 들어맞지 않고, 인간으로서 지켜야 하는 기본적인 경우와 도리에 어긋나는 지나친 절제와 금지는 인간의 창의력과 자율성을 저해시키는 요인이 된다는 뜻이 아닐까요?

그렇습니다.

인간의 건전한 창의력과 자율성은 나름의 통제와 조절이 한데 어우러진 개방 정신에서 나오는 것이니까요.

하나의 생각을 자유롭게 밖으로 표현하지 못하면 머릿속에
잠재해 있는 창조력은 어느 순간부터 시멘트처럼 딱딱하게
굳어버리고 말 것이며, 하나의 행위를 하지 못하게 막는다면
소극적인 소심함으로 인하여 자신도 모르게
매사에 무기력해지기 쉽다.

# *010*
# 운명은 즐기기 나름

어떠한 역경과 고난 속에서도 냉철한 이성으로써 과감히 일을 처리하는 사람이 위대한 것이다.
운명은 사람을 차별하지 않는다. 사실 자신이 운명을 무겁게 느끼기도 하고 가볍게 여기기도 할 따름이다.
운명이 무거운 것이 아니라 자기 자신이 약한 것이다. 자신이 약하면 운명은 그만큼 강해진다.
연약한 사람은 언제나 운명이란 바퀴에 깔리고 마는 것이다.

_루키우스 안나이우스 세네카

우리는 누구나 예외 없이 인간을 포함한 우주의 일체를 지배하는 초인간적인 힘이라 불리는 운명이란 항아리 속에 갇혀 이 세상에 태어나는 존재입니다. 하나의 인간으로 태어남으로써 비로소 운명이 무엇을 의미하는지를 알게 되니까요.

우리 인간은 그 어떤 불가항력적인 힘의 작용에 의해 나름의 삶을 살아가면서 양 어깨를 짓누르는 운명의 무게가 얼마나 무거운지를 알게 될 때 이미 그 운명은 자신의 것이라는 사실을 비로소 공감하고 실감하게 됩니다.

그 어떤 경우에도 남에게 쉽게 양도할 수 없고, 그 어떤 것으로도 함부로 대체할 수 없는 운명이기에 때로는 버겁고, 때로는 처치 곤란하고, 때로는 불편하고 부당하기도 한 그 무엇이 바로 운명이기 때문입니다.

우리는 마음에 깊이 새겨야 합니다.

안간힘을 쓰며 내려놓고 싶어도 너무 무겁고 버거워서 내려놓을 수도 없는, 남에게 잠시 빌려주고 싶어도 빌려줄 수도 없는 애물단지나 다름없는 천덕꾸러기가 바로 운명이라는 사실을 말이죠.

운명이란 녀석은 억지로 떼버릴 수도 없는 족쇄와 같은 것이며, 몸부림을 칠수록 생살을 파고드는 옥죔으로 맞서는 고약한 속성덩어리이니까요. 그런데 우리 인간은 때로는 자신의 의지와는 상관없이 당장은 눈에 보이지도 않는 비상구를 찾는 기분으로 이미 거스를 수 없는 천형天刑과도 같은 운명을 바꾸고 싶은 단순한 욕심으로 간혹 점집을 찾기도 합니다.

하지만 한평생을 울며 겨자 먹는 심정으로 짊어지고 가야 하는 멍에와도 같은 운명은 새싹이 돋아나는 발아의 순간에 하나의 생명이 결정되는 것처럼 그 무엇으로도 어찌할 수도 없고 그 어떤 것으로도 바꿀 수 없는 것입니다. 그렇다고 해서 주눅이 든 얼굴로 지레 겁에 질려 꼬리를 사리며 피하려 들지 마십시오. 맞장을 뜨는 기분으로 즐기십시오.

즐기다 보면 방향을 종잡을 수 없는 미로처럼 보이는 운명이란 녀석도 꽤씸해서라도 아니, 미친 척해서라도 비상구 하나쯤은 만들어 줄지도 모르는 일이니까요. 그때 저것이 비상구다 싶으면 그 비상구를 향해 혼신의 힘을 다해 달리고 달려야 합니다. 달리다 보면 기대하지도 않은 혜안의 빛이 자신을 안내할지도 모르는 일이니까요. 이때의 혜안의 빛은 새로운 삶의 길을 열어주는 유일한 통로이며, 세상을 새롭게 볼 수 있도록 하는 깨달음의 눈입니다.

무릇 운명이란 녀석은 자신의 생각과 행동만을 고집하는 이기적인 속성덩어리입니다. 오직 한 사람만을 위할 뿐 절대로 다른 사람과 타협하지 않는 냉철함으로 똘똘 뭉친 냉혈한冷血漢이기도 합니다. 자기 자신의 운명은 다른 사람에게 어떠한 경우에도 떠넘길 수 없는 절대적 가치관 그 이상 이하도 아니니까요.

운명을 즐기고 싶다고 해서 운명 앞에 비굴한 얼굴로 무릎을 꿇고 값싼 구걸이나 애걸 따위는 절대 해서는 안 됩니다. 운명이란 녀석은 그 누구를 불쌍하고 가엾게 여기는 연민이란 것을 전혀 모르니까요.

그렇듯 운명은 작은 베풂조차도 모르는 인색하기 짝이 없는 수전노의 얼굴을 하고 있습니다.

그러나 운명은 그 어떤 악조건에도 쉽사리 주눅 들지 않고 당당하게 행동하는 사람과 피를 토하고 싶은 굴욕의 순간에도 이럴 수밖에 없었다는 당위성으로 속으로 웃을 줄 아는 든든한 배짱의 사람을 선호하고 좋아합니다.


# 피할 수 없는 운명은 차라리 즐기세요!

즐기다 보면 알차고 보람 있는 삶을 살아갈 수 있는 길 하나쯤은 열려있을 테니까요.

자신의 운명은 그 어느 누구도 옳거니 그르거니 하는 가타부타는 물론 시시비비를 따질 수 없는 대상입니다.

오늘은 운명이란 녀석과 담판을 짓는 기분으로
환하게 웃을 수 있는 하루가 되었으면 합니다.


운명이란 녀석은 억지로 떼버릴 수도 없는
족쇄와 같은 것이며, 몸부림을 치면 칠수록 생살을 파고드는
옥죔으로 맞서는 고약한 속성 덩어리이다.

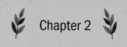

Chapter 2

# 배움

# 중용

# 겸손

오늘은 자기 나름의 자기성찰을 통해
인간이 인간답게 살아갈 수 있는 인성을 깨우치는
소중한 하루가 되었으면 합니다.

# 011
## 창조성과 배움

새로운 것의 창조는 지능이 아니라 내적 필요에 의한 놀기 본능을 통해 달성된다.
창의적인 사람은 자신이 사랑하는 것을 가지고 놀기 좋아한다.
_ 칼 구스타브 융

새로운 것을 생각하고 만들어내는 창조성은 작가나 화가 그리고 음악가나 과학자에게만 국한되거나 반드시 필요한 것은 아닙니다. 무릇 창조성은 소위 생각 주머니를 차고 삶을 살아가는 모든 인간들에게 반드시 필요한 정신 능력입니다.

한 줄의 글을 쓰거나, 한 폭의 그림을 그리거나, 한 편의 곡을 만들거나, 하나의 새로운 제품을 발명하는 것과 같은 전문적인 재능을 필요로 하는 창조성은 굳이 문제 삼지 않더라도 중추신경계의 대부분을 차지하는 두뇌의 소유자인 인간이라면 반드시 추구해야 하는 궁극의 정신활동이 바로 창조성입니다.

창조성은 하나의 배움으로부터 비롯되어야 합니다.

자기 나름의 삶을 살아가면서 무엇인가를 계속 배우고, 새로운 논리와 이론과 개념을 받아들이고, 자신을 둘러싸고 있는 온갖 사물에 대한 지식과 이해 그리고 견문을 넓히는 것이야말로 창조성을 최대한 발휘하는 일입니다.

어느 작가는 『하루하루가 다르게 발전해 나가고, 어제보다 조금 더 활기

차게 인생을 논論하는 어른들의 공통점은 계속적인 배움에 있다.』고 했습니다.

이 말은 인생을 살아가면서 자신 스스로 나이를 의식하지 않는 가운데 최선의 노력으로 보잘것없는 사소한 배움 하나라도 소홀히 해서는 안 된다는 뜻이 아닐까요?

그렇습니다.

인생의 황혼기를 풍요롭게 보내는 노년의 공통점은 젊은이 못지않게 하나라도 더 열심히 배우고자 하는 최소한의 의지와 그 배움으로 얻은 지식과 지혜를 일상생활에 사용하는 데 끊임없는 노력을 한다는 점입니다. 이때의 노력은 어차피 받아들일 수밖에 없는 노년의 삶을 헛되이 보내지 않으려는 강한 의지의 발로인 것입니다.

우리 인간은 삶의 방향이 흐르는 세월 따라 새로운 국면으로 접어들면 들수록 많은 것들이 변화한다는 사실을 간과해서는 안 됩니다. 노년이 되면 젊은이들처럼 생동감 있게 생각하고 행동할 수 없는 게 세상 이치이니까요. 그러므로 우리는 주어진 상황에 따라 자기 자신을 자연스럽게 적응할 수 있게 하고 자유롭게 변화시킬 줄 아는 건강한 창조성이 필요한 것입니다. 계속적인 창조성의 개발은 사용하지 않으면 녹이 스는 두뇌와 육체 그리고 정신까지 젊게 하는 힘이니까요.


## 작은 배움 하나라도 놓치지 마세요!

무릇 하나의 배움은 인간으로서의 열정과 패기를 잃지 않는 힘이며 원천이며 근간이 될 수 있습니다.

그 아무리 나이를 먹어간다 하더라도 작은 배움 하나라도 놓쳐서는 안 되고, 소홀히 해서도 안 되고, 결코 멈추어서도 안 됩니다. 하나의 배움과 하나의 창조성에는 나이가 적고 많음의 구분이 있을 수 없으며, 늙고 젊음의 차별이 있을 수 없으니까요.

[명심보감明心寶鑑] 〈권학편勸學篇〉에 이런 말이 있습니다.

오늘 배우지 아니하고서 내일이 있다고 말하지 말며,

올해에 배우지 아니하고서 내년이 있다고 말하지 말라.

날과 달은 흐르니 세월은 나를 위해서 더디 가지 않는다.

아! 늙었도다. 이 누구의 허물인고!

한 번쯤은 새겨들어야 하는 배움에 관한 교훈이 아닐까요?

오늘은 나이가 들어갈수록 작은 배움 하나에도 목말라하는
자신을 발견하는 의미 있는 하루가 되었으면 합니다.

그 아무리 나이를 먹어간다 하더라도
작은 배움 하나라도 놓쳐서는 안 되고,
소홀히 해서도 안 되고,
결코 멈추어서도 안 된다.
하나의 배움과 하나의 창조성에는
나이가 적고 많음의 구분이 있을 수 없으며,
늙고 젊음의 차별이 있을 수 없다.

# 012
## 속박과 자유

자유가 자신의 속박을 잃을 때는 그 자체가 더 큰 자유의 속박이 된다.
_ 칼릴 지브란

우리 인간은 주어지는 어떤 환경이나 조건에 강압적으로 얽어매거나 자유롭지 못하게 되는 속박이라는 관념에서 자유로울 수 있는 권리가 있는 존재입니다.

정신적인 속박이든 육체적인 속박이든 그 속박의 굴레에서 벗어나고 싶은 충동적 욕구는 생각과 감정이 있는 인간이라면 누구나 다 가지고 있는 원초적 본능이니까요. 온갖 오염과 공해로 찌든 도시에 사는 사람들이 한 번쯤은 대자연의 품으로 돌아가고 싶은 욕구를 가지고 있듯이 말이죠.

그러나 속박에는 쉽게 벗어날 수 없게 하는 멍에의 사슬이 그림자처럼 늘 따라 다닙니다. 이때의 멍에의 사슬은 인간이 누릴 수 있는 최소한의 자유조차 박탈하려 드는 심리적 부채負債이기도 합니다.

우리는 이 심리적 부채를 탕감해주는 자유를 자신 스스로 찾아야 합니다. 적든 많든, 크든 작든, 자의든 타의든, 우연이든 필연이든 한 가지 이상의 멍에의 사슬을 양 어깨에 짊어지고 살아갈 수밖에 없는, 인간으로 태어나는 순간부터 속박이란 족쇄를 차고 삶을 살아가는 불완전한 존재가 우리 인간이니까요.

그러나 역설적일는지는 모르지만 속박이 때로는 진정한 자유를 갈망하게 하는 한 가닥 희망이 될 수도 있지 않을까요? 속박이란 굴레를 자신의 굳건한 의지로 당당하게 물리치고 성취한 자유는 그 어떤 종류의 자유보다 가치가 있으니까요.

하지만 어느 궤변론자는 속박은 말 그대로 속박 그 이상도 아니고 그 이하도 아니라고 했습니다.

아마도 이 말은 그 어떤 환경이나 조건에 속박을 당하고 있다고 생각하는 순간부터 이미 자유라는 개념은 그 의미와 가치가 상실되었거나 퇴색된 후라는 뜻일 것입니다.

과연 어떤 말이 더 신빙성이 있을까요?

답은 우리 자신의 몫이 아닐까요?

우리가 진정으로 원하는 자유의 의미와 가치는 그 어떤 경우에도 속박의 굴레를 필요로 하지 않아야 하니까요.

자유와 속박의 개념은 한 시공간에서 서로 마주 볼 수 없는 손등과 손바닥 같은 것입니다.

하나의 본질에 두 개의 개념이 동시에 성립될 수 있는 것이 양립의 이치라면, 자유와 속박 또한 상대적인 개념일 수는 있지만 배타적인 성질을 띤 개념은 아니니까요.


## 스스로 자신을 속박하지 마세요!

자신 스스로 속박의 사슬로 자신을 옥죄면 옥죌수록 인간으로서 추구하고자 하는 진정한 자유는 사막의 신기루처럼 요원해지기 마련이니까요.

사시사철 대자연의 숨소리가 들리는 시골에서 태어났기에 시골에서 한 줌의 흙으로 돌아가고 싶다는 어느 시골 촌부의 빛바랜 푸념은 속박이 아니라 자유인 것입니다.

모름지기 자유라는 것은 결코 다른 사람이 대신해 줄 수 없는 무형의 가치관이며, 오직 자기 자신의 의지로 얻어내야 하는 정신적 개념이 아닐까요? 삶의 존재 의미를 스스로 알아서 깨닫거나 사물의 이치를 분별할 수 있는 능력이 없는 무지각으로 살아가는 사람이나, 아무런 생각도 없이 제멋대로 행동하는 무개념으로 살아가는 사람은 자신 스스로 속박에 사로잡히기 쉽습니다. 무지각과 무개념으로 삶을 살아가면 갈수록 속박은 걷잡을 수 없이 퍼지는 악성 전염병처럼 우리의 건강한 정신 속에 창궐猖獗하기 마련이니까요.

특히 자신 스스로가 만든 속박은 남은 삶의 여정을 비생산적이고 비윤리적인 방향으로 틀어지게 합니다.

생각과 행동이 생산적이고 윤리적일 때 우리 모두가 보편적으로 바라는 진정한 자유는 우리의 일상, 나아가서는 우리의 삶, 더 나아가서는 우리의 일생을 비옥하게 할 것입니다.

진정한 자유의 가치와 의미는 속박 당했다고 생각했을 때 속박을 지배하는 것은 자유로움을 추구하고자 하는 마음과 선택하고자 하는 의지를 이성적으로 판단할 줄 아는 냉철함에 있다고 주장한다면 지나친 표현일까요?

하지만 속박은 또 다른 속박을 불러온다는 사실을 경계하지 않으면 안 됩니다. 자의든 타의든 한 번 속박에 길들어지거나 사로잡히게 되면 자유를 생각하고 누릴 수 있는 시간은 그만큼 짧아지기 마련이니까요.

오늘은 자유와 속박이 주는 양면성 속에서
자신 나름의 건전한 자유와 속박을 규정하고 정립하는
하루가 되었으면 합니다.

자신 스스로 속박의 사슬로 자신을 옥죄면 옥죌수록
인간으로서 추구하고자 하는 진정한 자유는
사막의 신기루처럼 요원遙遠해지기 마련이다.

# 013
# 미망과 광신

사람은 부족함을 깊이 깨달으면 깨달을수록 좋다.
그것이야말로 행복의 출발이다.

_ 빌리 그레이엄

무릇 지혜로운 깨달음을 얻고자 하는 사람은 자신 혼자만의 몰입과 수행을 통해서만 깨달음을 느낄 수 있고 이를 수 있다고 생각하기 쉽습니다.

그러나 진정으로 깨달음을 얻고자 하는 사람은 유독 자기 자신 혼자만 고집해서도 안 되고, 다른 사람과 자주 어울리기만 해서도 안 됩니다.

개개인의 사생활은 그지없이 소중한 만큼 마땅히 존중받아야 바람직하지만 혼자 있는 시간도 알맞아야 하고, 다른 사람과 있는 시간 또한 적당해야 합니다.

그러나 수행을 명분으로 자못 지나치다 싶을 정도의 은둔을 고집하는 모가 난 생활방식은 정신활동의 침체는 물론이고 사물의 이치나 도리에 어두워 갈피를 잡지 못하고 헤매는 미망과 이성을 잃을 정도로 지나치게 빠지는 광신을 낳기 쉽습니다.

반면에 다른 사람과의 잦은 어울림은 자신의 의지에 반하는 순응과 갈등 그리고 억압과 강요를 스스로 초래하기 쉽습니다.

『불자로서의 진정한 깨달음의 길은 좋은 생각은 스스로 지향하고, 나쁜 생각은 스스로 척결하는 것을 목적으로 해야 한다.』

이 말은 자신 혼자 조용히 침묵을 벗 삼으며 참선의 경지에 이를 수 있는 장소와 시간을 통해 혼자 묵묵히 수행할 수 있는 나름의 의지가 있느냐 없느냐 하는 것이 깨달음의 선결 과제라는 뜻의 어느 선사禪師의 말씀입니다. 그렇습니다.
깨달음은 우리 자신을 원만하고 올바른 구도求道의 길로 이끄는 요체要諦이기도 합니다.
이끌리는 순간, 온갖 오염된 것들로 혼탁해져 있는 불순한 정신세계는 정화되기 마련이고 종국에는 자신이 바라는 영적인 깨달음의 경지에 이를 수 있으니까요.
그렇게 함으로 해서 너와 내가 더불어 살아갈 수밖에 없는 인간관계는 물론이고 시시각각 변화를 보이는 사회생활에 융통성 있게 적응할 수 있는 원만한 인격이 완성되는 법입니다.


## 미망과 광신을 경계하세요!

미망은 자신도 모르게 건강한 정신세계를 미혹에 빠뜨리게 하는 주범이며, 광신은 흔들림 없는 정체성과 주체성을 혼란에 빠지게 하는 현행범입니다.
진정한 깨달음의 길은 어느 장소 어느 시간에 자신 혼자 있든 그 누구와 함께 있든 여러 갈래로 아무렇게나 흩어져 있는 산만하고 어지러운 정신을 한 곳으로 모을 수 있는 평정심에 좌우된다고 합니다.

『정신일도精神一到가 곧 평정심이다.』

이 말은 정신일도가 참깨달음에 이르는 소통의 지혜라는 뜻이 아닐까요?

미망은
자신도 모르게 건강한 정신세계를
미혹에 빠뜨리게 하는 주범이며,
광신은
흔들림 없는 정체성과 주체성을
혼란에 빠지게 하는 현행범입니다.

•

# 014

# 그릇된 비교 심리

자기와 다른 사람을 비교하며 누가 우위인지를 끊임없이 신경 쓰는 사람은
여유 있는 기분으로 살 수 없다.

_ 요제프 킬슈너

우리 인간 개개인은 자의에 의해서든 타의에 의해서든 자신도 알게 모르
게 다른 사람들과 비교대상이 되면서 살아갈 수밖에 없는 상대적 존재입
니다. 아니, 어쩌면 어머니의 뱃속에서부터 그런 불합리한 굴레를 짊어지
고 태어나는지도 모릅니다.

모름지기 자기의 정체성이나 주체성이 다른 사람과 비교 대상이 된다는
것은 그 비교 자체가 좋은 의미일 경우에는 기분 좋은 일일 수도 있지만,
나쁜 의미일 경우에는 불쾌할 정도로 자존심에 상처를 받기 마련입니다.

그러나 그 비교 대상의 명분이 일고의 저항이나 반론조차도 무색할 정도로
감히 거스를 수 없고, 피할 수 없는 하나의 통과의례 이상의 의미라면 어쩔
수 없다는 자기 체념으로 그냥 받아들이는 게 현명일는지도 모릅니다.

하지만 불행하게도 우리 인간은 강한 자만이 살아남는 약육강식의 논리
에서 벗어날 수 없는 혹독한 생존 경쟁의 세상을 살고 있습니다.

그 이유 하나만으로 다른 사람과 비교 당하면서 살아갈 수밖에 없는, 그래
서 조금은 억울하고 불편한 존재가 우리네 인간이며, 전지전능한 조물주

의 처음이자 마지막 실수라 해도 원망하거나 시시비비를 따지거나 탓할 수 없는 게 우리 모두의 자화상인지도 모릅니다.

기왕 불완전한 인간으로 태어났으니 비교 자체를 불가항력으로 알고 의연한 자세로 있는 그대로 받아들이는 게 현명이라면 현명이고 지혜라면 지혜일는지도 모르는 일입니다.

그런데 그 비교 대상의 결과에 따라 어떤 사람에게는 행복이 되기도 하고, 어떤 사람에게는 불행이 되기도 하니 그게 문제라면 문제인 것입니다.

하지만 그 아무리 무한경쟁 속에서 아등바등 몸부림치며 살아갈 수밖에 없는, 부정하거나 피할 수도 없는 통과의례라 해도 인간이 인간을 비교라는 허울 좋은 잣대로 평가한다는 건 왠지 어불성설이 아닐까 하는 생각을 떨쳐버릴 수가 없는 까닭은 왜일까요?

한 그루의 나무를 예로 들면, 하나의 목재로 유용하게 쓸 수 없거나 경제적 가치가 없는 부분은 그냥 잘라버리면 그만이지만 나름의 사리판단의 기준이 되는 이성과 생각을 가지고 있는 인간을 비교의 잣대로 평가한다는 의도는 부정할 수 없는, 아니 부정해서도 안 되는 모순 중의 모순입니다.

선의든 악의든 다른 사람의 주관적인 평가가 우리 개개인의 가치관과 주체성을 저울질하는 기준이 되어서는 안 됩니다.

자기 스스로 자신의 존재를 가치가 없는 존재라고 생각하며 삶을 살아가는 사람은 이 세상에 없으니까요.


## 어설픈 주관적 잣대로 비교하지 마세요!

인격 수양이 부족한 사람일수록 다른 사람을 평가하는 데 혈안이 되기 쉽습니다.

진정으로 다른 사람을 평가하고 싶으면 자기 자신부터 먼저 평가를 하는 것이 순리적이며, 과연 자신이 다른 사람을 아무 사심이 없는 냉철한 이성으로 객관적으로 평가할 수 있는 나름의 수준에 도달해 있는지부터 검증해야 합니다.

그렇습니다.

자신에게 단점과 결점이 많은 사람일수록 다른 사람을 평가하는 데 집착하기 마련이니까요.

우리 인간은 어쩌면 본의 아니게 자신의 단점과 결점을 적당히 은폐하고 희석시키기 위해 다른 사람을 자기 나름의 평가의 기준에 억지로 짜 맞추려 드는 고약한 속성을 가지고 있는지도 모릅니다.

우리는 불특정 다수에게 지탄받지 않는 건전하고 건강한 인성人性의 소유자가 남을 평가할 수 있을 때 비로소 사회를 혼탁하게 하지 않는 진정한 평가의 잣대가 될 수 있다는 사실을 알아야 합니다.

이때의 평가의 잣대는 나무꾼의 톱날과 같은 것입니다. 나무를 볼 줄 아는 나무꾼은 목재로써 이롭게 쓰일 수 있는 부분을 아무런 생각 없이 무턱대고 잘라버리는 어리석음을 결코 범하지 않기 때문입니다.

한순간의 오판으로 나무꾼이 저지르게 되는 슬기롭지 못하고 어리석은 행위가 경우에 따라서는 그 나무 전체를 아무런 소용도 없고, 아무런 가치도 없는 무용지물의 나무로 전락시키게 되는 치명적인 실수가 될 수도 있으니까요.

선의든 악의든 다른 사람의 주관적인 평가가
우리 자신의 가치관과 주체성을
저울질하는 기준이 되어서는 안 된다.
자기 스스로 자신의 존재를 가치 없는 존재라고 생각하며
삶을 살아가는 사람은 이 세상에 없다.

# 015
# 불필요한 고립 경계하기

*성공을 위해서는 이기적일 필요가 있다. 그렇지 않고서는 어떤 것도 성취할 수 없다. 최고 수준에 올라가면 이기적이지 않아야 한다. 다른 사람들과 가까이 하라. 교류하며 지내라. 고립되지 말아라.*

*_ 마이클 조던*

사방이 바다로 둘러싸인 고립무원의 무인도에 홀로 떨어져 있다 해도 침착하고 냉철한 이성으로 대처해 나가면 살아남을 수 있는 탈출구 하나쯤은 생기기 마련입니다.

고립은 구태의연하고 우유부단한 자기만족의 틀에 사로잡혀 자신의 삶에 능동적으로 개입하지 않거나 적극적으로 참여하지 않는 사람들에게 일어날 수 있는 정신적 피해의식의 일종이라고 할 수 있습니다.

자신 스스로 고립을 자초하는 사람은 어떤 일이나 상황 따위가 더 이상 진전되지 못하고 일정한 범위나 수준에 그치는 정체停滯와 도덕적 윤리적으로 타락하는 정신부재로 인하여 내부로부터 무너지거나 전혀 예견하지 못했던 외부 문제와 충돌함으로써 바깥에서부터 알게 모르게 무너지기 쉽습니다.

그러나 자기성찰을 일상화하는 사람은 속세의 아무런 쓸모가 없는 자질구레한 문제로부터 한 걸음 물러선 채 자기수양에 힘쓰지만, 그렇다고 해서 자신 스스로 고립을 불러들이지는 않습니다.

그 이유는 고립 자체를 많은 사람들과 함께 수행해야 하는 성찰의 진정한 가치와 중요성을 방해하고 저해하는 정신적 장애물로 받아들이기 때문입니다.


## 스스로 고립을 끌어당기지 마세요!

어차피 자신 혼자가 아닌 그 누군가와 더불어 살아갈 수밖에 없는 삶이라면 주변과 단절된 고립보다는 서로 어울려 사이좋게 화합하는 융화로 자신의 현재를 냉철하게 받아들이고 다가올 미래를 겸허한 마음으로 기다리는 여유가 바람직한 자기성찰이 될 수 있으니까요.

우리 인간은 나름의 삶을 살아가는 동안 자신이 스스로 선택하고 결정한 생각과 행위에는 만족하되, 스스로 고립을 자초하는 어리석고 사리에 어두운 언행은 삼가는 것이 하루하루를 지혜롭고 현명하게 살아가는 한 방편입니다.

두 사람이 사이좋게 등을 맞댄 채 서로 하나의 버팀목이 되어 의지하고 있는 모양을 뜻하는 한자, 사람 人처럼 우리 인간은 서로 더불어 살아가야 하는 사회적 동물이란 굴레 속에서 싫든 좋든 존립할 수밖에 없는 존재입니다.

우리는 자신 스스로가 자초한 고립은 자칫 자신의 존재마저도 부정하려 드는 자기부정 심리로 굳어질 수 있는 위험천만한 사고가 될 수 있다는 사실을 경계하지 않으면 안 됩니다.


오늘은 자기 나름의 자기성찰을 통해 인간이 인간답게
살아갈 수 있는 인성을 깨우치는 소중한 하루가 되었으면 합니다.

우리 인간은 서로 더불어 살아가야 하는 사회적 동물이란 굴레 속에서
싫든 좋든 존립할 수밖에 없는 존재입니다.

# 016
## 도덕적 검증과 합리적 중용

청렴하면서도 용납하는 도량이 있고 어질면서도 결단을 올바로 잘하며 총명하지만 살피는 것이
지나치지 않고 곧지만 지나치게 강하지 않으면 이것은 꿀 바른 음식이면서 아주 달지 않고
해산물이면서 짜지 않은 것과 같으니 이것이 곧 아름다운 덕이다.

_채근담

언제부터인가 예고된 검증檢證 바람이 우리의 두 눈과 두 귀를 어지럽게
하고 머릿속을 혼란스럽게 하고 있습니다. 보면 볼수록 들으면 들을수록
생각하면 할수록 새삼스럽다 못해 식상하기까지 하는 네거티브라는 낯선
(?) 단어도 덩달아 한바탕 춤사위 판을 펼치고 있는 지경입니다.
소위 대권고지를 향한 후보자들의 처절하고 눈물겨운(?) 몸부림이 왠지
안쓰럽게 보이는 것도 그 때문인지도 모릅니다.

『진정성이 있는 검증은 자기 자신부터 엄격하게 해야 한다.』

이 말은 자신 스스로가 자신의 모든 이력과 내력을 냉정하게 평가하는 자
체 검증을 거치지 않은 검증은 양날의 검이나 다를 바 없다는 뜻의 어느
석학의 말씀입니다.

그렇습니다.

구렁이 담 넘어가듯 얼렁뚱땅 그 순간만을 애써 모면하기 위한 수박 겉 핥기 식의 어설픈 검증은 양날의 칼처럼 자칫 한쪽 날에 평생 동안 후회로 남을 치명적인 상처를 입을 수 있으니까요.

우리는 다른 사람에게 단순히 홍보 효과 차원에서 보여주기 위한 형식적인 검증은 자신을 초라하게 만들 뿐임을 알아야 합니다. 그리고 검증이 검증답지 못할 때는 자신의 고귀한 인격마저 의심을 받게 되는 것은 물론이고 급기야는 세인들까지 우울하게 한다는 사실 또한 유념해야 합니다.

자고로 인간 자체의 본질과 본성은 처음부터 끝까지 항상 정당하고 다 옳은 것은 아닙니다. 주어진 환경이나 상황에 따라 보호색을 달리하는 카멜레온처럼 변화무쌍한 변화를 드러내는 감정과 생각을 가지고 있는 인간인 이상 때로는 자신도 모르게 자신의 의지나 의사에 반反하는 적절하지 못한 말과 행위도 할 수 있으니까요.

그런데 그것이 진실과 다르게 왜곡되거나 잘못 전달될 경우 자칫 씻을 수 없는 마음의 상처는 물론이고 돌이킬 수 없는 재앙까지도 불러올 수도 있다는 점이 문제라면 문제인 것입니다. 감수성이 예민한 청소년에게 아무런 생각 없이 무심코 내뱉은 악담 한마디가 그 청소년을 문제아로 자라게 하듯이 말이죠.

그리고 성격을 달리하는 두 개의 검증이 서로 극한적으로 맞부딪치면 검증 자체를 의도적으로 오도하려고 드는 주체는 어디든 있기 마련입니다.

하나의 진실을 왜곡과 은폐 그리고 과장과 과잉으로 덧칠을 하고자 하는 심리적 속성에 길들여져 있는 존재가 우리 인간이기 때문입니다.

그러나 도저히 피할 수 없는 검증이라면 솔직담백한 심정으로 당당하게 맞서야 합니다.

그러기 위해서는 먼저 과하거나 부족함이 없이 떳떳하게 어느 한쪽으로도 치우침이 없는 중용中庸의 마음으로 검증의 거울 앞에 당당하게 서서 자신만이 알고 있는 자신의 진실과 거짓을 냉정하게 들여다볼 필요가 있습니다.

그러면 예전에는 느껴보지도 못하고 알지도 못한 진솔한 가르침과 깨달음을 줄 스승의 얼굴이 보일 테니까요. 이때의 스승은 악의적인 의도를 내포하고 있는 숱한 검증의 화살을 슬기롭게 방어할 수 있는 주체라 할 수 있습니다.

하지만 주체성을 망각하거나 상실한 스승 밑에서는 검증에 대처할 수 있는 모범 답안을 기대할 수 없습니다. 모범 답안을 기대할 수 없다는 것은 자기 자신에 대한 무한 신뢰와 무한 기대를 하루아침에 저버리는 것과 같으며, 균형감각과 중심을 잃고 좌충우돌 비틀거리는 정신으로 살아가는 것과 같습니다.

아무런 대책이나 대안도 없이 마냥 비틀거리는 정신으로는 진정한 검증을 받을 수 없기 때문입니다.


## 중용으로 자신을 먼저 검증하세요!

세인들에게 추앙받는 진정한 지도자가 되고자 하는 사람일수록 도덕적 검증과 합리적 중용이 최고의 필요선必要善이라는 사실을 명심하지 않으면 안 됩니다.

이 말은 특정한 집단이나 사회는 물론이고 불특정 다수 즉, 국민들을 앞장서서 이끄는, 한 나라를 대내외적으로 대표하는 최고 지도자의 자리에 오르면 중용이 얼마나 소중하고 중요한 덕목인가를 알게 된다는 뜻입니다.

진정한 중용은 그 어떠한 경우에도 흔들리지 않으려고 노력하는 마음의 평정에서 나오는 법입니다. 마음의 평정에서 멀어지거나 떨어져 나간 중용은 실속이 없는 허울뿐인 중용이나 다름없으니까요.

말과 행위가
진실과 다르게 왜곡되거나 잘못 전달될 경우
자칫 씻을 수 없는 마음의 상처는 물론이고
돌이킬 수 없는 재앙까지도 불러온다.

# 017
# 자발적인 헌신과 희생

원만한 가정은 상호간의 희생 없이는 절대 영위되지 못한다.
이 희생은 그것을 실행하는 사람을 위대하게 하며 아름답게 한다.
_ 앙드레 지드

우리는 삶을 살아가는 동안 나름의 헌신과 희생을 때로는 스스로 행하기도 하고, 때로는 강요당하기도 합니다. 후자의 경우는 자신의 의지에 반反하는 행위이지만, 전자는 자신의 순수한 의지가 우선되지 않으면 불가능한 법입니다.

우리는 하나의 헌신과 희생에 관하여 말할 때 그것을 대수롭지 않게 생각하거나 소홀히 해서는 안 되며, 그것을 자신 스스로 즐거워해야 한다는 사실입니다. 무릇 즐거움이란 자신 스스로가 이행한 행위를 통하여 작은 행복과 작은 만족을 느낌으로 해서 가능한 감정이니까요.

그렇습니다.

나름의 축제와 희열로 가득 찬 행위여야 하는 하나의 헌신과 희생을 막연히 감당하기 어렵다거나, 번거롭고 고된 일로 받아들이거나, 두려운 일로 생각하면 자발적인 헌신과 희생은 아무런 의미도 아무런 가치도 없습니다.

스님이 속가의 중생을 이롭게 하고 구제하기 위하여 면벽참선面壁參禪의 수행에 자신을 온전히 내맡기듯 희생과 헌신 또한 행하면 행할수록 얼굴 가득 염화미소拈華微笑가 절로 드리워지고, 말로 표현할 수 없는 기쁨이 온몸을 감싸안게 됩니다.

그러나 만에 하나 헌신과 희생을 불편하거나 불행한 일로 생각한다면 삶을 부정적으로 보는 이기적인 생각을 자신도 모르게 드러나게 하는 셈입니다.

물론 우리의 삶은 어떤 생각이나 사실을 옳다고 생각하는 긍정적인 면보다 그렇지 않다고 단정하거나 옳지 않다고 반대하는 부정적인 면이 더 많이 관여하거나 작용한다고 믿는 사람도 있을 것입니다.

하지만 이 세상에는 부정적인 삶을 살아가고자 하는 사람들보다, 긍정적인 삶을 살아가기 위해 부단하게 노력하는 사람들이 더 많은 법입니다.

## 헌신과 희생을 두려워 마세요!

우리 모두는 부정적인 그 무엇을 긍정적인 그 무엇으로 변화시키고자 하는 열정과 노력을 아끼지 않는 한, 오만 가지 잡동사니로 넘쳐나는 이 세상은 자발적인 헌신과 희생으로 더 아름답게 보일 것이고 더 향기로워질 것입니다.

긍정적인 사고를 바탕으로 한 진정성 있는 자발적인 헌신과 희생을 항상 기쁜 마음으로 행하십시오. 우리가 진정으로 바라는 삶의 행복과 기쁨은 우리를 비껴가지도 피해가지도 않을 테니까요.

하나의 헌신과 희생을 막연히 감당하기 어렵다거나,
번거롭고 고된 일로 받아들이거나,
두려운 일로 생각하면 자발적인 헌신과 희생은
아무 의미도 아무 가치도 없다.

# 018
# 의문 관찰하기

의문을 소중히 하라.
그것은 상식의 오류를 깨뜨리고 진리를 발견하는 기폭제인 것이다.

_ 우메하라 타케시

〈나〉라는 존재는 무엇이지?

〈나〉는 누구이지?

〈나〉는 왜 여기 있는 거지?

〈나〉는 지금 어디로 가고 있는 거지?


자신 나름의 삶을 살아가면서 단 한 번이라도 자신의 존재인 〈나我〉에 대해 의문을 가져본 적이 있나요?

이 진부한(?) 물음에 아무런 거리낌이나 스스럼 하나 없이 간단명료하면서도 명쾌한 모범 답안을 내릴 수 있는 사람은 과연 몇 명이나 있을까요?

글쎄요. 아니, 어쩌면 네 발로 걷는 짐승들과는 다르게 두 발로 걸을 수 있고, 의사전달에 필요한 특정 언어를 사용하고, 머리로 생각이란 것을 할 줄 아는 인간으로서 존재해 왔으니까 그저 그냥 그렇게 존재할 뿐이라는 피상적인 의미의 답 정도는 누구나 할 수 있을지도 모릅니다.

그래서 어느 시인은 『인간으로서 존재의 의미는 단순한 것 같으면서도 복잡하고, 복잡한 것 같으면서도 단순하다.』고 말했습니다.

이 말은 우리 인간은 주어진 환경에 따라 때로는 속 다르고 겉 다른 이중성으로 인해 가끔 자기 나름의 의문에 빠지기도 한다는 뜻이 아닐까요?

그런데 막상 의문에 빠지게 되면 선택해야 할 길은 두 가지 중 하나로 정해져 있기 마련인데, 문제는 그 어느 쪽을 선택해도 바람직하지 못한 결과를 초래하기도 하고, 곤란한 상황에 직면하게 되는 딜레마에 사로잡히게 된다는 점입니다. 이때의 딜레마는 자신의 존재를 의심하는 메커니즘이라 할 수 있습니다. 정신분석학에서는 메커니즘을 무의식적 방어수단이라고 합니다.

그렇듯 우리 개개인의 존재는 불행하게도 서로 상대적일 수밖에 없습니다. 그 이유는 다른 사람들도 각기 나름대로의 자신의 존재를 인정하고 있기 때문입니다.

무릇 자기 존재는 그 어떤 제약과 구속도 개입할 수 없는 절대적인 진리와도 같습니다. 우리 인간의 본성에는 다른 사람의 존재를 쉽게 인정하지 않으려는, 자신의 이익만을 꾀하는 이기적인 고정관념과 이 세상의 모든 현상은 비어 있다는 것을 깨닫지 못하고 집착하는 유상집착적有相執着的 이해타산이 깔려 있으니까요.

이때의 고정관념과 이해타산은 자기 존재를 완전하고 완벽한 존재로 생각하는 자만과 교만에서 비롯되는 자기중심적 에고라고 할 수 있습니다.

우리 인간은 자기 자신의 존재감 하나만으로 살아가는 세계에서는 그지없이 자유로운 정신과 영혼의 소유자입니다. 하지만 어차피 다른 사람들과 더불어 살아갈 수밖에 없는 세계에는 자신의 존재 자체가 절대적인 선善이 될 수는 없습니다. 아니, 되어서도 안 됩니다.

그 어떤 논리로도 부정할 수 없는, 부정해서도 안 되는 상대적인 개념 그 이상도 아니고 그 이하도 아닌 자기 자신의 존재는 다른 사람과 원만한 융화와 조화를 이룰 수 있을 때 비로소 그 존재의 의미를 찾을 수 있으니까요.

## 지나친 의문은 삼가세요!

도를 넘는 지나친 의문은 자신과 관계되는 모든 것을 파괴하고 싶어 하는 과격한 속성을 가지고 있는 정신적 장애입니다. 자기 자신을 믿지 못하면 다른 사람의 생각 속에 들어있는 이해조차도 자칫 오해로 보이기 마련이니까요.

우리는 자신의 존재를 자신의 생각 속에만 있다고 맹신하는 사람과 머리는 있으되 생각이란 것을 할 줄 모르는 사람은 자신의 모든 주체인 자신의 존재조차 믿으려 들지 않는다는 나쁜 의미의 외곬수라는 사실을 명심해야 합니다.

프랑스의 수학자 · 철학자이며 근대 철학의 아버지로 널리 알려져 있는 데카르트는 인간의 존재와 생각을 이 한마디로 설파했습니다.

『나는 생각한다. 고로 나는 존재한다.』

이 말은 '나는 존재하므로 생각할 수 있고, 생각할 수 있으므로 나라는 존재를 의문시하지 않는다.'는 뜻이 아닐까요?

오늘은 소중한 자기 정체성을 나쁜 쪽으로 의문시하는
부정적인 사고에서 한 발 물러서는 하루가 되었으면 합니다.

·

우리 인간의 본성에는
다른 사람의 존재를 쉽게 인정하지 않으려는
자신의 이익만을 꾀하는 이기적인 고정관념과
이 세상의 모든 현상은 비어 있다는 것을 깨닫지 못하고
집착하는 유상집착적 이해타산이 깔려 있다.

# 019
# 겸손의 미학

겸손하지 못한 사람은 언제나 타인을 비난한다. 그런 사람은 오직 타인의 그릇된 것만을 인정한다.
그럼으로써 자신의 욕망과 죄는 점점 더 커지는 것이다.
_ 레프 톨스토이

우리는 삶을 살아가면서 자신도 모르는 사이에 어떤 일을 하려거나 이루려는 의지와 욕구를 잃어버리게 되는 실의의 순간에 직면할 때가 더러 있습니다. 그때마다 우리는 자기 나름의 방식으로 그 실의와 당당히 맞서기도 합니다.

어떤 사람은 자포자기 심정으로 스스로 무릎을 꿇기도 하고, 어떤 사람은 적극적으로 맞서 싸우려는 오기로 대들기도 하고, 어떤 사람은 교묘한 수단과 방법을 동원하여 대처하기도 합니다.

그러나 매사에 용기가 부족하고 의지가 약한 사람은 실의 앞에 자신도 모르게 쉽게 무너져 버리기도 합니다.

반면에 자기관리에 엄격하고 충실한 사람은 실의가 자신을 괴롭히기 시작하면 먼저 자신을 낮추는 겸손한 마음으로 실의가 조성한 부당한 상황과 조건을 아무런 이유 없이 그냥 반대하거나 무턱대고 찬성하지 않으면서 실의를 불러온 정황을 면밀히 검토하고 주의 깊게 분석해 나갑니다.

운동화의 매듭을 풀거나 짓기 위해서는 반드시 허리를 숙여야 하는 것처럼 겉으로는 잠시 자신을 낮추는 제스처를 취하지만 안으로는 자기 나름의 비상구나 탈출구를 찾으려는 노력을 게을리 하지 않기 때문입니다.

하지만 우리는 부당한 일에 대항할 수 있는 힘과 용기와 기백이 부족하거나 불안정할 때는 한순간의 지나친 겸손이 자신에게 치명적인 해害가 될 수 있다는 사실을 깨달아야 합니다. 지나친 겸손은 도덕적으로 바르고 아름다운 미덕이 아니라, 자신의 정체성을 부정하는 장애 요인이 될 수도 있으니까요.

자신의 낮추는 겸손은 약방의 감초처럼 항상 바람직하거나 반드시 좋은 것은 아닙니다. 겸손할 때와 그렇지 않을 때를 냉철하게 구분할 줄 알 때 비로소 그 의미와 가치를 찾을 수 있으니까요.


## 지나친 겸손으로 자신을 폄하하지 마세요!

자신 고유의 주체성이나 정체성을 외면하고 무시하면서까지 내세우는 겸손은 굴욕적인 삶을 살아갈 수밖에 없는 하나의 요인으로 작용하기 쉽습니다.

늘 굴욕적인 삶을 살아가는 사람일수록 미래의 삶에 대한 긍정적인 의지와 명분을 스스로 저버리는 것이나 다를 바 없으니까요.

'겸손도 지나치면 믿지 못한다.'는 속담이 있습니다.

이 말은 주어진 상황에 상관없이 지나치게 자신을 낮추는 태도는 오히려 위선으로 보일 수도 있다는 뜻입니다.

그렇습니다.

진정한 겸손이 요구하는 미덕은 타당하고 정당한 일에 스스로를 낮추는
데 있으니까요.

지나친 겸손은
도덕적으로 바르고 아름다운 미덕이 아니라,
자신의 정체성을 부정하는 장애 요인이 될 수도 있다.

# 020
# 당당하고 떳떳한 실패

우리는 성공보다 실패를 통해 더 많은 것을 배운다.
하지 말아야 할 것을 발견함으로써 해야 할 것을 발견하게 된다.

_ 밀턴

1년 365일 다람쥐 쳇바퀴 돌듯 하는 우리네 삶의 여정에는 자의에 의해서 든 타의에 의해서든 성공을 방해하고 시샘하려는 실패의 그림자는 늘 따르기 마련입니다.

그렇듯 실패는 초대하지 않았는데도 우리의 주위를 어슬렁거리며 호시탐탐 기회를 엿보며 온갖 훼방과 해코지를 서슴지 않는 아주 질이 나쁜 녀석입니다.

실패는 '쓰디쓴 실패 없이는 결코 달콤한 성공을 맛볼 수 없다.'는 궤변 아닌 궤변을 자랑삼아 늘어놓으며 우리를 유혹하기도 하고 현혹시키기도 합니다. 그럴 때일수록 우리는 하나의 실패는 어느 날 갑자기 하늘에서 그냥 뚝 떨어지는 것이 아니며, 은연중에 드러난다는 사실을 결코 간과해서는 안 됩니다.

실패는 성공을 준비하거나 기다리고 있는 사람에게 고양이 발걸음으로 한 발짝씩 한 발짝씩 천천히 다가서는 교활하기 짝이 없고 음흉하기 이를 데 없는 녀석입니다.

실패에는 두 가지 부류가 있습니다. 하나는 시행착오 하나 없이 완벽하게 계획하고 진행을 했는데도 예상하지 못한 불가항력적인 변수로 인한 실패일 것이고, 다른 하나는 '틀림없이 성공할 거야!' 하는 자만과 교만이 부른 방심으로 인한 실패일 것입니다.

전자의 실패는 심기일전하여 재도전을 할 수 있는 밑그림이 될 수 있지만, 후자의 실패는 재기불능조차 무색할 정도로 치명적일 수 있습니다. 그리고 전자의 실패는 동정의 여지라도 있지만, 후자의 실패는 비난과 책임이 따를 뿐입니다.

예를 들면, 사자는 먹잇감을 발견하더라도 사냥할 마음이 없으면 그 먹잇감을 아예 거들떠보지도 않으며, 먹잇감이 도망갈 수 있도록 그냥 못 본 척 합니다.

이럴 때는 실패가 아닙니다. 사자는 먹잇감을 놓아주어야 할 때를 알고 있을 뿐입니다.

그러나 '설마 실패를 하겠어?' 하는 무사안일한 생각과 '이만하면 괜찮겠지.' 하는 한순간의 방심으로 자초한 실패는 엄연히 다릅니다.

하나의 실패는 '감히 내가 하는데 실패 따윈 있을 수 없어!' 하는 자만에 빠져 주어진 상황에 둔감하게 반응을 할 때 제일 먼저 찾아오는 불청객입니다.

여기서 우리는 한순간의 부주의로 잘못을 저지르게 되는 실수와 원하는 결과를 얻지 못하거나 뜻한 바대로 되지 않아 그르치게 되는 실패는 엄연히 다르다는 사실을 간과해서는 안 됩니다.

한 번의 실수는 두 번 다시 반복하지 않는데 그 의미를 찾을 수 있지만, 하나의 실패는 두 번을 하든 열 번을 하든 성공을 위한 재도전에 그 의미를 찾을 수 있으니까요.

우리는 하나의 실패를 인정해야 하는 경우에는 먼저 자신에게 냉정한 마음을 가져야 합니다.

냉정한 마음은 실패의 원인을 자신 스스로 깨우치는 자기성찰이 될 수 있으니까요.


## 실패를 결코 두려워하지 마세요!

실패를 두려워한다는 것은 자기 자신에 대한 불신이며, 재도전의 의미를 스스로 박탈해버리는 소아적小我的 발상 그 이상 그 이하도 아니니까요.

성공은 실패라는 구속에서 자유롭지 못합니다. 실패를 경험해보지 않고는 성공 또한 기대할 수 없는 것이 이 세상의 이치이니까요.

실패를 통하여 성공을 위한 재도전의 깨달음과 지혜를 얻을 수 있다면 그건 실패가 아닙니다.


오늘은 하나의 실수로 인한 하나의 실패를 두려워하지 않는
재도전을 위한 당당한 패기를 가지는 하루가 되었으면 합니다.

실패는 '감히 내가 하는데 실패는 있을 수 없어!' 하는 자만에 빠져 주어진 상황에 둔감하게 반응을 할 때 제일 먼저 찾아오는 불청객이다.

Chapter 3

# 평정심

# 잠재의식

# 자아성찰

오늘은 〈참다운 나〉를 일깨우는
의미 있는 자아성찰을 통해 과거에 연연하지 않고,
현재에 방만하지 않고, 미래에 집착하지 않는
하루가 되었으면 합니다.

# 021
## 정보화 시대 유감

정보나 지식은 머리로 이해하는 것은 아니다.
행동으로 옮기고 실천해야 한다.

_ 앤서니 라빈스

21세기를 살아가고 있는 우리네 삶은 하루가 다르게 우후죽순처럼 생겨나는 다양한 정보의 흙더미 속에 파묻혀 있다고 해도 지나친 말이 아닐 것입니다. 우리는 그런 과유불급의 정보 속에서 알게 모르게 때로는 방향감각을 잃어버리기도 하고, 때로는 강 건너 불구경 하듯 무관심으로 일관하기도 합니다.

그 이유는 머릿속에 저장할 수 있는 정보의 양이 너무도 많은 까닭에 굳이 자신이 더 수용할 필요가 없다고 생각하기 때문이기도 하지만 한편으로는 필요할 때마다 찾아보면 되지 않느냐는 자기변명 아닌 자기변명으로 자신을 합리화하기 때문입니다. 그러나 이런 생각은 정보화 시대를 살아가고 있는 한 위험하기 그지없는 어리석은 발상인지도 모릅니다.

한낱 아무짝에도 쓸모가 없는 쓰레기 같은 잡동사니 정보라 해도 사람에 따라서는 그 어떤 정보보다 효용가치가 있는 중요한 정보가 될 수 있으니까요.

여기서 우리는 하루하루가 다르게 정보의 양이 기하급수적으로 늘어나면

날수록 우리 자신이 스스로 결정해야 하고, 무엇을 하고자 하는 생각과 일이 그만큼 많아진다는 사실을 간과하지 않아야 합니다. 하나의 정보를 그냥 단순한 정보로만 받아들이지 말고 우리의 실생활에 어떤 영향을 미치고 어떤 작용을 하는지를 헤아려볼 필요가 있기 때문입니다.

어느 심리학자는 보통 사람들은 잠재능력의 10~15% 정도밖에 활용하지 못한다고 하고, 천재라고 해도 고작 15~20%만을 활용할 뿐이라고 말합니다.

이 말은 우리의 정신세계 속에 숨겨져 있는 개개인의 잠재능력을 나름의 노력으로 개발하면 그 용량을 무한정으로 늘려갈 수가 있다는 뜻이 아닐까요?

이때의 개발은 지속적인 교육과 다방면의 경험 그리고 일관성 있는 의지와 확고부동한 결단을 말합니다.

우리는 미처 끄집어내지 못하고 있는 잠재능력을 자신의 것으로 개발하기 위해서는 하나의 지식이라도 쉼 없이 배우고 얻은 정보를 냉철하게 분석하고 많은 경험과 체험의 영역을 넓히는 적극적인 행위를 멈추지 않아야 합니다.

만에 하나 우리 주변에 언제든지 마음만 먹으면 어렵지 않게 구할 수 있고 쉽게 취할 수 있는 온갖 정보들이 부지기수로 널려 있기 때문에 애써 일부러 수집하거나 배울 필요가 없다고 생각하는 사람이 있다면, 그 사람이야말로 21세기 최첨단 정보화 시대에 역행하는 고루하고 진부한 구시대적인 착각 속에 사는 참으로 어리석은 사람인지도 모릅니다.

# 적재적소에 활용할 수 있는 정보를 습득하세요!

그렇습니다.

단순히 다른 사람보다 많은 정보를 알고 있고, 가지고 있는 것만으로 지식의 요체要諦가 되지는 않으니까요.

무릇 어떤 사물이나 상황에 대한 새로운 소식이나 자료를 일컫는 정보라는 개념은 적재적소適材適所의 원칙하에 일정한 상황에 효과적이고 알맞게 활용하고 원활히 소통될 수 있도록 해야 합니다.

그것이 바로 감당하기 힘들 정도로 물밀듯이 밀려오는 다양한 정보의 홍수 더미 속에서 당황하거나 방황하지 않는 나름의 지혜로움이 될 테니까요.

하지만 우리 인간은 언제쯤 오감을 무디게 만드는 정보의 홍수 속에서 진정 자유로울 수 있을까요?

하루하루가 다르게 각양각색의 얼굴로 나타나는 수많은 정보에 치어 질식사라도 하지 않을까 하는 두려움이 드는 이유는 21세기 정보화 시대가 주는 유감 때문인지도 모릅니다.


어떤 사물이나 상황에 대한
새로운 소식이나 자료를 일컫는 정보라는 개념은
적재적소의 원칙하에
일정한 상황에 효과적이고 알맞게 활용하고
원활히 소통될 수 있도록 해야 한다.

# 022
# 평정심 키우기

인생의 승부에서 이기기 위한 전제조건은 평정심이다. 평정심은 머릿속에서 나오는 것이 아니라
몸과 마음의 수련에서 나온다. 스스로 절제할 수 있고 어떠한 상황에서라도
평정심을 유지할 수 있다면 모든 승부에서 이길 수 있다.

_김경준

우리 인간은 간혹 주위 사람들은 물론이고 주어진 환경과 조화를 이루지 못한다고 느낄 때가 더러 있습니다. 그럴 때는 자기 생각대로 일이 뜻대로 안 풀린다는 자격지심에 머릿속이 심하게 엉킨 실타래처럼 혼란스럽고 괜히 자신도 모르게 의기소침해지기 마련입니다.

그런 기분은 하루 종일 계속되기도 하고, 어떤 때는 몇 주, 몇 달씩 지속될 때도 있습니다. 그러다 보면 어쩔 수 없이 마음의 병이 되기도 합니다.

이때의 마음의 병은 평정심을 잃어버렸을 때 자신 스스로 키우는 정신적 질환이라 할 수 있습니다.

평정심은 감정의 기복이 유난히 심하거나, 하고자 하는 일이나 진행 중인 일에 여느 때와 다르게 신중을 기할 수 없거나, 상황 판단을 냉정하게 할 수 없을 때 필요한 마음입니다.

일반적으로 감정 변화의 폭이 심하여 사소한 외부의 자극에도 민감하게 반응하고, 쉽게 흥분하고, 유난히 참을성이 부족한 다혈질 성격의 소유자에게는 평정심이 모자라는 편입니다. 그 이유는 순간적으로 욱하고 치미

는 모가 난 성질머리를 자신 스스로 추스르거나 다스리지 못하기 때문입니다.

자신의 감정을 주위 환경이나 분위기에 상관없이 있는 그대로 즉각적으로 표출하는 것은 대인관계에 있어 때로는 단점으로, 때로는 약점으로 작용할 수 있습니다. 특히 중요한 비즈니스 건으로 상담을 주로 하는 영업 분야에 종사하는 사람에게는 치명적일 수 있습니다.

상대방이 볼 때는 자신의 감정을 솔직하게 드러낸다고 좋게 평가할 수 있을지 모르지만 어지간하다는 표현이 무색할 정도의 과도한 솔직성은 오히려 인간관계에 마이너스로 작용할 수 있는 원인이 되기도 하니까요. 특히 사업상의 중요한 만남이나 계약을 앞두고 있을 때는 감정의 표출에 나름의 조화와 균형을 유지해야 합니다.

감정상의 조화와 균형이 무너진 상태에서의 대화는 자칫 자신 스스로 불협화음에 빠지기 쉬우니까요. 그런 현상은 노래연습장에서 노래를 부르다가 자신도 모르게 박자를 놓쳤을 때의 찜찜한 기분을 상상하면 쉽게 이해가 될 것입니다.

있는 듯하면서도 없는 듯, 없는 듯하면서도 있는 듯한 마음이 바로 평정심입니다. 엄정한 평정심은 자신은 물론이고 다른 사람을 편안하게 해주는 매력을 가지고 있습니다.

그 어떠한 일렁임도 하나 없이 죽은 듯이 숨죽이고 있는 수면보다 차분하고 평온한 잔물결이 소리 없이 번지는 수면이 더 아름다운 법이듯 말이죠.

# 평정심으로 일상을 준비하세요!

평정심은 무슨 일이 일어났는지 채 알지도, 채 깨닫지도 못하는 사이에 그 어떤 어려운 상황이 주어진다 해도 슬기롭게 대처할 수 있는 지혜로움이라 할 수 있습니다. 평정심은 일말의 흔들림이나 주저함이 없이 주어진 변화에 의연하게 대처할 수 있는 정신적 여유를 갖게 해주는 힘이기도 합니다.
평정심은 앞으로 닥쳐올 온갖 정신적·육체적 고난과 위기를 예견하고 분석해주는 바로미터입니다.
평정심을 버리고 하루를 시작한다는 것은 정신은 집에 묶어놓고 몸만 출근하는 거나 다름없습니다. 그리고 평정심은 평소에는 소홀히 지나쳤던 일을 냉철하게 꿰뚫어 보게 하는 넓은 안목과 풍부한 식견을 동시에 갖추게 하는 심미안이기도 합니다.

오늘은 지나치지도 않고 부족하지도 않은 나름의 엄정한
평정심으로 일상을 설계하는 하루가 되었으면 합니다.

평정심은
감정의 기복이 유난히 심하거나,
하고자 하는 일이나 진행 중인 일에
여느 때와 다르게 신중을 기할 수 없거나,
상황판단을 냉정하게 할 수 없을 때 필요한 마음이다.

마음의 수행이란 긍정적인 생각들을 키우고 부정적인 생각들을 물리치는 것이다.
이 과정을 통해 진정한 내면의 변화와 행복이 찾아온다.
_ 달라이 라마

우리는 삶을 살아가는 동안 일정한 주관이나 원칙도 없이 덮어놓고 마구 행하는 맹목적인 훈련과 나름의 뚜렷한 주관과 원칙으로 목적의식이 뚜렷하고 확실한 훈련을 구분할 줄 아는 분별력이 필요합니다.

후자는 하나의 목표를 성취하기 위한 수단으로서는 지극히 이상적이지만, 전자는 목표의 초점과 방향을 흐리게 하는, 자칫 자신도 모르는 사이에 광신에 빠지기 쉽습니다.

과거에는 종교적 이상을 성취하기 위해서 육체적인 욕망을 금기시하는 금욕주의가 수행을 행하는데 있어 중요하다고 믿는 사람들이 더러 있었습니다.

그들은 한 점 빛조차 들지 않는 어둡고 칙칙한 동굴 안에서 불편한 자세로 생활하면서 육체적 고통을 스스로 감내할 정도로 오랜 시간동안 금욕을 하기도 했습니다. 고통스러운 과정을 겪는 고행이 곧 진정한 수행이라고 믿고 있었기 때문입니다.

하지만 최첨단 문명사회를 살아가는 우리는 왜 수행이란 것을 해야 하고,

앞으로 어떻게 수행해야 할 것인가에 대해 명확하게 인식하고 있다면 자신의 의지에 반 $^{\,反}$ 하는 고행을 굳이 자청할 필요까지는 없지 않을까요?

## ·····
## 맹목적인 수행은 삼가세요!

『수행에 관한 한 누구나 더 좋은 목적을 성취하기 위해서는 지금보다 더 많은 노력을 기울이거나, 수행 도중 참기 힘든 고통의 순간이 온다할지라도, 그 고통이 곧 수행이 요구하는 한 과정이라고 생각하고 겸허하게 받아들일 준비가 되어 있어야 한다.』

이 말은 자기 나름의 의지와 그 의지를 뒷받침해주는 준비성이 모든 훈련과 엄격한 생활이 지향하는 수행의 목표가 될 수 있다는 뜻의 어느 선사의 말씀입니다.

하나의 수행이 고통이 따르는 고행이 되고 안 되고는 자신이 행하고 있는 수행의 과정이 자신 스스로 인정하고 이해하고 있느냐에 달려 있습니다.

그리고 자신이 예전에 전혀 경험해보지 못한 높은 경지로 영혼을 고양시킬 수 있을 때 비로소 수행이 요구하는 진정한 해답을 얻을 수 있습니다.

우리는 우리가 지향하고자 하는 목적의식이 명확하면 할수록 수행에 관한 한 잃는 것보다 얻는 것이 더 많은 법이라는 사실을 깨달아야 합니다.

> 수행에 관한 한 누구나 더 좋은 목적을 성취하기 위해서는 지금보다 더 많은 노력을 기울이거나, 수행 도중 참기 힘든 고통의 순간이 온다할지라도, 그 고통이 곧 수행이 요구하는 한 과정이라고 생각하고 겸허하게 받아들일 준비가 되어 있어야 한다.

# 뇌 들여다보기

사람의 두뇌에 술을 들어붓는 것은 기계의 베어링에 모래를 끼얹은 것과 같다.

_ 에디슨

인간의 신체를 구성하고 있는 여러 기관 중의 하나인 뇌는 정신적인 기능을 주로 담당하는 곳입니다. 뇌에는 많은 신경과 세포가 거미줄처럼 엉켜 있으며, 본성과 이성, 감정과 기억 그리고 사고가 혼합되어 있습니다.

사물의 이치를 분별하거나 깨닫는 능력인 지각의 영역으로 들어오는 모든 정보는 뇌의 신경과 세포의 일정한 터널을 통해 한 곳으로 모이기 마련입니다. 그리고 그 어떤 자극으로 인해 빛보다도 빠른 스파크 현상을 일으킵니다. 이때의 스파크 현상이 바로 뇌의 중요한 기능이라 할 수 있습니다.

어느 생체학 박사는 인간의 뇌는 아직 많은 부분이 깊은 잠에 빠져 있는 상태에서 한 번도 사용되지 않은 채 바위처럼 단단히 굳어 있다고 했습니다.

우리는 죽은 듯이 잠자고 있는 뇌세포를 생동감 있게 깨워야 하는 책임이 있습니다.

그 책임을 다하기 위해서는 먼저 뇌의 중심으로 들어가야 합니다.

깊은 잠에 빠져있는 뇌는 한 점의 빛조차 없는 어두운 동굴이나 다름이 없습니다. 우리는 한 점의 빛이 되어 칠흑 같은 어둠에 둘러싸여 있는 동굴을 밝혀야 합니다.

이때의 빛은 하나의 생명체가 정상적으로 활동하는 데 필요한 육체적 · 정신적인 힘이라고 일컫는 기氣입니다.

기는 우리의 뇌에 생명을 불어넣어 주기도 하고, 육체적인 건강을 유지하게 하고, 정신적인 능력의 한계를 넘어서게도 하는 우리 몸에서 꼭 필요한 소중한 에너지입니다.

하지만 기 하나만으로 우리의 정신과 마음 그리고 영혼을 다루는 데는 항상 한계가 있기 마련입니다.

삶을 살아가는 동안 자의든 타의든 겪게 되는 여러 가지 갈등과 문제를 기를 통한 능력만으로 해결하려고 들면 궁극적인 해답을 얻지 못할 수도 있으니까요.


## 깊은 잠에 빠져 있는 뇌를 깨우세요!

항상 깨어있는 뇌는 적극적인 자세로 어떤 일을 이루려는 진취적 사고를 배양하는 통로 역할을 충분히 수행하기도 합니다.

반면에 1년 365일 동안 죽은 듯이 잠자고 있는 뇌는 한걸음 뒤로 멀찌감치 물러서서 직접 관여하지 않고 곁에서 지켜보기만 하는 퇴보적 사고에서 벗어나지 못하게 합니다.

우리 인간의 뇌는 항상 생기 있게 깨어있어야 합니다. 깨어있지 않으면 삶에 대한 도전의식은 자기 것이 아닌 남의 것이 되기 쉽습니다.

우리는 지금이라도 자기성찰을 통해 깊은 잠에 빠져 있는 뇌를 깨워야 합니다. 자기성찰을 통해 뇌의 기능을 활기 있게 만드는 사람은 항상 미래지

향적인 삶의 에너지를 자신의 것으로 활용할 줄 아는 사람이 될 수 있으니
까요.

오늘은 자신을 뒤돌아보는 자기성찰의 몰입을 통해
미처 발견하지 못한 뇌 속의 잠재능력을
십분 활용하는 의미 있는 하루가 되었으면 합니다.

항상 깨어있는 뇌는 적극적인 자세로
어떤 일을 이루려는 진취적 사고를 배양하는
통로 역할을 충분히 수행하지만
1년 365일 동안 죽은 듯이 잠자고 있는 뇌는
한걸음 뒤로 멀찌감치 물러서서 직접 관여하지 않고
곁에서 지켜보기만 하는 퇴보적 사고에서 벗어나지 못한다.

# 025
# 미래의 나침반

현재 일이 잘 안 되고 있는 사람은 미래를 걱정하는 사람이다.
현재는 결코 우리의 목적이 아니다.
과거와 현재는 수단이며 미래만이 우리의 목적이다.

_ 파스칼

우리는 어떤 상황에 놓이게 되면, 그 상황이 자신에게 불리하든 유리하든 항상 자신의 모든 능력과 기량을 정확하고 분명하게 활용할 줄 아는 진취적인 사고를 길러야 합니다.

만약에 그런 사고가 굳이 필요 없다고 생각한다면 그건 자신의 올바르지 않은 그릇된 행위를 합리화하기 위하여 공연히 내세우는 구실에 지나지 않습니다.

하지만 우리 인간은 경우에 따라서는 어쩔 수 없이 주어진 환경이나 상황에 구속되거나 지배당할 수밖에 없는 약한 존재입니다. 사회적 동물인 인간으로 태어난 이상 주어진 환경과 상황을 떠나 살아갈 수는 없으니까요. 그런 환경과 상황에서 벗어나기 위해 아등바등 몸부림을 치며 저항과 반항을 해본들 아무런 소용이 없습니다. 환경 친화적인 존재로 태어난 이상 숙명처럼 받아들여야 하니까요.

그러나 한편으로는 주어진 환경과 상황을 정확히 인식해서 합리적이며 생산적인 적응력으로 끝까지 살아남느냐 아니면 비합리적이며 비생산적인 적응력으로 도태되고 말 것인가에 대해서는 심각하게 고민해 볼 필요가 있습니다.

우리에게 주어지는 환경과 상황은 유감스럽게도 우리 개개인을 나름의 저울대 위에 올려놓고 자기 구미에 맞는 사람만 선택할 수 있는 초자연적 권한을 가지고 있습니다. 인간의 힘으로는 어쩔 수 없는 불가피하게 주어지는 환경과 상황은 아무도 거스를 수 없는 불가항력 그 이상의 절대 권력이니까요.

하지만 환경과 상황은 미래에 대한 자기 나름의 진취적인 배경인 비전을 마음속에 품고 그때그때 주어지는 조건과 변화에 시의적절하게 적응하려고 노력하는 사람을 선호하고 선택하는 경향이 강한 편입니다.

배경이 없는 그림은 죽은 그림이나 다름없지만 배경이 있는 그림은 살아 있는 그림입니다. 추색秋色을 상징하는 붉고 노란 가을단풍도 가을이란 배경이 있기에 아름다운 것이며, 한겨울에 내리는 함박눈은 겨울이 있기에 운치가 나는 법이니까요.

이와 마찬가지로 무릇 자신만의 비전이 없는 삶을 살아가는 사람은 진취성이 실종될 뿐만 아니라 다른 사람의 비전을 흉내 내고 모방하는 데만 급급해 하는 타성적인 인간이 되기 쉽습니다.

비전은 자신의 미래에 대한 나침반입니다. 나침반이 없는 인생은 끝 간 데 없이 펼쳐져 있는 망망대해에서 자칫 순항 기능을 잃은 배처럼 방향감각을 잃고 표류하기 쉽습니다.

이때의 표류는 곧 낙오며 패배인 것입니다.

## 자신만의 비전을 품으세요!

품는 순간 그 어떤 어려운 환경이나 상황 속에서도 당당하게 살아남을 수 있는 힘을 느끼게 될 것입니다.

태양이 동해 바다를 붉게 물들이며 떠오를 때 절로 탄성을 자아내게 하는 웅장함과 장엄함이 느껴지는 이유는 바다의 배경으로 일컬어지는 수평선이 있기 때문입니다.

비전은 창조적이어야 하고 독보적이어야 합니다. 다른 사람이 쉽게 들여다볼 수 있는 비전은 생명력이 짧기 마련이니까요. 생명력이 짧은 비전은 경쟁력이 약할 수밖에 없습니다.

반면에 경쟁력이 남달리 강한 비전은 어떤 악조건에도 굴하지 않고 흔들림이 없는 초심으로 항상 환경에 적응할 수 있는 힘을 가지고 있습니다.

혹여 쥐뿔도 없는 주제에 비전은 무슨 비전 타령이냐고 자신을 비웃고 있지는 않겠죠?

비전은 돈이 들지 않습니다. 얼마든지 무상으로 혜택을 받을 수 있는 것이 비전입니다.

오늘을 살아가고 있는 지금 이순간 자신의 미래를 미리 끌어당겨 보세요.
어둡고 우울한 비전이 아닌 찬란하고 생기 있는 비전이 그대를 맞이할 테니까요.

비전은 자신의
미래에 대한 나침반이다.
나침반이 없는 인생은
끝 간 데 없이 펼쳐져 있는
망망대해에서
자칫 순항 기능을 잃은 배처럼
방향감각을 잃고
표류하기 쉽다.

# 026
# 음해 삼가기

모략과 중상만큼 빠르고 쉽게 발설되는 것도 없고 빨리 받아들여지는 것도 없으며
널리 퍼지는 것도 없다.

_ 키케로

우리 인간은 자기 자신을 밖으로 드러내지 않으면서 정당하지 못한 그릇
된 수단과 방법으로 다른 사람을 해롭게 하려는 목적으로 음해의 칼날을
세우는 순간, 그것이 얼마나 비인간적이고 비이성적이고 비윤리적이고
비도덕적이고 잔인하고 무서운 것인지를 스스로 깨달아야 합니다.

지혜롭고 현명한 사람은 선택의 여지가 없는 최후의 순간이라 해도 결코
음해 따위는 사용하지 않습니다. 음해를 마음과 머릿속에 두고 그 대상을
고르는 자체를 인간적 굴욕이라고 여기기 때문입니다.

음해는 당사자의 건전한 정신과 마음은 물론이고 영혼까지 황폐하게 만
드는 몰지각한 행위 그 이상 이하도 아닙니다. 이때의 황폐는 죽음과 공포
그리고 파괴보다 더 잔혹한 법입니다.

무릇 음해는 자기 자신이 직접 겪는 고통보다 더 지독하고 더 잔인한 고통
을 당사자에게 일방적으로 떠넘겨 덮어씌우는 비열하고 졸렬한 행위이기
때문입니다.

음해는 비인간적이고 어리석은 사람이 아무 대책 없이 휘두르는 악의적

인 수단과 방법 그 이상 이하도 아닙니다. 음해가 그 아무리 자기방어적인 배경이 깔려 있는 최선의 선택이라 해도 당사자의 정신세계를 아무런 이유 없이 황폐화시키는 독버섯이나 다름없으니까요.

지혜롭고 현명한 사람은 불가피하게 음해를 선택할 수밖에 없는 최악의 상황이 오더라도 다른 방법은 없는지부터 먼저 생각합니다. 자칫 그 음해로 인해 다른 사람의 생명을 위험에 빠트릴 수 있다는 사실을 알고 있으니까요.

그리고 음해는 인간 고유의 품성과 인성을 부패와 변질로 치닫게 하는 무차별적 폭력이나 다름이 없습니다.

우리 인간에게는 주어지는 상황에 따라 비타협적이고 극단적인 잔인함을 자신도 모르는 사이에 드러내는 탈이성적인 본성이 깔려있기 때문입니다.


음해의 칼날을 세우지 마세요!

세운 칼날을 아무런 생각 없이 마구 휘두르는 순간, 자신의 고귀한 인간성은 〈소돔과 고모라의 파멸〉보다 무서운 파멸의 무덤을 향해 달려가는 폭주기관차가 될 테니까요.

우리 인간은 나름의 삶을 살아가는 동안 경험하게 되는 슬픔 중에 가장 비극적인 슬픔은 음해의 칼날을 마음속에 품고 무지스럽고 사악한 인간으로 스스로 타락하여 비인간적인 잔인함을 드러내는 순간임을 결코 간과해서는 안 됩니다.

불가에서 말하는 지혜로움과 깨달음의 진의眞意가 무엇인지를 알고 있거나, 알고자 하는 사람일수록 음해가 아무런 이유도 없이 아무런 분별심도 없이 활개치는 세상을 원하지 않습니다.

그들은 인간 본연의 청정한 마음으로 세상의 온갖 아름다움을 느끼고 볼 수 있는 안목이 필요한 세상을 간절히 원할 뿐입니다.

음해는 당사자는 물론이고 자신까지 죽이는 살벌한 행위 그 이상 이하도 아닙니다. 음해는 자신이 저지른 것만큼 자신에게 되돌아오는 부메랑 같은 것이니까요.


오늘은 음해에서 멀찍이 돌아앉은 청정한 마음자리로
일상을 향기롭게 여미는 마음공부를 게을리 하지 않는
하루가 되었으면 합니다.

음해가
그 아무리 자기방어적인 배경이 깔려 있는
최선의 선택이라 해도
당사자의 정신세계를 아무런 이유 없이 황폐화시키는
독버섯이나 다름없다.

●

# 027
# 쓸모없는 근심 걱정 떨치기

한 가지 이상의 근심은 한꺼번에 세 가지 근심을 가지고 있다.
즉 과거에 가졌던 모든 근심, 지금 가지고 있는 모든 근심, 그리고 미래에 있을 것으로 기대하는
모든 근심이다.

_ 매튜 헤일

우리는 삶을 살아가는 동안 누구에게나 하나 이상의 근심과 걱정은 있기 마련입니다. 만약에 근심과 걱정이 없는 세상이 있다면 그곳은 사람 사는 세상이 아닐 테니까요.

야차野次들이 득실거리는 지옥이라 한들 선인仙人들이 풍류를 즐기는 무릉도원이라 한들 근심과 걱정이 어찌 없을 수 있겠습니까?

근심과 걱정은 세상이 처음 열린 태고 적부터 있었으며 최첨단을 가는 21세기도 근심과 걱정은 문명이 하루하루가 다르게 발전하고 진화하면 할수록 기하급수적으로 늘어나니 마련이니까요.

근심과 걱정은 한마디로 문명이 낳고 키운 기형아畸形兒라고 할 수 있습니다.

매사 기형적인 사고로 사물을 보고 사람을 대하는 한 근심과 걱정은 마음속에서 좀처럼 사라지지 않는 법입니다.

근심과 걱정은 우리의 몸과 마음 그리고 정신과 영혼을 황폐화시키는 속성을 가지고 있는 고약한 녀석입니다.

그렇습니다.

아무데도 쓸모가 없는 근심과 걱정은 우리의 몸과 마음 그리고 정신과 영혼을 알게 모르게 야금야금 갉아먹는 악성 바이러스나 다를 바 없습니다.

『괜찮아. 신경 쓸 거 없어!』

이 한마디는 악성 바이러스 퇴치와 박멸에 아무런 도움이 되지 않습니다.
오히려 더 깊은 근심과 걱정에 사로잡히게 합니다.
쓸데없는 근심과 걱정이 부가되면 될수록 정신은 혼란스럽게 되고 급기야는 냉철해야만 하는 이성조차 제 방향을 잃고 제멋대로 방황하게 됩니다.
근심과 걱정은 지극히 상대적인 개념입니다.
다른 사람의 말이나 행동으로 인한 근심과 걱정은 어느 정도 시간이 지나면 자연스럽게 빠져나가지만, 자신의 말이나 행동에서 비롯된 근심과 걱정은 오랫동안 기억 속에 남아 현실적인 판단을 흐리게 하기 마련입니다.

『나에게 왜 그랬을까?』
『꼭 그래야만 했을까?』
『내 말이 맞는데 왜 틀린다고 하지?』
『혹시 날 경계하는 게 아닐까?』

이런 단편적인 의문은 자신 스스로가 불러들이는 근심거리이며 걱정거리 그 이상 이하도 아닙니다.
우리는 가급적이면 자기 자신에게 의문을 표시하는 물음표를 던지지 않아야 합니다. 던지면 던질수록 자칫 헤어날 수 없는 딜레마에 빠지기 쉬우니까요.

•

그렇습니다.

아무런 생각 없이 그냥 지나쳐도 되는 사소한 일에는 너무 민감하게 일일이 반응할 필요가 없습니다.


## 쓸데없는 근심과 걱정은 과감히 포맷하세요!

우리는 근심과 걱정의 빌미가 되는 생각 자체를 아예 하지 않아야 합니다.
아니, 할 필요가 없습니다.
굳이 말이 필요 없는 행동은 즉각 행동으로 옮기세요. 그리고 행동이 필요 없는 말은 단 1초도 망설이지 말고 아무런 생각 없이 그냥 내뱉으세요.
근심거리와 걱정거리를 스스로 초청하지 않는 자신의 노하우가 될 테니까요.

오늘은 자신이 불러들인 쓸모없는 걱정과 근심으로
혹여 고민하고 갈등하고 있지는 않는지를 꼼꼼히 살피는
하루가 되었으면 합니다.

다른 사람의 말이나 행동으로 인한 근심과 걱정은 어느 정도 시간이 지나면 자연스럽게 빠져나가지만, 자신의 말이나 행동에서 비롯된 근심과 걱정은 오랫동안 기억 속에 남아 현실적인 판단을 흐리게 한다.

# 028
## 잠재의식 길들이기

인간이 어떠한 목표, 계획, 아이디어를 굳은 신념과 기대를 가지고 되풀이하고 또 되풀이하여 생각한다면
그것은 반드시 잠재의식에 영향을 끼쳐서 그 사람의 적극적인 행동의 원천이 된다.

_ 윌리엄 제임스

자신의 행위를 스스로 인식하는 의식과 자신의 행위를 스스로 깨닫지 못하는 무의식의 중간 상태로 알고 있는 잠재의식은 누구에게나 있습니다. 잠재의식은 우리가 자극하지 않는 한 아무런 작용도 아무런 반응도 보이지 않는 정신능력의 사각지대이기도 합니다. 사각지대의 의미는 그 상태로 그냥 내버려두면 아무런 소용도, 아무런 필요도 없다는 뜻입니다.

그러나 우리는 우리가 미처 알지 못하는 초자연적인 능력의 보고라고 할 수 있는 잠재의식의 문을 활짝 열어야 할 책임이 있는 존재입니다.

그러나 난공불락의 철옹성처럼 굳게 닫혀 있는 잠재의식의 문을 여는 것은 결코 쉽지 않습니다. 쉽지 않다고 해서 강 건너 불구경 하듯 그냥 무턱대고 방치하거나 방관해서는 안 됩니다.

우리 인간은 삶을 살아가는 데 필요한 깨달음과 지혜를 얻기 위해서 반드시 그 문을 활짝 열어 한 번도 경험해 보지 못한 잠재의식의 실체를 들여다보아야 합니다.

굳게 닫혀 있는 잠재의식의 문을 여는 방법은 자기성찰을 통해서만 가능

합니다. 우리는 자기성찰의 흐름을 통해 잠재의식의 문을 열면 미처 깨닫지 못한 깊은 사고와 의식을 새롭게 느낄 수 있습니다.

잠재의식이 깨어나는 순간, 평소에는 흐릿하게 보이던 사물이 또렷하게 보이며, 멀리 떨어져 있다고 생각한 사물이 거짓말처럼 가깝게 다가올 것이니까요.

그러나 잠재의식은 보통사람의 정상적인 능력을 뛰어넘는 초자연적인 힘은 결코 아닙니다. 잠재의식은 평범한 사고와 의식의 폭과 깊이를 조금 더 넓고 깊게 주관하는 무의식적인 정신세계일 뿐입니다.

잠재의식의 문을 연다는 것은 내면세계에 죽은 듯이 잠자고 있는 사고와 의식을 깨우는 과정입니다. 인간의 사고와 의식은 잠재의식에 감추어져 있고, 그것들은 우리가 꺼내주기를 기다리고 있습니다. 잠재의식이 내면세계에 있다고 말하는 것도 그런 이유에서입니다.


『인간의 잠재의식은 과거와 현재 그리고 미래를 소통하게 하는 타임머신이다.』


이 말은 잠재의식은 과거에 겪은 온갖 고통과 갈등을 잊게 해주고, 현재에 끊임없이 일어나는 온갖 혼란과 방황을 희석시켜 주고, 미래에 있을 꿈과 희망을 좀 더 쉽게 친숙하게 이끌어준다는 뜻의 어느 선사의 말씀입니다.

잠재의식은 우리 모두의 마음속에 하나씩 있습니다. 그러므로 다른 사람의 잠재의식을 시기하거나 부러워 할 필요는 없습니다.

우리 인간은 태어나면서부터 제각기 자기 나름의 잠재의식 주머니를 하나씩 가지고 있기 때문입니다.

잠재의식은 긍정적인 면과 부정적인 면을 함께 가지고 있습니다. 긍정적인 잠재의식은 진실을 바로 읽을 수 있는 깊은 혜안을 주지만, 부정적인 잠재의식은 삿되고 그릇된 욕망과 집착을 부추기는 망상만 가르칩니다.


## 숙면에 빠져있는 잠재의식을 깨우세요!

우리는 깊은 숙면에 빠져있는 잠재의식일수록 한시라도 빨리 깨우지 않으면 안 됩니다. 깊은 숙면에 빠져있는 잠재의식은 잠재의식이 아니기 때문입니다. 한낱 허울뿐인 잠재의식은 아무런 효용가치도 없는 빈껍데기에 불과한 헛것이니까요.

지금이라도 자신의 내면에 꼭꼭 숨어있는 잠재능력을 알고 싶으면 잠자고 있는 잠재의식부터 먼저 깨워야 합니다.

깨우면 보일 것이며, 다른 세계의 자신의 존재 또한 느끼게 될 것입니다.

불가능을 가능으로, 무능력을 능력으로 바꾸는 힘은 우리가 미처 깨우지 못한 잠재의식에서 나오니까요.

하루에 10분만 투자하세요.

먼저 향을 사르고 가부좌跏趺坐를 틀고 앉으세요.

그리고 두 눈을 지그시 감고 온갖 집착과 아집 그리고 망상과 아상我相을 내려놓는 무념무상의 상태에서 단전에 기氣를 모아 자기성찰의 흐름 속으로 자신을 몰입시켜 보세요. 그런 다음 긴 침묵을 벗 삼아 겨울잠에 빠져있는 잠재의식을 과감히 깨우십시오.

깨우면서 속으로 이렇게 중얼거려 보세요.

『나의 잠재의식은 내 소유이며 내 편이다!』라고!

잠재의식은 긍정적인 면과 부정적인 면을 함께 가지고 있다.
긍정적인 잠재의식은 진실을 바로 읽을 수 있는 혜안을 주지만,
부정적인 잠재의식은 그릇된 욕망만 부추기는 망상만 가르친다.

# 029
# 고귀한 영혼과 훌륭한 스승

스스로 배울 생각이 있는 한 천지 만물 중 하나도 스승이 아닌 것은 없다.
사람에게는 세 가지 스승이 있다. 하나는 대자연, 둘째는 인간, 셋째는 사물이다.

_ 앙리 루소

우리 모두는 너 나 할 것 없이 그 어떤 차별도 없는 평등한 자격으로 태어
난 존재입니다. 그러나 이 세상의 많은 진리와 진실을 이해하지 못하고,
진정한 깨달음이 무엇인지를 알지도 못하고 살아가는 사람은 태어나지
않은 것보다 못합니다.
우리 인간은 불행하게도 몸의 기氣가 흐트러지고, 사고의 집중력이 산만
해지거나 떨어지게 되면 혼란과 무지에서 벗어날 수 없는 나약한 존재이
기도 합니다.
서로 모순적인 다양한 존재가 우리의 사고와 의식을 혼란과 무지 그리고
미혹과 미망에 휩쓸리게 하고 그럴 듯한 모양새로 기만하기 때문입니다.
이때의 모양새는 서로 모순되는 두 명제가 동등한 합리적 근거를 가지고
맞서는 이율배반적인 상태를 말합니다. 이 이율배반적인 상태를 이치나
논리에 합당한 합리적인 이론으로 이끄는 데는 가르침의 주체인 스승이
필요한 법입니다.
스승이란 개념은 어떤 과정의 끝이나 어떤 학습과 공부의 막다른 고비에

이르는 시점에 궁극적인 진리를 일깨워주는 존재입니다.

스승이 없이는 가르침의 대상 또한 있을 수 없습니다. 가르침이 없으면 정신적인 내면에 있는 진리를 들여다볼 수 없으니까요.

훌륭한 스승은 우리를 건전한 내면세계로 인도해 줍니다. 이때의 건전한 내면세계는 혼란과 무지 그리고 미혹과 미망에서 벗어나게 하는 고귀한 영혼 같은 것입니다.

고귀한 영혼은 한줄기 빛처럼 고유의 색깔은 없지만 모든 색깔을 아우르는 포용의 상징이라 할 수 있습니다. 그리고 훌륭한 스승은 깨달음 속에서 자신 고유의 빛을 볼 수 있게 해주는 혜안이라 할 수 있습니다.


## 고귀한 영혼으로 훌륭한 스승을 찾으세요!

그 어떤 지혜나 깨달음을 주는 스승이 없는 세상은 우리 모두를 그 무엇에 홀려 정신을 차리지 못하게 하는 미혹迷惑 속에서 방황하게 만듭니다.

우리는 나름의 삶을 살아가면서 지혜와 깨달음을 통해 내면에 있는 진짜 스승을 만나야 하는 의무와 책임이 있습니다.

언젠가는 우리 자신도 다른 사람을 가르치는 스승이 될 수 있기 때문입니다.

이 세상의 모든 참 진리와 참 진실은 특정한 소수의 사람들만을 위한 것이 아니라 불특정 다수가 고르게 향유할 수 있는 신선한 공기 같은 것이어야 하지 않을까요?

고귀한 영혼은
한줄기 빛처럼 고유의 색깔은 없지만
모든 색깔을 아우르는 포용의 상징이며,
훌륭한 스승은 깨달음 속에서
자신 고유의 빛을 볼 수 있게 해주는 혜안이다.

# 030
# 자아성찰 일깨우기

깊이 생각하면 할수록 새로운 감탄과 함께 마음을 가득 차게 하는 기쁨이 두 가지 있다.
하나는 별이 반짝이는 하늘이요, 다른 하나는 내 마음속의 도덕률이다. 이 두 가지를 삶의 지침으로 삼고
나아갈 때 막힘이 없을 것이다. 항상 하늘과 도덕률에 비추어 자신을 점검하자.
그리하여 매번 잘못된 점을 찾아 반성하는 사람이 되자.
_ 임마누엘 칸트

무릇 모양이나 형체를 갖추고 있는 모든 사물에는 여러 가지의 의미들이
담겨져 있습니다. 나름의 깊이가 있는 오묘한 의미도 있을 것이고, 나름의
무게가 있는 미묘한 의미도 있을 것입니다. 그런데 그 의미가 때로는 우리
모두를 혼란스럽게도 만듭니다.

어떤 말이나 글이 나타내고 있는 내용을 가리켜 말하는 의미의 뜻을 몰라
서가 아닙니다.

우리는 온갖 말과 글로는 의미를 남발하고 남용하면서도 진즉에 그 의미
속에 내포되어 있는 진정한 뜻은 그냥 대수롭지 않게 지나치고 소홀히 취
급하기 쉽습니다. 그 이유는 언제부터인가 자신도 모르게 하나의 의미를
단순히 의미 그 자체로만 받아들이려는 지극히 이기적인 생각에 길들여져
있기 때문입니다.

『이 세상에 존재하는 모든 〈의미〉는 우리에게 그 존재의 의미를 말하려
한다.』

이 말은 하나의 의미를 알기 전에는 수많은 이치와 원리에 접근할 수 없음을 뜻하는 어느 시인의 말입니다.

우리는 하나의 의미가 전하는 진솔한 말을 듣기 위해서 닫혀있는 생각의 문을 활짝 열어젖혀야 합니다. 어느 한 방향으로만 치우쳐 있는 일방적이고 단순한 생각의 귀로는 의미가 주는 진실의 메시지를 들을 수 없으니까요.

〈의미〉는 이렇게 말하고 싶어 합니다.

『달디단 인내의 열매를 맛보려면 정신적 성숙과 경험이 필요하듯, 내일을 준비하려면 참 나我의 의미부터 찾아라!』라고 말입니다.

이때의 〈참 나의 의미〉는 자아성찰입니다.

자기 자신을 반성하고 살피는데 있어 생각의 그릇이 작거나 부족한 사람에게 〈의미〉는 낯설고 서투르기 마련입니다.

많은 사람들이 오늘도 높은 산을 애써 오르는 이유는 자아성찰의 의미를 다른 사람보다 좀 더 크고 높게 느끼기 위해서가 아닐까요?

산을 오르다 보면 몸과 마음은 물론 정신과 영혼까지 자신도 모르는 사이에 완전히 하나가 됩니다. 산을 오르다 보면 자신도 모르는 사이에 진정한 성찰의 의미를 깨닫는 진정한 자아를 발견하게 되니까요.

우리 인간은 알게 모르게 자신의 한계를 느낄 수밖에 없는 유한한 존재입니다. 여기서 유한의 의미는 필요한 양이나 기준에 미치지 못한다는 뜻과 같습니다.

하지만 모자라는 부분을 온갖 수단과 방법을 써서라도 채우고 싶은 것이 우리 인간의 공통된 욕망입니다. 그 욕망 때문에 인간들은 사소한 일에도 하찮은 일에도 서로 시기하고 반목하기도 합니다.

우리는 분별없는 시기와 반목은 정신적 자아성찰을 방해할 뿐만 아니라 〈참 나〉의 의미를 불확실하게 만든다는 사실을 간과하지 않아야 합니다.


## 자아성찰로 〈참 나我〉의 의미를 찾으세요!

우리의 삶 속에 살아있는 〈의미〉는 우리가 알지 못하는 많은 비밀을 간직하고 있습니다. 그 비밀을 푸는 마스터키는 자아성찰에 있습니다.

이때의 비밀은 우리들 자신, 바로 〈나라는 존재〉의 현재이며 미래입니다.

우리는 한순간이라도 주위에 널리 분포해 있는 모든 의미를 나름 분석하고 판단하는 사고의 끈을 놓지 않아야 합니다.

〈참 나〉를 깨닫게 하는 자아성찰은 절제된 사고를 통해서만이 얻을 수 있습니다. 머리는 있되 절제된 사고가 없는, 무의미하고 무가치한 사람은 자아성찰을 알지 못합니다.

이때의 무의미와 무가치는 삶의 존재는 물론 〈참 나〉까지 부정하는 탈정신적 과오라고 할 수 있습니다.

무릇 우리네 인생은 아는 것이 없는 무지에서 자신 스스로 자신의 마음을 반성하고 살피는 자아성찰로 가는 긴 여행이라는 사실을 우리는 마음에 깊이 새겨야 합니다.

오늘은 〈참다운 나〉를 일깨우는 의미 있는 자아성찰을 통해
과거에 연연하지 않고, 현재에 방만하지 않고,
미래에 집착하지 않는 하루가 되었으면 합니다.

우리는 분별없는 시기와 반목反目은
정신적 성찰을 방해할 뿐만 아니라
〈참 나〉의 의미를 불확실하게 만든다는 사실을
간과하지 않아야 한다.

•

117

# Chapter 4

# 깨 달 음

# 자 기 최 면

# 하 루 하 루

오늘은 마음의 거울 속에 비친
자신의 정체성에 혼란을 주는
거짓된 말과 행동을 삼가는
하루가 되었으면 합니다.

# 031
# 명상과 기氣

마음의 괴로움은 육체의 고통보다 더 견디기 힘들다. 마음의 목마름은 물을 마셨다고 해서
해갈되지 않는다. 마음의 평온함을 얻은 사람은 자기 자신에게나 타인에게도 따뜻하고 평화롭다.
마음이 선량하면 모든 것이 좋아진다. 마음을 열고 향상시키기 위해서는 명상이 필요하다.

_ 르네 데카르트

실제로 존재하는 모든 유기물에는 의식과 무의식의 흐름 사이를 계속 순
환하는 기氣라는 것이 있습니다. 기는 일련의 변화과정이 주기적으로 반
복되거나 되풀이하여 돌고 도는 가운데 본래의 의미를 갖게 됩니다.

무릇 기氣의 의미는 인간의 육체적 · 정신적 활동을 원활하게 해주는 에너
지라고 할 수 있습니다.

하나의 기를 모으는 일은 정신적 행위라고 할 수 있습니다.

단전丹田을 통해 얻어지는 기는 몸과 마음 그리고 영혼까지 맑게 해주는
원천이기도 합니다.

기는 육체에 깃들어 있는, 정확히 말하면 우리 몸을 구성하는 필요불가결
한 요소라고 할 수 있습니다. 그러므로 우리 인간은 기가 없다면 육체적
활동은 물론이고 정신적 활동까지도 불가능한 무기력한 존재입니다.

역으로 말하면 육체적 · 정신적 활동은 우리 몸에 기라는 무형의 에너지
가 있기 때문에 가능하다는 의미입니다.

기를 모으는 방법은 지극히 간략하고 단순합니다.

좌선坐禪에 임하는 마음가짐으로 가부좌를 틀고 앉아 두 눈을 지그시 감고 배꼽 아래 한 치 다섯 푼 되는 곳, 즉 단전을 통해 들숨과 날숨을 온전히 느끼면서 자신에게 최면을 걸어보십시오. 최면을 걸면서 자신이 생각하고 있는 사물을 영상 이미지로 떠올려 보십시오.

그리고 이렇게 독송讀誦하듯 중얼거려 보십시오.


『나는 지금 기를 모으고 있다.』
『기는 내 몸에 살아 있는 또 다른 나의 존재이다.』
『기는 또 다른 나를 원한다.』


이때의 독송은 자기암시이기도 합니다. 자기암시를 통해 단전에 기를 모으면 물 흐르듯 자연스럽게 명상의 세계로 몰입할 수 있습니다.

명상은 정신적 만족을 얻기 위하여 몸 안의 기氣를 한 곳으로 모으는 하나의 의식입니다. 여기서 정신적 만족이란 흔히 불가에서 말하는 깨달음이라 할 수 있습니다.

불가에서는 깨달음을 모르는 정신세계는 영혼이 달아난 것과 같다고 말합니다.

그 이유는 깨달음을 얻고자 노력하지 않는 무지한 사람은 아무리 기를 모으고 싶어도 헛수고이며, 깨달음이 곧 기를 모으는 일이기 때문입니다.

기氣는 하나의 흐름이며 소통입니다.

단전에서 시작해서 척추를 타고 정수리에 이르면 잠재의식이 자연스럽게 열립니다. 그리고 떨어지는 낙숫물처럼 다시 단전으로 돌아와 새로운 순환을 준비하게 됩니다.

이때 우리의 몸은 정직한 반응으로 화답을 하게 됩니다.

몸 구석구석으로 예전에는 전혀 경험해보지 못한 놀라울 만큼 신기하고 진기한 새로운 힘을 불어넣어 줍니다. 그 새로운 힘으로 우리의 몸은 더할 나위 없는 생기와 활력을 느끼게 됩니다.


## 단전으로 기를 모으세요!

거칠게 내쉬는 밭은 호흡이 아니라 숨을 깊이 들이쉬고 내쉬는 심호흡으로 기를 모으십시오. 기를 모으면서 온몸의 모든 신경조직과 근육을 스트레칭 하는 기분으로 하나씩 풀어나가십시오. 그러면 평소에 느껴보지 못한 몸의 유연성이 놀라울 정도로 느껴질 것입니다. 몸이 유연해진다는 것은 기다운 기를 제대로 끌어올렸다는 증거이니까요.

명상을 통해 기를 모으는 나름의 의식儀式을 일상화하는 사람은 일상의 삶을 준비하는 생각의 우물이 쉽게 마르지 않는 법입니다.

우리가 어디에 속해 있든 그 자체는 전혀 중요하지 않습니다.

어디서든 기와 가까워진다는 의지가 중요하니까요.

우리는 몸 안의 기를 소홀히 다루지 않아야 합니다. 각자의 위치에서 성심껏 기를 모으면 삶을 살아가면서 맞닥뜨리는 불편부당한 결과는 자신을 비껴가기 마련이니까요.

자기암시를 통해 단전에 기를 모으면 물 흐르듯 자연스럽게
명상의 세계로 몰입할 수 있다. 명상은 정신적 만족을 얻기 위하여
몸 안의 기를 한 곳으로 모으는 하나의 의식이다.

# 032
# 겉치레 멀리하기

다른 사람에게 나 자신을 위장하는 것에 너무 익숙해져서
결국 자기 자신에게까지 위장하게 된다.

_ 라 로슈푸코

우리는 은연중에 『겉치레뿐이고 실속은 없다.』는 표현을 자주 하곤 합니다. 이 말은 가끔 남을 현혹하는 현란한 미사여구나 화려하고 사치스런 옷치장도 겉치레로 보일 때가 있다는 뜻입니다.

단순히 다른 사람에게 보여주기 위한 자기 과시용 아름다움은 참되고 올바른 아름다움이 아닙니다. 진실한 의미의 아름다움은 밖으로 쉽게 드러나지 않으며, 안으로 아름답지 못한 것은 아무리 좋게 포장을 해도 아름답지가 않습니다.

우리의 일상도 실속을 무시한 허울뿐인 겉치레로 시작해서 끝나는 경우가 다반사입니다. 아무런 의욕 없이 출근해서, 아무런 성의 없이 일하고, 아무런 생각 없이 퇴근을 하는 경우가 그렇습니다.

겉치레만 번지르르한 치장은 자기학대나 다름없으며, 다른 사람을 의식하여 나름의 수단과 방법으로 과대 포장한 겉치레는 오래가지 않는 법입니다.

그런 겉치레는 순간적으로는 짜릿한 희열을 느끼게 할지는 모르나 얼마 못 가서 싫증을 느낀 나머지 급기야는 자신 스스로 회의감에 사로잡히게

합니다.

건성건성 내뱉는 겉치레 말이나 인사는 상대방을 모욕하는 행위와 다를 바 없습니다. 우리 인간은 꾸밈이 없는 순수한 한마디 말이나 가벼운 인사에도 적잖이 감동을 느끼는 감정의 동물이기 때문입니다.

이때의 감동은 감히 돈으로 환산할 수 없을 만큼 소중하고 고귀한 것입니다. 그리고 자신의 분수나 품위에 어울리지 않는 겉치레 또한 도리어 보기 흉한 법입니다.

속빈 강정이라는 속담도 있듯 격에 어울리지 않는 겉치레는 다른 사람에게 혐오감으로 다가설 수 있으니까요.

다른 사람에게 잘 보이려고 그럴 듯하게 꾸며대는 말과 알랑거리는 태도를 뜻하는 교언영색巧言令色은 겉치레의 인간을 경계하며 살라는 교훈적 한자성어漢字成語입니다. 이 말의 유래는 〈논어論語〉의 〈학이편學而篇〉과 〈양화편陽貨篇〉에 나오는 말로 교묘한 말과 아첨하는 얼굴로 사람을 대하는 사람은 착한 사람이 적다는 뜻입니다. 즉, 말을 그럴듯하게 꾸며대거나 남의 비위를 잘 맞추는 사람 치고 마음씨가 착하고 진실한 사람이 드물다는 뜻입니다.

그럴듯하게 포장한 교묘한 말과 억지로 꾸민 말로 너스레를 떨어대는 사람은 요주의 인물입니다. 그런 사람은 진정성과는 거리가 있는 성격장애자나 이중인격자 그리고 기회주의자 다름 아니니까요.

우리는 듣기에 좋은 말과 듣는 순간 속이 훤히 들여다보이는 겉치레 말은 엄연히 다르다는 사실을 경계해야 합니다. 이때의 경계는 실속 있는 말과 겉치레 말을 구분할 줄 아는 귀가 필요하다는 뜻입니다.

우리는 얼굴에 달려있는 귀라고 해서 아무런 생각 없이 함부로 열어놓지 않아야 합니다. 반드시 들어야 할 말과 결코 듣지 말아야 할 말을 선별하는 것은 자기 소관인 동시에 자기 책임이니까요.


## 겉치레는 과감하게 걷어내세요!

우리는 열려 있는 입이라고 해서 그냥 단순하게 아니, 무턱대고 아무런 생각 없이 함부로 쉽게 내뱉지 않아야 합니다. 특히 어떤 악의적인 저의가 복선伏線으로 깔려있는 의도된 겉치레 말은 차라리 안 하는 것이 자신의 주관을 살리는 일이니까요.
우리 인간은 삶을 살아가면서 무심코 내뱉은 한마디가 날카로운 비수가 되어 자기 심장에 꽂히는 경우가 있을 수 있다는 것을 늘 명심해야 합니다.

오늘은 겉치레뿐인 속이 텅 빈 한마디로
남을 미혹하게 만드는 어리석음을 멀리하는 하루가 되었으면 합니다.

겉치레는 순간적으로는 짜릿한 희열을 느끼게 할지는 모르나
얼마 못 가서 싫증을 느낀 나머지 급기야는 자신 스스로 회의감에 사로잡히게 한다.

# 033
# 아름다운 시작과 끝

아름다운 시작보다 아름다운 끝을 선택하라. 위대한 결과는 위대한 출발에서 나온다.
앙금이 가라앉기 전에 유종의 미를 잘 거두어라.

_ 발타자르 그라시안

우리 인간은 시작의 순간이 오면 나름대로 많은 의미를 부여하기도 하고 한편으로는 평소와 다른 의지를 스스로 북돋우기도 하고 다른 한편으로는 자신도 알게 모르게 설렘과 기대를 동반하기도 하는 감정의 동물입니다.

하지만 처음에는 거창하기 이를 데 없다가도 어느 순간에 가서는 제 스스로 꼬리를 자르는 도마뱀처럼 흐지부지되다 마지막에는 용두사미로 끝나버리는 실패의 경험을 하게 되는 불완전한 존재가 우리 인간이기도 합니다.

그러나 한 번 시작한 것은 반드시 끝을 맺어야 합니다. 비록 그 끝이 흡족하지 않거나 충분하지 않더라도 쉽게 포기하고 싶다거나, 체념하고 싶다거나, 단념하고 싶다는 식의 감정의 주사위를 섣불리 던져서는 안 됩니다. 포기와 체념 그리고 단념은 자신의 능력에 대한 불신이며 부정이기 때문입니다.

그렇습니다.

우리 인간은 삶과 죽음이라는 굴레에서 자유롭지 못한 유한한 존재이듯

127

시작과 끝 또한 우리를 구속하는 하나의 인생방정식일 뿐입니다.

하지만 시작과 끝의 의미는 인생방정식을 주도하고 주관하는 원칙이며 지혜이기도 합니다. 피할 수 없는 원칙을 충실히 따르고 지혜로움으로 세파世波를 헤쳐나간다면 남보다 한 걸음 더 앞서나갈 수 있는 강한 의지와 신념을 가질 수 있으니까요.

우리는 하나의 시작이 일련의 과정을 거쳐 끝에 이르면 새로운 시작이 우리 자신을 기다리고 있다는 사실을 간과하지 않아야 합니다.

실제로 하나의 시작이 하나의 끝이라는 명분으로 완성되는 것은 시작의 중심에서 자연스럽게 일어나는 일이며, 새로운 시작은 그 전의 행위로부터 힘을 얻는 것이기 때문입니다.


## 시작한 것은 반드시 끝을 맺으세요!

하나의 시작이 마침내 끝을 맺는다는 것은 하나의 성취감을 얻는 것을 의미합니다. 이때의 성취감은 자기 자신의 능력을 스스로 인식하게 되고, 충분한 훈련과 수련을 쌓았으며, 자신을 둘러싼 세계와 새로운 깨달음의 길이 시작되었음을 뜻하기도 합니다. 비록 오늘이 끝의 무대라고 해서 내일의 다른 시작을 멈추어서는 안 되는 진화와 발전의 존재가 우리 인간들이니까요.

새로운 시작은 늘 우리를 운명처럼 따라 다닙니다. 우리 인간은 나름의 확신과 지혜를 가지고 그 새로운 시작을 향하여 나아가야 하는 미래지향적인 존재입니다.

하나의 수레바퀴가 돌아갈 때마다 남게 되는 흔적은 과거의 시공간이 아닌 현재와 미래의 시공간으로 가는 여정입니다. 바퀴는 끊임없이 돌아가야 바퀴인 것입니다. 우리는 하루하루 삶의 수레바퀴를 쉼 없이 굴려야 하는 사명과 명분을 결코 망각해서는 안 됩니다. 그리고 쉼 없이 굴릴 때마다 현재의 삶에 진심으로 감사해하고 기념해야 합니다. 감사하고 기념하는 마음이 충만할수록 우리의 삶을 희망으로 이끄는 청사진靑寫眞은 더 또렷해질 테니까요.

시작은 나름의 기대를 부릅니다.

끝은 나름의 성취를 부릅니다.

성취는 진정한 자유를 부릅니다.

우리는 우리를 끊임없이 전진하게 하고 진화하게 하는 시작과 끝의 순간을 한시라도 소홀히 다루어서는 안 됩니다. 하나의 성공과 하나의 실패를 좌우하는 키포인트는 시작과 끝을 주관하는 자신의 의지에 달려있으니까요.

무릇 인생이란 유유히 흐르는 강물처럼 어디론가 끝없이 흘러가다 다시 제자리로 돌아오기 마련입니다. 죽음은 삶의 끝이 아니라 새로운 삶을 시작하는 윤회輪廻라는 불가의 가르침처럼 말입니다.


오늘은 시작은 곧 다른 끝이며, 끝은 곧 다른 시작이라는
불가분의 관계를 마음에 새기는 하루가 되었으면 합니다.

실제로 하나의 시작이 끝이라는 명분으로 완성되는 것은
시작의 중심에서 자연스럽게 일어나는 일이며,
새로운 시작은 그 전의 행위로부터 힘을 얻는 것이다.

# 034
# 은둔 고찰하기

이 혼란한 세상에서 나 혼자 떨어져 평온을 즐긴다.
다른 사람들은 아등바등 거리는데 나 홀로 위안을 얻는다.

_ 도교

우리네 인생은 불행하게도 긴 여정의 삶을 살아가면서 헤아릴 수 없을 정
도로 많고 많은 세상일들을 양 어깨에 짊어지고 아등바등 거려야 하는 팔
자(운명)를 타고난 존재입니다.

머리로는 하늘을 이고 두 발로는 땅을 딛고 살아갈 수밖에 없는 인간인 이
상 그 어떤 힘으로도 저항할 수 없는 것이 요지경 같은 세상사 이치인지도
모릅니다.

세상 사람들은 번잡하고 잡다한 세상일을 피하여 숨는다는 뜻의 은둔을
이상한 쪽으로 이해하려고 드는 경향이 있습니다. 아니, 아예 나쁜 의미로
매도하려고 듭니다.

은둔 그 자체를 비정상적이라느니, 비생산적이라느니, 반사회적이라느니
하는 말로 몰아세우기도 하니까요. 그러나 나름의 은둔은 때로는 정서적
으로 위안이 될 때도 있습니다.

잠시나마 혼란하고 산만한 세속을 등지고 자신 혼자 떨어져 나와 자기 나
름의 방편으로 은둔을 즐겨보세요.

좀 더 성숙된 자신을 재발견할 수 있는 소중한 계기가 될 수 있을 테니까요.

우리 인간은 지금 이 순간에도 도저히 이해할 수 없고, 도무지 인정할 수 없는 이기적이고 편협적인 이해타산에 억눌려 아등바등 거리며 살고 있습니다. 이런 세상사에서 잠시 벗어날 수 있는 비상구가 은둔이라면 한번쯤은 냉정하게 생각해 볼 문제가 아닐까요?

그렇습니다.

잠시 동안의 은둔을 통해 세속에서 듣지 못한 내면의 다른 소리를 들을 수 있다면 감히 밑지는 장사는 아닐 테니까요.

하지만 우리 인간은 유감스럽게도 어떤 힘에 의해 자신도 모르는 사이에 사육되고 있는 존재입니다. 이때의 사육은 자기 의지와는 상관없는 속박의 개념입니다. 속박은 우리의 몸과 정신은 물론이고 영혼까지도 지치게 하는 멍에입니다.

지치다 보면 삶에 대한 의욕을 상실하게 마련입니다. 의욕을 상실하게 되면 자칫 예기치 않은 불행을 초래할 수도 있는, 인생사 자체를 부정하기 쉬운 매너리즘에 빠지기 쉽습니다.

그러나 지나간 과거를 담담히 뒤돌아보고, 지금의 현재를 다시 들추어 살피고, 다가올 미래를 상상하는 마음자세로 은둔을 가까이 한다면 우리 내면의 그릇되고 부정한 본능을 정직하고 순수한 욕구로 바꿀 수 있는 힘을 느낄 수 있을 것입니다. 그 힘은 세상사의 온갖 불신을 믿음으로 보이게 하는 깨달음이라 할 수 있습니다.

사실 우리 인간은 오직 자기 자신 하나만을 고집하고 생각하는 이기심으로 가득 찬 세상사에서 홀로 초연해진다는 건 결코 쉬운 일이 아닙니다.

온갖 잡다한 유혹의 혀가 우리의 인성人性을 그냥 내버려두지 않으니까요.

그러나 그런 허황된 유혹에서 자유로워질 수 있는 길이 전혀 없는 것은 아닙니다.

그 길은 포근한 엄마 품에 안겨 천진난만한 표정으로 생글거리는 아기의 평온함을 상상하며 잠시 은둔의 공간에 몸과 마음을 내맡기는 것입니다.

이때의 내맡김은 은둔을 통해 얻게 되는 정신적인 여유와 풍요로움이라 할 수 있습니다. 그리고 은둔은 미완성으로 남겨둔 자신을 자신 스스로 완성시킬 수 있는 전환점이 될 수도 있습니다.

하지만 은둔은 남이 대신해 줄 수 없는 자아의 순수한 희생과 강인한 의지가 따라야 하는 외로운 고행의 길임을 알아야 합니다.


## 가끔은 은둔으로 자신을 고찰하세요!

다만, 미쳐 돌아가는 세상사가 보기 싫다거나 귀찮아서 도피란 의미로 하는 은둔은 절대 삼가야 하며 결코 선택해서도 안 됩니다. 도피는 자신의 삶을 쉽게 포기하려드는 비겁자가 선택하는 최후의 탈출구이니까요.

그리고 은둔은 자신의 존재를 부정하는 나쁜 의미의 일탈이 되어선 안 됩니다. 진정한 은둔은 새로운 귀환을 위한 짧은 여정일 때가 가장 아름다운 법이니까요.

지나간 과거를 뒤돌아보고, 지금의 현재를 다시 들추어 살피고,
다가올 미래를 상상하는 마음자세로 은둔을 가까이 한다면
우리 내면의 그릇되고 부정한 본능을 정직하고 순수한 욕구로
바꿀 수 있는 힘을 느낄 수 있다.

# 035
# 복잡한 문제 핵심잡기

문제와 당면하면 이에 대응하는 방법이 두 가지 있다.
당신이 문제를 바꾸든가 그렇지 않으면 당신 스스로를 바꿀 수 있다.

_ 필리스 보텀

다사다난한 삶을 살아가다 보면 어느 순간부터 자신도 모르는 사이에 심하게 엉킨 실타래처럼 복잡하고 까다로운 문제에 봉착하게 되는 때가 있을 수 있습니다. 그 문제는 자신 스스로가 불러들인 문제도 있을 것이고, 타인으로 인해 어쩔 수 없이 감당해야 하는 문제도 있을 것입니다.

일단 그런 문제에 부닥치면 당황하지 말고 냉철한 마음으로 문제의 속성부터 주의 깊게 분석해 볼 줄 아는 여유를 가져야 합니다. 지금 직면해 있는 문제를 그냥 단순히 문제로만 받아들이면 자칫 호미로 막을 수 있는 것을 가래로 막아야 하는 크나큰 시행착오를 불러올 수 있으니까요.

그리고 문제의 본질과 맞서 싸울 때는 인내부터 생각해야 합니다. 인내로 풀어지지 않는 문제는 없으니까요.

하지만 문제는 까다로운 만큼 성가시고, 성가신 만큼 변덕이 심한 녀석이라는 사실을 간과해선 안 됩니다.

대수롭지 않게 수박 겉핥듯이 건성건성 취급하면 덧나는 상처처럼 버럭 화를 내기도 하니까요. 그만큼 문제라는 속성덩어리는 나름의 인내를 가지고 조심스럽게 다루어야 합니다. 그리고 모든 문제에는 장애가 따르기 마련입니다. 그 장애를 극복하지 못하면 문제를 원만히 풀 수 있는 키워드는 어디에도 없습니다. 특히 자신이 전적으로 개입되어 있는 문제일 경우에는 반드시 스스로 키워드를 찾아야 합니다. 그 키워드는 앞에 놓여 있는 장애를 극복했을 때 비로소 손에 쥘 수 있는 것입니다.

문제를 가능한 한 빨리 해결하고 싶으면 억지로라도 태연하고 느긋한 마음가짐을 가져야 합니다. 그런 태연자약한 마음가짐을 가질 수 있을 때 비로소 이성적인 판단으로 그 문제의 속성을 속속들이 들여다볼 수 있는 나름의 지혜의 눈을 가질 수 있으니까요.

하지만 의욕만 앞선 나머지 즉흥적인 판단으로 문제를 보면 장님이 코끼리를 어루만지는 것이나 다를 바 없습니다. 그리고 주의할 점은 어떤 문제이든 쇠뿔도 단김에 빼라는 말대로 섣불리 단번에 해결하려고 덤벼서는 안 됩니다.

문제는 의외로 예민한 구석을 지닌 민감한 녀석입니다. 그러므로 가급적이면 소중한 물건 다루듯 쉬운 것부터 하나씩 하나씩 풀어나가야 합니다. 복잡하고 까다로운 것부터 손을 댔다가는 생각도 못한 엉뚱한 방향으로 더 어렵게 꼬일 수도 있으니까요. 그 아무리 복잡하고 까다로운 문제라도 스텝 바이 스텝, 한 발짝 한 발짝씩 신중하게 접근하다 보면 의외로 쉽게 보이는 법입니다.


복잡하게 얽힌 문제는 맥脈부터 잡으세요!

이때의 맥은 힘에 부치는 덩치가 큰 문제를 작은 조각으로 잘게 쪼개는 작

136

업을 뜻합니다. 그런 다음 그 작은 조각 하나하나를 별개의 문제로 취급하여 다루어야 합니다. 별개로 떨어져나간 문제는 예상한 것과는 다르게 다루기가 쉬울 수도 있으니까요.

우리는 눈앞의 문제를 두려워하거나 겁을 내서는 안 됩니다. 새로운 일에 도전하듯 당당하게 맞서야 합니다. 진정한 도전의 의미는 그 도전을 즐기는 데 있으니까요. 이런 마음자세가 복잡하고 까다로운 문제를 다루는 결정적 키포인트입니다. 그 아무리 사방팔방으로 어지럽게 얽히고설킨 매듭도 하나의 선으로 이어져 있는 법이니까요.

오늘은 자신의 부주의로 생긴 문제를 우유부단으로 방치하는
허술한 하루가 되지 않았으면 합니다.

의욕만 앞선 나머지 즉흥적인 판단으로 문제를 보면
장님이 코끼리를 어루만지는 것이나 다를 바 없으며, 어떤 문제이든
쇠뿔도 단김에 빼라는 말대로 섣불리 단번에 해결하려고 덤벼서도 안 된다.

•

# 036
# 참의식과 참깨달음

혹여 남녀 사이의 성적인 애정을 뜻하는 성애性愛와 신비하고 초자연적인 기운을 뜻하는 영성靈性의 공통점을 아십니까?

둘 다 마음이 어느 한 곳으로 강렬하게 쏠려 자기 자신의 존재를 잊어버리는 무아지경을 경험한다는 것이 공통점입니다. 다른 한편으로는 자기 자신의 존재를 확인시켜주는 정신과 육체의 초월을 의미하기도 하고, 더 높은 단계 내지는 질서의 조화와 결합을 추구한다는 것 또한 공통점입니다.

하지만 우리는 성애와 영성에 지나치게 집착할 경우나 탐닉할 경우 그리고 심하게 자학하거나 홀리거나 할 경우에는 여러 가지 문제가 발생한다는 사실을 간과해서는 안 됩니다.

한마디로 성애와 영성은 다양한 색깔 속에서 그 무엇으로 강렬하게 몰입해 가는 상태라고 할 수 있으니까요.

모든 사물에는 성스러움 그 자체가 되는 더 높은 질서라는 것이 있기 마련입니다. 그 질서에는 그 어떤 색깔도 그 어떤 냄새도 중요하지 않습니다.

이 말은 남녀 간의 애정행위가 주는 환희와 열락은 물론이고 종교적 깨달음을 얻기 위해 육신의 고통을 참아가면서 수행하는 고행자가 느끼는 만족과 영광도 별 의미가 없다는 뜻입니다.

우리는 순수한 무색무취의 세계로 들어감으로써 보이는 눈부신 빛으로 인하여 그 두 가지의 몰입으로부터 자유로워질 수 있습니다. 이때의 자유로움은 우리 자신의 의식을 다양하게 변화시키는 자기성찰을 통해서만 느낄 수 있고 얻을 수 있습니다.


## 늘 깨어있는 의식으로 깨달음에 이르십시오!

우리의 일상은 항상 깨어있는 의식 안에서 존재해야 하며, 깨어있는 의식을 통해 우리를 둘러싼 사물에 관한 깨달음을 얻어야 합니다.

진정한 깨달음의 가치는 개인의 주관을 떠나 제삼자의 입장에서 사물을 보거나 생각함으로써 비로소 우리가 원하는 실체를 볼 수 있으니까요.

가장 높은 달관과 해탈의 존재로 하나의 깨달음을 얻기를 바란다면 자기성찰의 몰입을 통해 볼 수 있는 깨어있는 의식으로 일상을 살아가야 하지 않을까요?


우리의 일상은 항상 깨어있는 의식 안에서 존재해야 하며,
깨어있는 의식을 통해 우리를 둘러싼 사물에 관한 깨달음을 얻어야 한다.

# 037
# 지식과 기술 다스리기

경험은 모든 기술의 가장 좋은 스승이다.
_ 세르반테스

우리는 하나의 지식과 하나의 기술을 얻기 위해서는 몸과 마음을 최대한 활용하되 함부로 밖으로 드러내지 않아야 합니다. 다른 사람이 부러워하고 시샘할 정도의 심오한 지식과 기술일수록 섣불리 티를 내지 말고 적당한 시기와 적당한 장소에서 유효적절하게 사용할 줄 알아야 합니다.

옛 성인들은 자신이 가진 부富와 권세를 함부로 드러내지 않는 것이 거짓이나 꾸밈이 없는 참다운 지혜라고 했습니다. 이 말은 남에게 자랑하고 싶은 것이 있거나, 남보다 가진 것이 많다고 해서 그 이상으로 과대광고를 하거나 함부로 떠벌리지 않아야 한다는 뜻이 아닐까요?

우리 인간은 하나의 지식과 하나의 기술을 습득하는 데는 나름의 시간과 노력 그리고 과정이 필요하다는 것을 알고 있습니다. 이때의 앎은 하나의 지식과 하나의 기술이 온전히 자기의 것으로 될 때까지는 자신의 능력을 과소평가하거나 과대평가의 잣대로 사용하지 않는 것입니다.

자신 스스로가 원하지 않으면 다른 사람을 대신해서 능력을 발휘할 기회는 오지 않을 것이고, 남의 입에 오르내리는 지탄과 비난의 대상이 되지도 않을 것이니까요.

우리는 우리 자신의 지식과 기술의 깊이를 정확하게 가늠할 수는 없습니다. 우리가 그것을 드러내지 않는 방법을 알게 되면 다른 사람들의 관심과 경멸의 대상이 되지 않을 것이고, 언젠가는 다른 사람들을 깜짝 놀라게 해줄 수 있는 기회를 남겨 두는 셈이 되니까요.

우리가 자신이 습득한 지식과 개발한 기술을 함부로 드러내지 않아야 하는 이유는 우리 자신을 위해서가 아니라 기술과 지식을 더 완전하고 완벽하게 갈고 닦기 위해서입니다.

하나의 지식과 하나의 기술은 사용가능한 무형의 자산입니다. 이때의 자산은 그저 유용하게 쓰이기 위하여 있는 수단일 뿐이지 그 이상 그 이하도 아닌 것입니다.

# 지식과 기술을 과시하는 수단으로 삼지 마세요!

자신이 습득한 지식과 개발한 기술은 삶에 필요한 최소한의 도구에 지나지 않습니다. 남보다 얼마나 더 많이 알고 있느냐 하는 기준으로 자신 스스로를 판단하는 것은 그리 중요하지 않습니다.

하나의 지식과 하나의 기술은 비교 대상이 없는 절대적인 개념이 아니라 항상 다른 것과 비교될 수밖에 없는 상대적인 개념이기 때문입니다.

우리는 자신 스스로가 규정한 한계로부터 자유로울 때 지식과 기술의 가치는 배가되는 사실을 알아야 합니다. 그 아무리 타의 추종을 불허하는 뛰어난 지식과 기술이 있다고 해서 함부로 떠벌리거나 드러내지 않아야 합니다.

지식과 기술을 유용하게 쓰일 수 있는 기회를 묵묵히 기다릴 줄 아는 사람이 현대사회가 필요로 하는 진정한 지식인이며 장인匠人이 아닐까요?

습득한 지식과 개발한 기술을
함부로 드러내지 않아야 하는 이유는
자기 자신을 위해서가 아니라 기술과 지식을
더 완전하고 완벽하게 갈고 닦기 위해서이다.

# 038
# 자기최면에 빠지기

자기가 이루고 싶어 하는 일의 최종 결과를 자기에게 분명히 들려주라. 그리고 그 광경을 마음속에서 시종 상상하도록 하라. 그러면 그것을 달성할 수단이 마치 마술이라도 사용하는 것처럼 용솟음치게 될 것이다.

_ 엘머 휠러

이 세상에 거짓과 과장, 모방과 흉내를 전혀 모르는 솔직한 개념은 거울 하나뿐입니다. 있는 그대로를, 생긴 그대로를 한 치의 꾸밈도 없이 보여주는, 눈에 보이는 진실 그대로를 낱낱이 보여주는 것이 거울의 솔직성이니까요.

그렇다면 과연 우리 인간은 나름의 삶을 살아가면서 투명한 거울처럼 진실 그대로를 보여주고 실천하고 있다고 자부할 수 있을까요?

굳이 대답을 강요한다면 있다거나 없다거나 하는 말보다 '글쎄요'하는 말로 두루뭉수리 얼버무리고 말 것입니다.

이때의 '글쎄요'는 그 무엇을 긍정하거나 부정하거나, 믿는다거나 믿지 않는다는 의미가 아니라 그냥 무엇인가가 불확실하고 분명하지 않을 뿐이라는 의미이기도 합니다. 그러나 문제가 되는 것은 불분명하고 불확실한 사고思考는 자칫 자신의 의지와는 상관없이 흔들리기 쉽다는 점입니다. 중심축이 쉽게 흔들리는 사고는 확실하게 끊고 맺는 결단성이 부족한 우유부단으로 흐르기 쉽습니다.

우유부단한 사고는 아직 남아 있는 삶은 물론이고 주어지는 일상에 아무런 도움이 되지 않을 뿐더러 미래에 대한 불안으로 작용하기 마련입니다. 그럴 때일수록 우리는 마음의 거울을 냉철하게 들여다 볼 필요가 있습니다.

그렇다고 그냥 무작정 아무런 생각 없이 들여다보아서는 안 됩니다. 먼저 자신의 내면을 불러내는 자기암시로 자신 스스로 최면상태에 빠져야 합니다. 이때의 자기암시는 자신과의 정신적 거래입니다. 거래에는 흥정이 따르기 마련입니다. 자기 자신과 흥정하는 기분으로 자기최면에 빠져야만 자기암시는 물론이고 마음의 거울 속에 자신을 속속들이 투영할 수 있게 될 테니까요. 여기서 우리는 거울에 관한 속담에서 교훈적 의미를 되새김질 할 필요가 있습니다.

『눈은 마음의 거울이다.』
이 말은 눈만 보아도 그 사람의 현재의 마음을 짐작할 수 있으며, 눈은 그 사람의 마음을 닮는다는 뜻입니다.

『제 낯 그른 줄 모르고 거울만 탓한다.』
이 말은 자기가 잘못한 것에 대한 화풀이를 엉뚱한 곳에 하면서 아까운 물건만 버리는 어리석은 행동만 일삼는다는 뜻입니다.

하지만 우리는 자기 자신을 의심하고 다른 사람을 불신하며 살아갈 수밖에 없는 불완전한 존재입니다. 주위 환경이 우리 자신을 그렇게 만들기 때문입니다. 그렇다고 다른 사람과 더불어 살아갈 수밖에 없는 인간인 이상 항상 타성惰性에 오염된 사고로 자신을 의심하고, 다른 사람을 아무런 이유 없이 불신하면서 살아갈 수는 없습니다.

자신 혼자뿐이라는 홀로서기로 이 세상의 무거운 짐을 짊어지고 살아갈 수 없는 인간이라면 의심과 불신을 떨쳐버릴 줄 아는 나름의 지혜가 필요한 법입니다.

## 자기최면으로 마음의 거울을 마주하세요!

마음의 거울에 있는 그대로 투영되어 있는 자신을 들여다보며 경이로운 깨달음을 얻는 사람은 모든 의심과 불신에서 벗어날 수 있는 기회를 잡을 수 있을 것입니다.
지금이라도 하루에 한 번 자신이 가지고 있는 마음의 거울을 들여다보세요.
결코 하찮거나 사소한 일로 여기지 마세요. 그 보잘것없는 작은 행위 하나가 자신에 대한 가치를 높이는 자기애自己愛의 근간이 될 수 있을 테니까요.

오늘은 마음의 거울 속에 비친 자신의 정체성에 혼란을 주는
거짓된 말과 행동을 삼가는 하루가 되었으면 합니다.

자기 자신과 흥정하는 기분으로 자기최면에 빠져야만
자기암시는 물론이고 마음의 거울 속에 자신을 속속들이 투영할 수 있다.

# 039
# 실현 가능한 상상 즐기기

*쓸데없는 상상을 버려라. 사람은 그가 실지에 당한 고민보다는 상상에서 얻는 고민이 훨씬 크다.*
*불행한 상상으로 현실을 휘덮지 말아야 한다.*

_ 조지 쿠록

우리 인간은 누구나 잠을 자는 동안 일어나는, 심리적 현상의 연속이라 일컫는 꿈이란 것을 꿈니다. 좋은 꿈이든 나쁜 꿈이든. 그리고 아직 일어나지 않은 일이나 존재하지 않는 그 무엇을 머릿속에 그려보는 나름의 상상을 하기도 합니다. 좋은 상상이든 나쁜 상상이든, 실현 가능한 상상이든 실현 불가능한 상상이든.

무릇 꿈이라는 것은 잘못된 실체를 움켜쥐기 쉽고, 상상이라는 것은 유리처럼 깨지기 쉬운 법입니다. 하지만 꿈은 때로는 마음을 흐리게 하는 미혹을 불러오기도 하고, 상상은 때로는 현실이 되기도 하고 미래의 희망을 투영해주는 역할을 하기도 합니다.

꿈은 하나의 개념 속에 서로 다른 두 가지의 성질을 말하는 이중성을 지니고 있습니다. 과거에 겪은 경험이 꿈으로 나타날 수도 있고, 현실적이지 못하거나 실현가능성이 없는 막연한 공상이 꿈에 나타날 수도 있으니까요.

우리 인간은 현실의 실제 상황과는 아무런 상관이 없는, 실제로는 없는 것을 있는 것처럼 생각하고 갈피를 잡지 못하게 하는 미망을 꿈의 개념으로

146

이해하려고도 합니다.

반면에 상상은 실제로 경험하지 않은 현상이나 사물에 대하여 마음속으로 그려보는 정신작용의 일종이라 할 수 있습니다. 상상은 인간의 생각을 그럴 듯한 이미지로 바꾸어 놓기도 하고, 그 이미지를 생각을 통해서 하나의 관념을 불러일으키는 작용을 하기도 하니까요.

그런 이유로 우리 인간은 가끔 나름의 상상놀이를 즐기기도 하고, 그 상상놀이를 통해 먼 훗날의 자신의 모습을 나름 그려보는 창조적인 계획을 세우는지도 모릅니다.

꿈과 상상은 둘 다 아주 유사한 정신활동이지만, 사물의 이치나 도리를 분별하는 능력인 지각知覺이 개입되는 정도에 따라 해석이 달라집니다.

꿈은 합리성이나 의식이 완전히 차단되어 있는 밀폐된 상태의 허상이라 일정한 방향이 없고 보편화된 통제 방식이 없는 개념이라 할 수 있습니다.

반면에 상상은 이성적인 판단 아래에서 실현 가능성의 여부를 나름 진단하여 판단하는 상태에서 나름의 진취적인 방향이나 통제력을 지니고 있습니다.


## 가끔은 나름의 실현 가능한 상상을 즐기세요!

건강하고 건전한 상상은 미래지향적인 삶의 질을 윤택하게 하고 두뇌활동을 새롭게 하기도 합니다.

상상은 일상 속 많은 생각을 창조적으로 만드는 하나의 정신적 도구인 동시에 일상 속에서 전혀 예측할 수 없는 것들을 시나브로 머릿속에 그려보게 하는 미래의 메시지이기도 합니다.

지금이라도 실현 가능한 상상을 즐겨보세요!
즐기는 가운데 우리 자신의 미래는 결코 불투명하지 않으며 불확실하지도 않다는 것을 느낄 수 있을 것입니다.

오늘은 실현 가능한 건전한 상상으로 삶에 지쳐 있는 몸과 마음을 자신 스스로 치유하는 힐링의 하루가 되었으면 합니다.

상상은
일상 속 많은 생각을 창조적으로 만드는
하나의 정신적 도구인 동시에
일상 속에서 전혀 예측할 수 없는 것들을
시나브로 머릿속에 그려보게 하는
미래의 메시지이다.

# 040
# 하루하루에 충실하기

인생은 흘러가는 것이 아니라 채워지는 것이다. 우리는 하루하루를 보내는 것이 아니라
내가 가진 무엇으로 채워가는 것이다.

_ 존 러스킨

1년 365일은 하루하루의 연속입니다.

우리 인간은 한순간도 끊이지 아니하고 반복해서 계속 이어지는 시간의
흐름 속에서 하루를 계획하면서 1년이란 시간을 위해 여행을 서두는 미래
지향적인 존재입니다.

하루라는 개념은 솔직합니다. 24시간이란 틀 속에서 자기 자신만을 위해
존재하기 때문입니다.

하루라는 시간은 늘 다람쥐 쳇바퀴 돌듯 하지만 결코 서두르거나 초조해
하거나 게으름을 피우지 않습니다. 언제나 변함이 없는 한결같은 마음으
로 자신의 본분을 지키려 애를 씁니다.

하루는 과거진행형이 아닙니다.

그렇다고 미래진행형 또한 아닙니다.

하루는 현재진행형입니다.

하루는 현실이 주관하는 현재라는 순간에만 존재하는 우주의 순환이며
자연의 흐름입니다. 그 반복되는 순환과 흐름 속에서 우리는 〈너와 나〉라

는 이차방정식이 주는 사슬에 얽매여 더불어 호흡하며 미우나 고우나 희로애락을 같이 하는 존재입니다. 이때의 희로애락은 생각하는 두뇌와 느끼는 감정을 가지고 있는 인간이기에 어쩔 수 없이 운명처럼 받아들일 수밖에 없습니다.

하루는 우리 모두에게 하나의 교훈을 주는 스승입니다. 하루는 우리가 지금 어디에 서 있는지를 냉정하게 알려주는 이정표이기 때문입니다. 하루는 우리가 희망의 출발선에 서 있는지, 절망의 늪에 빠져 있는지를 알게 해주는 공평무사한 심판관입니다. 어느 누구는 편애하고, 어느 누구는 따돌리는 법이 없으니까요.

우리가 노력한 만큼만 인정하고 이룬 만큼만 보상해 주는 것이 하루입니다. 하루는 요행수를 바라지 않는 현실주의자입니다. 하루하루 꾸준히 땀을 흘리며 열심히 노력하는 자에게는 동등한 기회를 주지만, 이기적인 이해타산으로 자기 자신만을 위하고 악의적인 사술詐術로 남을 기만하는 자에게는 결코 호의를 베풀지 않습니다.

하루는 냉철함을 동반한 합리적인 마음으로 우리를 시험하는 리트머스 종이입니다. 대충대충 건성으로 시간을 죽이려고만 드는 비생산적인 사람에게는 가난을 주고, 작은 일에도 보람을 느끼며 최선을 다하려는 부지런한 사람에게는 일용할 양식을 주니까요.


『하루가 새롭다.』

이 말은 하루하루는 우리의 삶에 꼭 필요한 시간이지만, 필요한 만큼 지나가는 시간이 매우 아쉽다는 뜻입니다. 이때의 아쉬움은 보람이나 가치가 없이 헛되고 부질없다는 뜻의 덧없다는 말과 같습니다. 그냥 생각주머니를 비운 채 덧없이 보내는 하루하루는 그만큼 우리를 우리답지 못하게 하니까요.

150

# 하루하루에 충실하세요!

충실은 항상 최선을 다할 때 빛을 발하기 마련입니다. 나름의 최선을 다하는 하루하루는 우리를 절대 외면하거나 배신하지 않는 법이니까요.
인생에 있어 하루는 짧게는 한 달을, 길게는 일 년을, 더 길게는 십 년을 대비하는 지혜이기도 합니다.

『하루 물림이 열흘 간다.』
이 말은 어떤 하나의 일을 하루 뒤로 미루기 시작하면 자꾸 더 미루게 된다는 뜻입니다. 하루라는 시간은 하루로 마무리 하세요.
하루의 시작과 끝은 내일로 이월되지 않는, 이월할 수 없는, 이월해서도 안 되는 고정불변의 개념입니다. 내일에 집착하려고 드는 하루하루는 아무런 의미와 가치가 없는 법이니까요.
우리는 마음에 새겨야 합니다.
오늘 할 일을 내일로 미루지 말라는 말은 하루하루에 충실을 기하라는 그 이상 이하도 아님을 말입니다.

오늘은
『하루를 게을리 하는 자는 평생을 포기하는 것이나 마찬가지다.』
라는 교훈을 일상의 화두로 삼는 하루가 되었으면 합니다.

하루는 꾸준히 땀을 흘리며 열심히 노력하는 자에게는 동등한 기회를 주지만,
이기적인 이해타산으로 자기 자신만을 위하고
악의적인 사술로 남을 기만하는 자에게는 결코 호의를 베풀지 않는다.

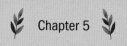

**Chapter 5**

# 분수

# 자문자답

# 자기만족

오늘은 삶의 톱니바퀴를 녹슬게 하는
방만한 일상을 돌아앉게 하는 깨어있는
하루가 되었으면 합니다.

# 041
# 편견 내려놓기

편견을 조심하라. 편견은 쥐와 같고 사람의 마음은 쥐덫과 같다.
편견은 쉽게 들어오지만 나갈 수 있을지는 의심스럽다. 편견의 이치를 따지려 노력하지 마라.
편견은 논리적으로 설복 시킬 수도 설복 될 수도 없는 것이다.

_ 시드니 스미스

혹자는 『조물주가 이 세상을 창조했다는 증거는 어디에도 없다.』고 주장
했다더군요. 이 말은 조물주는 오직 하나만 있고 둘은 있을 수 없다는 유
일무이한 절대적인 존재이기 때문에 모든 환경과 사물을 한데 아우르는
존재일 뿐이며, 조물造物이라는 관념 속에는 그 어떤 차별이나 구분 따위
처음부터 존재하지 않았다는 뜻이 아닐까요?
만약에 조물주가 세상을 창조했다면 조물주와 세상이라는 두 가지가 있
다는 뜻이 됩니다. 그러므로 조물주라는 개념은 절대적인 존재로 인정될
수 없는지도 모릅니다. 절대적인 조물주가 존재하려면 조물주와 구별되
는 어떤 것도 존재하지 않아야 하니까요.
세상의 모든 만물이 전지전능한 조물주의 소관이라면 우리 인간의 삶 또
한 우리 자아의 소관이며, 우리는 다만 이 사실을 깨닫지 못하고 있을 뿐
입니다.
어쩌면 우리 인간은 삶의 존재와 의미를 내면이 아닌 외면에서 찾으려고
만 드는 아집과 집착의 덩어리인지도 모릅니다. 아집과 집착을 가까이 하

지 말고 멀리하세요. 가까이 할수록 편견에 사로잡히는 삶을 살아가게 됩니다.

사물의 이치나 도리를 분별할 줄 아는 능력인 지각知覺은 불행하게도 우리 개개인의 이해타산적인 편견으로 인하여 오염되어 있습니다. 우리가 찾아내고자 하는 모든 개념은 지각과의 관계에서만 존재할 뿐인데도 말입니다.

우리 인간은 아무런 조건이나 제약이 붙지 않고 구속 또한 받지 않는 나름의 〈조물주〉가 될 수 있습니다. 우리의 내면세계를 다루는 정신과 영혼이 바로 우리의 존재를 확인시켜 주는 조물주이니까요.

우리 자신 스스로 자신을 조물주라고 자부하십시오. 그러기 위해서는 지금이라도 모든 환경과 사물 속에 존재하는 유일성을 깨닫지 못하게 하는 편견이라는 장애물을 한 치의 망설임도 없이 과감하게 허물어 버려야 합니다.


## 미혹에서 비롯되는 편견을 내려놓으세요!

그렇습니다.

어느 한쪽으로만 치우쳐 공정하지 못한 생각이나 견해로 사물을 바라보는 편견은 그 무엇에 홀려 정신을 차리지 못하는 미혹에서 비롯되는 법이니까요.

집착과 아집이 불러들인 편견은 때로는 유죄가 될 수 있습니다. 편견을 내려놓지 않으면 자기 자신은 물론이고 자신과 관련되어 있는 모든 것들이 편견의 늪에 빠져 허우적거리는 불행을 초래할 수 있으니까요.

오늘은 편견의 주범인 집착과 아집을
배려와 자타自他로 희석시키는 용기 있는
하루가 되었으면 합니다.

어느 한쪽으로만 치우쳐 공정하지 못한
생각이나 견해로
사물을 바라보는 편견은
그 무엇에 홀려 정신을 차리지 못하는
미혹에서 비롯된다.

# 042
# 분수 지키기

분수에 맞지 않는 복과 까닭 없는 소득은 조물주의 낚시 미끼가 아니라면 곧 세상 사람들의 함정이리라.
이런 경우에는 눈을 높이 떠보지 않으면 그 꾐 속에 빠지지 않을 자가 없느니라.

_ 채근담

우리는 자기 분수分數에 넘치게 그 무엇을 탐내거나 누리고자 하는 마음을 일컬어 욕심이라고 합니다. 이때의 욕심은 감정의 동물인 인간인 이상 어쩔 수 없는 원초적 본능이나 다름없습니다. 이 세상에 원초적 본능이 없는 인간이 없듯, 욕심 없는 인간 또한 없으니까요.

하나의 생명으로 태어나는 순간부터 인간이라는 가죽옷을 입고 삶을 살아갈 수밖에 없는 우리는 숨을 쉬면서 살아가는 한 욕심이라는 본능의 바퀴를 굴리며 살아갈 수밖에 없는, 더할 나위 없이 아주 이기적인 존재입니다. 그리고 눈에 보이고 손에 잡히는 것이라면 죽을 둥 살 둥 온갖 수단과 방법으로 다른 사람보다 좀 더 많이 소유하고 싶은 충동 하나로 자신을 내던지는 어리석고 사리에 어두운 존재이기도 합니다. 죽는 줄 뻔히 알고 있으면서도 불빛 속으로 무작정 자신의 생명을 내던지는 하루살이들처럼.

이렇듯 분별없이 마구 설쳐대는 배경에는 욕심이라는 이기심이 도사리고 있습니다.

그러나 자기 자신의 이해타산만을 꾀하고 남의 이해는 돌아보지 않으려는 이기심이 없는 인간은 이 세상에 존재하지 않습니다. 덜하고 더하다는 차이가 있을 뿐이지 누구나 한번쯤은 이기심에 사로잡혀 과욕이란 가면을 쓰기 마련이니까요.

과한 욕심에 눈이 먼 사람은 이성적이지 못한 사람입니다. 이성적이지 못한 사람은 오로지 동물적 본능 하나로 세상을 읽고 사물을 보기 마련입니다.

너와 나, 우리 모두가 더불어 살아가야 하는 세상은 동물의 세계에서나 볼 수 있는 약육강식의 축소판이 되어선 안 됩니다.

과한 욕심은 화근을 부르는 법입니다.

우리 모두가 너나없이 시뻘겋게 충혈 되어 있는 눈으로 과욕에 미쳐 길길이 날뛴다면 우리가 살아가는 세상은 인간이 인간을 부정할 수밖에 없는 아비규환의 아수라장으로 변하고 말 테니까요.


## 감당할 수 있는 만큼만 받아들이세요!

그릇을 넘쳐흐르는 물은 이미 물이 아니듯 분수를 벗어난 욕심은 과욕일 뿐입니다. 나름의 주관이나 분별은 물론이고 아무런 원칙도 없이 그냥 막무가내로 취하려 드는 맹목적인 과욕은 한시라도 빨리 버려야 합니다.

그렇다고 자신이 소유하고 있는 것을 죄다 포기하지는 마세요. 가질 수 있는 만큼 가졌으면 더 이상은 가지지 마세요.

지금이라도 늦지 않습니다.

다른 사람보다 가진 것이 더 있다면 그것을 다른 사람에게 기꺼이 베푸십시오. 베풂으로써 느끼는 정신적 포만감은 이 세상 그 어떤 행복, 그 어떤 기쁨과도 비교할 수 없을 만큼 자신은 물론이고 주변의 모든 것들을 향기롭게 하니까요.

가진 자와 있는 자의 가장 큰 미덕은 베풂입니다.

『욕심이 사람 죽인다.』는 속담을 아는지요?

자고로 우리네 인간들은 욕심이 너무 지나치면 사리를 분별하지 못하고 지극히 위태로운 일까지 거리낌 없이 저지르게 되는 불안전한 존재입니다.

오늘은 더 많이 가지면 가질수록 번뇌와 망상은 비례한다는 말을 되새김질 하는 자기반성의 하루가 되었으면 합니다.

우리 인간은
눈에 보이고 손에 잡히는 것이라면
죽을 둥 살 둥 온갖 수단과 방법으로
다른 사람보다 좀 더 많이 소유하고 싶은 충동 하나로
자신을 내던지는
어리석고 사리에 어두운 존재이다.

# 043
# 뿌리 깊은 타성 극복하기

자신이 본성이 어떤 것이든 그에 충실하라. 자신이 가진 재능의 끈을 놓아버리지 마라.
본성이 이끄는 대로 따르면 성공할 것이다.
_ 시드니 스미스

삶을 살아가는 과정에는 자의든 타의든 온갖 어려움과 괴로움이 따르기
마련입니다.

불가에서 말하는 깨달음의 길 또한 마찬가지입니다. 때로는 회의감에 사
로잡힐 때도 있을 것이며, 때로는 좌절감에 빠질 때도 있을 것이며, 때로
는 무력감에 시달릴 수도 있습니다.

영적인 깨달음은 자기 기분대로, 자기 생각대로, 자기 마음먹은 대로 쉽
게 손에 잡히지 않는 무형의 개념입니다. 처음부터 끝까지 한결같이 지침
이 없이 꾸준히 깨달음에 이르는 길이 누구에게나 다 가능한 일이 아니니
까요.

우리 인간은 깨달음을 짧은 시간에 얻으려는 욕심을 아무렇지 않게 내뱉
거나 쉽게 생각해서는 안 됩니다. 이럴 때는 알게 모르게 타성에 젖어 나
태해져 있는 자신을 새롭게 거듭날 수 있게 하는 극적인 자극이 필요합니
다. 이때의 자극은 자신에 대한 선의의 일탈, 즉 잠시 다른 즐거움에 빠져
드는 것입니다.

잠시 동안 정도가 아닌 곁길로 샌다고 해서 크게 잘못된 것도 아니며, 크게 문제가 되지도 않습니다. 매사에 현명하고 지혜로운 사람은 잠시 곁길로 샌 것처럼 보일지라도 자신이 있어야 하는 제자리로 언제 다시 돌아가야 하는지를 확실하게 알고 있으니까요.


## 선의의 일탈로 타성을 극복하세요!

이때 반드시 명심해야 할 것은 큰일이든 작은 일이든 항상 자기 나름의 주의와 경계를 게을리 하지 않아야 하고, 모든 일에 너무 많은 시간과 노력을 헛되이 그리고 허투루 낭비하지 않아야 한다는 사실입니다. 선의의 일탈은 다시 본래의 제자리로 돌아가기 위한 하나의 과정으로 받아들이는 것이 현명입니다. 현명한 지혜의 뿌리에서 미래에 대한 확실한 비전이 건강하게 자라는 법이니까요.

그렇습니다.

잠시 동안의 짧은 방황과 선의의 일탈은 오래된 습성으로 고착되어 있는 타성의 벽을 허물고 더 큰 깨달음을 얻기 위한 동기부여와 계기가 되기도 하니까요.

뿌리 깊은 타성은 우리의 삶을 시나브로 방만하게 만드는 주범인 동시에 현행범입니다.

그렇습니다.

오늘이 당장 고단하다고 해서 내일도 그 고단함에서 쉽게 헤어나지 못하고 허우적거리겠지 하는 안이한 생각은 버려야 합니다. 그런 생각은 자신의 의지를 믿지 못하는 자기부정이며, 그로 인해 미래의 자신은 그만큼 불확실해지고 불투명해지기 쉬우니까요.

세상사의 모든 일은 자신이 받아들이기 나름이고, 자기 하기 나름에 따라
자신이 진정으로 원하는 미래의 삶을 개척할 수 있습니다.

선의의 일탈은 자기부정이 아니라 자기긍정입니다.

오늘은 삶의 톱니바퀴를 녹슬게 하는 방만한 일상을
돌아앉게 하는 깨어 있는 하루가 되었으면 합니다.

잠시 동안의 짧은 방황과 선의의 일탈은
때로는 더 큰 깨달음을 얻기 위한
동기부여와 계기가 된다.
선의의 일탈은 자기부정이 아니라 자기긍정이다.

# 044
## 습관성 권태 극복하기

권태는 도덕가의 가장 큰 문젯거리이다. 인류가 저지르는 범죄는 적어도 절반 이상이 권태에 대한
두려움에서 빚어지기 때문이다.

_ 버트런드 러셀

이 세상 그 어디에도 완전하거나 결점이 없이 완벽하거나 차고 넘치는 것
은 결코 존재하지 않습니다. 우리가 오감으로 느끼는 모든 것에는 권태란
녀석이 이끼처럼 눌어붙어 있기 때문입니다.

그렇습니다.

우리 인간은 자의든 타의든 어느 순간부터 그 무엇에 관심이 없어지고 시
들어져 가는 권태라는 녀석에게 시달리며 삶을 살아가기 마련입니다. 듣
기 좋은 말이나 노래도 자주 듣게 되면 무감동해지고 무감각해지듯 우리
네 인간은 자주 접하게 되는 것들에 자신도 모르게 쉽게 권태를 느끼는 존
재이니까요.

어쩔 도리가 없습니다. 무릇 생각하는 두뇌를 가지고 있고, 어떤 일에 대
하여 느끼는 감정을 가지고 있고, 외부의 자극에 반응하는 오감을 가지고
있는 인간인 이상 피할 재간이 없으니까요.

그래서 사람들은 자신도 모르게 두 눈에 불을 켜고 새롭고 신선한 것들을
찾아 헤매는지도 모릅니다.

그것은 새롭게 주어지는 변화에 적응하고 싶은 충동을 가지고 있는 인간인 이상 어쩔 수 없는 집착이며 지극히 인간적이며 현실적인 욕망이기도 합니다.

권태를 부르는 것은 지나친 집착입니다.

하지만 적당한 집착은 정신계발에 적잖이 도움이 되지만 한계를 넘어서는 순간부터는 자칫 정신병으로까지 비약되는 무서운 정신적 질환이 바로 집착의 속성이기도 합니다.

그 무엇에 쉽게 권태를 느끼는 것은 자신의 책임입니다.

『지금이 권태기인가?』 하고 생각할 때 이미 권태는 자기 몸속 구석구석 뿌리를 내린 후이니까요. 권태는 오랫동안 방치하거나 방관하면 일상의 리듬을 깨트리는 것은 물론이고 삶의 의욕까지 떨어뜨리는 스트레스의 원인이 되기도 하는 무서운 녀석입니다.

우리는 가급적이면 권태라는 녀석을 자신 스스로 빨리 제거해 버리지 않으면 안 됩니다. 오래 붙잡고 있으면 있을수록 해(害)만 될 뿐이지 하나도 이로울 게 없는 것이 권태의 본질이니까요.

하지만 권태란 녀석은 의외로 변화를 무서워하는 약점을 가지고 있습니다. 특히, 늘 그렇고 그런 단조롭고 무미건조한 생활 패턴에서 오는 권태는 변화를 아주 두려워합니다.

이럴 때는 다른 방법이 없습니다. 우리가 숨을 쉬기 위해서는 일정한 산소가 필요하듯 권태란 녀석을 퇴치하기 위해서는 새로운 변화가 필요합니다.

## 나름의 신선한 자극으로 권태를 극복하세요!

여태 용기가 없어 평소에 단 한 번도 실행에 옮겨보지 못한 행동을 과감하게 아니, 미친 척 해보는 것도 권태를 극복하는 좋은 방법 중의 하나입니다. 가령 실오라기 한 올 걸치지 않은 알몸으로 경쾌한 음악에 맞춰 막춤을 춘다거나, 잠을 잔다거나, 물구나무서기를 한다거나, 이상야릇하기 짝이 없는 영화를 보면서 몹쓸 정도로 야한 상상을 한다거나, 억수같이 퍼붓는 빗줄기를 맞으며 하늘에 삿대질을 하듯 고래고래 고함을 지른다거나, 칠흑같이 어두운 밤에 동네를 미친 듯이 한 바퀴 돈다거나 … 기타 등등.

그렇습니다.

예전에는 차마 용기가 없어 생각은커녕 엄두도 낼 수 없었던 아니, 감히 하지 못했던 기묘한 행동으로 만성적 타성에 빠져있는 자신을 깨우십시오.

권태란 녀석은 지레 겁을 먹고 36계 줄행랑을 칠 테니까요.

무릇 권태라는 불청객은 예전에 한 번도 경험해 보지 못한 새롭고 신선한 나름의 극적인 이벤트를 통해서만이 극복할 수 있습니다.

오늘이라도 당장 행동으로 옮겨보세요!

새삼스러울 정도로 확연히 달려져 있는 자신을 발견할 수 있을 테니까요.

권태는 오랫동안 방치하거나 방관하면 일상의 리듬을 깨트리는 것은 물론이고 삶의 의욕까지 떨어뜨리는 스트레스의 원인이 되기도 하는 무서운 녀석이다.

# 045
## 전략적 자기관리

성공하려고 아무리 열심히 노력해도 실패에 대한 두려움이 마음에 가득하다면
노력하지 않게 되고 정진이 허사가 되어 성공은 불가능해 질 것이다.

_ 보두앵

우리 인간은 자신 나름의 삶을 살아가면서 너 나 할 것 없이 진심으로 행하는 온갖 선행에 대해서는 편견을 가지지 않습니다.

모든 선행에는 상대에 대한 인간적인 동정심과 배려심이 없이는 어려운 법입니다. 그렇다고 선행은 그 아무나 선뜻 할 수 있는 것도 아닙니다. 선행은 재물이 많고 적음을 떠나서, 선행을 하고자 하는 최초의 마음가짐이 더 중요한 법입니다.

그때의 초심初心이 선행의 본질이라 해도 지나친 말은 결코 아닐 것입니다. 매사 선행에 일말의 주저함이 없는 사람은 어제의 선행을 바탕으로 오늘의 선행이 쌓이는 법이라고 말합니다.

그리고 절제 없이 쓸데없는 일에 돈을 물 쓰듯 펑펑 낭비하는 사람보다 아끼고 절약하는 검소한 생활이 몸에 배인 사람일수록 선행에 앞장 서는 편이라고 했습니다.

선행을 즐겨하는 사람은 자기관리가 확실하고 충실한 사람이라 할 수 있습니다. 그런 사람은 여러 특징이 있습니다.

첫째, 하는 일 없이 그냥 놀고먹는 일에 노력을 낭비하고 시간을 죽이지 않습니다.

둘째, 소중하고 중요하다고 생각되는 일에는 관심을 기울입니다.

셋째, 정보와 지식을 아무런 생각 없이 무분별하게 탐하거나 쓸어 모으지 않습니다.

넷째, 하기 싫은 일보다 하고 싶은 일과 잘할 수 있는 일에 능력을 쏟습니다.

다섯째, 되도록이면 말을 거짓으로 꾸미는 식언飾言이나 실수로 잘못 말하는 실언失言을 함부로 입에 올리지 않습니다.

우리 개개인의 삶의 질이 풍부해지느냐 고갈되느냐 하는 것은 자질구레한 일상들에 나름의 질서를 부여하는 일에 좌우되기도 합니다.

평소에는 무관심으로 지나쳤던 사소한 것들을 삶에 유용한 것들로 변화시키는 것도 바람직한 일입니다. 예를 들면, 하루 24시간을 자신 고유의 바이오리듬에 맞게 조절하는 것입니다. 정기적으로 언제 운동을 하고, 언제 자기성찰을 하고, 언제 독서를 하느냐 하는 것부터 시작함으로 해서 나름의 자기관리 질서를 만들어 갈 수 있으니까요.

## 자기관리를 소홀히 마세요!

우리는 기초가 든든하게 다져진 땅에 벽돌을 하나씩 하나씩 쌓아올리는 마음가짐으로 자신에 대한 엄격함과 충실함으로 자신에게 어울리는 자기관리에 관심을 가져야 합니다.

자기 자신에 대한 나름의 엄격과 충실로 삶을 살아가면 희망으로 가득 찬 미래의 삶을 볼 수 있을 것이며, 반면에 비현실적인 공상이나 헛된 망상 속에서 살아가면 미혹과 미망만이 가득 차 있는 암울한 미래를 보게 될 것입니다.

우리가 추구하고자 하는 진정한 삶의 가치는 매사를 합리적이고 긍정적인 사고와 엄격한 자기관리를 통해 뜻하는 바를 이루는 데 있다고 한다면 지나친 말일까요?

오늘은 자기 자신에게 엄정한 나름의 전략적 자기관리로
삶의 순수한 의미와 진솔한 가치를 선물할 수 있는
향기 나는 하루가 되었으면 합니다.

자신에 대한 나름의 엄격과 충실로 삶을 살아가면
희망으로 가득 찬
미래의 삶을 볼 수 있을 것이며,
반면에 비현실적인 공상이나 헛된 망상 속에서 살아가면
미혹과 미망만이 가득 차 있는
암울한 미래를 보게 된다.

# 046
# 자문자답 즐기기

만족감 및 동기부여의 열쇠는 기본예의를 갖춰 사람들을 대하는 데 있다. 공을 들여 키워야 하는 화초보다 인간은 더 민감한 존재다. 화초를 대하듯 사람을 대하라. 그러면 활짝 피어날 것이다.

_ 조 앤드슨

『왜 사니?』

『사람이니까.』

『왜 먹니?』

『먹어야 살아갈 수 있으니까.』

『살아간다는 게 뭔데?』

『아직은 살아가야 하는 이유가 남아 있으니까.』

한 번이라도 거울 앞에 서서 거울 안에 있는 자신과 자문자답 형식으로 대화를 나눈 적이 있나요?

만약에 한 번이라도 있었다면 그대는 남은 삶의 여정을 향기롭게 살아갈 가치관이 있는 사람입니다. 그 이유는 자신과 대화를 나누지 않는 사람은 자신조차 믿지 못하는 성격의 소유자이기 때문입니다.

우리는 종종 그 누구에게 묻고 싶은 말이 많은데도 혼자 가슴앓이를 하며 살아가는 경우가 더러 있습니다. 그럴 때는 거울 속의 자신을 뚫어지게 쳐다보며 그 누구에게 묻지 못한 말을 과감하게 모두 내뱉으세요. 거울 속에 있는 자신이 상상 속의 상대방이라 생각하고 어떤 질문이든 던져보세요. 그러면 거울 속 자신이 상대방처럼 대답을 할 것입니다. 그 대답이 진실이든 거짓이든 그걸 판단하는 몫은 자신입니다.

한참을 그러다 보면 단단한 응어리처럼 굳어있던 가슴앓이가 일시에 봄눈 녹듯 녹아내릴 것입니다. 이때 자신의 의사나 의지에 반하는 허무맹랑한 대답을 들었다 해도 결코 시비를 걸거나 실망해서는 안 됩니다. 이 세상의 모든 해답이 자기가 원하는 진실과는 거리가 멀 수도 있으니까요.


### 때로는 자문자답으로 자신을 재확인하세요!

그렇습니다.

스트레스가 천방지축으로 기승을 부릴 때, 아무 까닭 없이 우울증에 빠져 있을 때, 아무런 이유 없이 짜증이 날 때, 매우 중요한 만남이나 계약을 앞두고 있을 때, 하루를 마감하고 잠자리에 들 때 자문자답으로 자신의 실체를 들여다보세요.

그러면 머릿속은 먼지 하나 없는 거울처럼 맑아질 것이며, 몸은 솜털처럼 가벼워질 것이며, 좀처럼 풀리지 않을 것 같았던 일도 술술 풀어질 것이며, 불면증에 시달리고 있는 잠자리에서도 숙면을 취할 수 있을 테니까요.

『그땐 왜 그랬어?』

『어쩔 수 없었어.』

『잘 될 것 같아?』

『응, 그렇게 말하길 잘 했던 것 같아.』

『사랑한다고 왜 말 못해?』

『많이 사랑하니까 사랑이란 말도 아끼고 싶었어.』

하루에 단 한 번이라도 자문자답 형식으로 자신을 독려督勵하고 격려해 보세요. 그러면 잠시나마 여기저기 돌아앉아 외면하고 있던 모든 것들이 어느 순간 제자리를 찾아 다시 돌아앉으며 자신에게 뜨거운 응원의 박수를 보낼 테니까요.

지금 당장 가까이에 있는 거울 앞에 서서 거울 속의 자신을 뚫어져라 바라보며 무슨 말이든 해보세요.

고함을 질러도 좋습니다.

아우성을 쳐도 좋습니다.

그리고 어떤 대답이든 큰소리로 해버리세요.

속이 뻥 뚫린 것처럼 후련해지면서 머릿속에 가득 들어차 있던 잡다한 생각들이 질서를 찾을 것입니다.

하루에 단 한 번이라도 자문자답으로 자신을 독려하고 격려하자. 그러면 잠시나마 여기저기 돌아앉아 외면하고 있던 모든 것들이 어느 순간 제자리를 찾아 다시 돌아앉으며 자신에게 뜨거운 응원의 박수를 보낼 것이다.

# 047
# 적극적 긍정의 젊음

*긍정적으로 생각하라. 원하는 것을 마음속 깊이 생각하고 또 생각하면 그 바람은 어김없이 현실로 나타난다. 원치 않는 것을 떠올리지 말고 갖고 싶은 것, 하고 싶은 것을 생각하라.*

*_ 앤드류 매튜스*

사사로이 한순간의 감정에 휩쓸리기 쉬운 젊은이들에게 필요한 것은 단순한 미사여구美辭麗句의 나열에 불과한 말잔치나 애매모호한 말장난보다 진심어린 관심과 사람의 성품에 관한 애정 어린 지도와 격려입니다.
여기 21세기의 젊은이들이 스스로 깨달아야 하는 8가지 지침이 있습니다. 한번쯤 마음에 새겨 수시로 꺼내 되새김질 해보십시오. 잃는 것보다 얻는 것이 더 많을 것입니다.

첫째, 항상 〈나의 존재〉에 대한 자부심을 부정하지 마세요.
어떤 이유에서든 자신의 존엄성과 자존심을 스스로 함부로 비하하거나 폄하해서는 안 되니까요.
둘째, 재물이 몸과 마음보다 소중하다거나 중요하다는 생각을 버리세요.
재물은 있다가도 없는 것이고, 없다가도 있게 되는 것이지만 자신의 정신과 육체는 그 어떤 것으로도 대체될 수 없는 것이니까요.
셋째, 친구와 거처는 가려가며 신중하게 선택하세요.

친구는 단 한 명을 사귀더라도 인생의 나침반이 될 수 있는 친구가 바람직하고, 거처는 어둡고 습한 곳은 피하는 게 좋으니까요.

넷째, 자신이 선택한 삶에 대한 책임을 저버리지 마세요.

자신의 삶을 대신 살아주는 삶은 이 세상에 없으니까요.

다섯째, 존경과 믿음이 가는 스승을 찾으세요.

좋은 스승은 그 무엇보다도 소중한 정신적 자산이니까요.

여섯째, 인간의 감정은 일시적이며 순간적인 것이므로 한순간의 감정에 치우쳐 판단의 중심이 흔들리지 않도록 하세요. 한순간의 감정에 휩쓸리게 되면 이성적 판단은 자기 것이 아닌 남의 것이 되기 쉬우니까요.

일곱째, 어떤 길을 가기 전에 주변 상황이나 주어진 여건을 주의 깊게 분석하는 마인드 컨트롤을 일상화 하세요.

순간의 결정이 생애에 커다란 영향을 미칠 수 있으니까요.

여덟째, 선과 악이 무엇인지는 알고 있으되 절대 악을 행하지는 마세요.

악은 한 번 빠지게 되면 영원히 헤어날 수 없는 깊은 수렁과도 같은 것이니까요.


## 긍정적인 사고를 두려워 마세요!

작은 변화에도 민감하고 긍정적인 사고에 인색한 속성이 바로 젊음의 장점인 동시에 단점입니다. 그만큼 젊음의 사리판단은 지극히 유동적이며 부정적인 잣대로 사회를 평가하고 측정하려고 드는 경향이 강한 편입니다. 하지만 장점은 사회생활과 직장생활에 필요한 정신적 스펙이 될 수 있도록 해야 합니다. 그리고 단점은 고치기 어려운 나쁜 습관이나 획일적인 고정관념이 되지 않도록 주의해야 합니다. 그것이 21세기를 살아가는 젊음의 특별한 권리이니까요.

젊음의 상징이라 할 수 있는 큰 포부와 큰 열정과 큰 꿈은 한 국가의 소중한 자산인 동시에 부채라고 할 수 있습니다.

자산은 건전하게 관리가 되어야 하고, 부채는 악성 부채가 되지 않도록 경계해야 하는 것이 우리 어른들의 책무인 동시에 소임이라면 지나친 바람일까요?

젊음의 사리판단은
지극히 유동적이며 부정적인 잣대로
사회를 평가하고 측정하려고 드는 경향이 강한 편이다.

# 048
# 초심과 딜레마

길이 막혔다면 원점으로 돌아가라. 미로에서 헤매느라 실마리를 찾지 못할 때는
초심으로 돌아가는 것이 의외로 색다른 발견을 가져다줄 수도 있다.

_ 쿠니시 요시히코

혹여 나름의 삶을 살아가면서 아무 까닭 없이 의미조차 알 수 없는 지독한
딜레마에 빠져본 적이 있나요?

우리는 두 가지 중에 하나를 반드시 선택해야 하는 급박한 상황이나 조건
에 처했을 때 순간적으로 분명하지 않은 의문에 빠져 망설이게 되는 경우
가 있습니다. 그리고 정석定石이나 다름없는 모범답안이 불 보듯 뻔히 나
와 있는데도 혹시나 하는 기분에 사로잡혀 자신도 모르게 주저하게 되는
경우도 더러 있습니다. 이런 경우가 바로 자기 자신 스스로 딜레마에 빠지게
되는 주된 원인입니다.

그럼 딜레마에 빠지는 이유는 뭘까요?

그것은 우리들 마음속에 알게 모르게 깊숙이 자리 잡고 있는 생각의 다변
성 때문입니다.

우리 인간의 마음은 자신도 모르게 매순간 변화를 일으키는 속성을 가지
고 있습니다. 이때의 변화는 자신의 의사나 의지에 반反하는 불합리한 선
택인 줄 뻔히 알면서도 순간의 착오나 착각 그리고 판단 미숙으로 일어나

는 현상을 말합니다. 그런 현상은 선택의 순간에 자신도 모르는 사이에 무엇인가에 저항하고 싶어 하는 심리 때문입니다.

인간의 저항 심리는 맨 처음에 선택하기로 한 마음, 즉 초심을 다른 방향으로 수정하려고 드는 반발심에서 일어납니다. 그 반발심의 진원지는 그 어떤 결론의 순간에 이랬다저랬다 변하기를 식은 죽 먹듯 하고 싶어 하는 변덕입니다. 그 변덕이란 녀석이 일을 그릇되게 하거나 못하게 하는 훼방이라는 무기로 초심을 흐리게 한 것입니다.

우리는 이 변덕이란 녀석을 경계해야 할 필요가 있습니다. 자기 자신의 이익을 위해 교활한 꾀를 써서 남을 속이고 놀리는 조삼모사朝三暮四 심리로 이랬다저랬다 하는 짓을 밥 먹듯 하는 사람은 매사에 딜레마를 달고 살기 마련입니다.

『변덕이 죽 끓듯 한다.』는 속담도 있듯 시도 때도 없이 막무가내로 변덕을 부리는 사람은 딜레마에 빠지고 싶다고 자신을 대놓고 광고하는 것이다 다름없습니다. 딜레마는 초심을 잃어버렸거나 흔들렸을 때 나타나는 속성을 가지고 있습니다.


## 스스로 딜레마에 빠지지 마세요!

그렇습니다.

빠지면 빠질수록 중요한 선택의 기로에서 갈피를 잡지 못한 채 좌충우돌 우왕좌왕 하는 자신을 보게 될 테니까요. 망망대해 한가운데에서 방향타를 잃어버린 배는 바다는 멀게 보이고, 산은 가깝게 보이기 마련인 것처럼 말이죠.

우리는 딜레마에 빠지지 않기 위해서 항상 초심을 소중하게 다룰 줄 아는 마인드를 가져야 합니다. 초심은 어떤 상황에서도 결코 변해서는 안 됩니다. 초심은 곧 오직 하나만 있고 둘은 없는 유일무이한 자신의 자존심이니까요. 어떤 일로 인해 본의 아니게 자존심이 무너지는 순간, 회복할 수 없는 무력감이나 상실감을 뼈저리게 맛본 사람일수록 초심을 자신의 분신처럼 소중하게 생각해야 합니다. 그만큼 초심은 갈등을 조장하는 딜레마의 초점을 흐리게 하는 힘을 가지고 있으니까요.

우리는 명심해야 합니다.

항상 초심으로 돌아가려고 노력하는 사람만이 인간승리를 맛볼 수 있다는 사실을!


오늘은 얼마 전 유명을 달리한 신영복 교수의 시 〈처음처럼〉을 되새기며 초심의 소중함을 일깨우는 하루가 되었으면 합니다.

인간의 저항 심리는 맨 처음에 선택하기로 한 마음,
즉 초심을 다른 방향으로 수정하려고 드는 반발심에서 일어난다.

# 049
# 자기만족 기 살리기

아무리 부가 탐난다 해도 자신의 만족에서 벗어난 것이면 눈을 돌리지 말아야 한다.
자기만족이야 말로 가장 훌륭한 재산이기 때문이다.

_ 사디

우리 인간은 삶을 살아가다보면 자신도 모르게 가끔 외로움을 느낄 때가 있습니다. 외로움은 주위 사람과 원만한 관계를 가지고 있다는 느낌이 들지 않을 때 오는 감정의 공허감입니다. 이때의 공허감은 누적의 과정을 거치게 되면 자칫 삶에 대한 회의감을 불러일으키기도 합니다.

그럼 어떻게 해야만 혼자가 되어 적적하고 쓸쓸한 감정의 느낌인 외로움을 지혜롭게 이겨낼 수 있을까요?

그러기 위해서는 우선 자기 자신이 이 세상에서 제일 소중한 존재라는 자부심을 가져야 합니다. 그리고 주위에 널리 산재해 있는 모든 환경적 요소가 자신만을 위해 존재한다는 사실을 스스로 인정해야 합니다.

쉽게 떨쳐버릴 수 없는 외로움과 싸워 이길 수 있는 가장 좋은 방법은 심정적으로 의기투합 할 수 있는 친구를 만나 투명한 소주 한 잔으로 아무런 부담 없이 대화를 주고받거나, 이성적으로 호감이 가는 좋은 배우자를 만나 화목한 가족을 이루는 것입니다.

하지만 그것만으로 충분하지 않습니다. 인간관계와 가족관계에서 생기는

여러 가지 불편한 문제가 현재 겪고 있는 외로움보다 더 고통스러울 수도 있으니까요.

그렇다면 외로움에 적극적으로 대항할 수 있는 나름의 용기는 자신을 사랑하는 나르시시즘 즉, 자아도취를 통해 자신 스스로가 정신적 만족을 얻는 것입니다.

그렇게 되면 다른 그 누구를 사랑하든 사랑하지 않든, 가까이에 있든 멀리 있든 외로움으로 인하여 고통을 당하거나 괴로움을 느끼는 일은 없을 테니까요.


## 자기만족으로 외로움을 떨치세요!

혹자는 자기만족은 한낱 미망에 지나지 않으며 사회적인 동물인 인간인 이상 속해 있는 공동체에서 벗어나서는 만족을 얻을 수 없다고 했습니다.

이 말은 진정한 자기만족은 자신을 둘러싸고 있는 환경과의 깊은 유대감을 느낄 때 정신적 풍요로움을 비로소 얻을 수 있다는 뜻이 아닐까요?

179

자기성찰을 일상화 하는 사람은 외로움을 쉽게 느끼지 않습니다. 그 이유는 자기 자신이 주위 환경의 일부임을 자기성찰을 통해 알고 있기 때문입니다.

그렇습니다.

우리는 자신의 가치를 높이려는 자기애적自己愛的 성찰의 흐름 속에 몰입해 있다는 사실을 잊어버리거나 잃어버릴 때 외로움이 시작된다는 사실을 명심해야 합니다.

외로움의 실체는 자신에 대한 실망을 스스로 이겨낼 수 없을 때 생기는 정서적 불안일 뿐이지 희망을 버리고 체념과 포기를 인정하는 절망은 결코 아닙니다.

오늘은 자기애적 성찰을 통해 소외감을 불러일으키는
외로움을 잊을 수 있는 건강한 하루가 되었으면 합니다.

외로움은
주위 사람과 원만한 관계를 가지고 있다는 느낌이
들지 않을 때 오는 감정의 공허감이며,
공허한 감정은
자칫 삶에 대한 회의감을 불러일으킨다.

# 050
# 시간 길들이기

세월이 지난 뒤에 보면 어떤 사람은 뛰어나고 어떤 사람은 낙오자가 되어 있다. 이 두 사람의 거리는
좀처럼 접근할 수 없는 것이 되어 버렸다. 이것은 하루하루 주어진 시간을
잘 이용했느냐 이용하지 않고 허송세월을 보냈느냐에 달려 있다.

_ 벤자민 프랭클린

우리는 너 나 할 것 없이 1시간, 1분이라는 숫자에는 매우 민감하지만 60이라는 수에는 별로 관심을 두지 않습니다.

여기서 우리는 중대한 오류를 범하고 있다는 걸 알아야 합니다.

60이라는 수는 1분은 60초, 1시간은 60분이듯 시간의 개념으로 보면 가장 기본적인 생각의 수라고 볼 수 있습니다. 기본이 되어 있지 않은 생각의 수로는 참신한 아이디어가 나오지 않는 법입니다.

아이디어가 없는 일상은 그냥 무미건조할 뿐입니다. 이때의 무미건조는 발전과 계발이 없다는 뜻이기도 합니다.

60이라는 생각의 수 즉, 시간은 우리의 삶을 사사건건 간섭하는 존재입니다.

남아 있는 삶을 살아가는 동안 기억조차 하기 싫은 나쁜 순간을 만들기도 하고, 평생을 두고 영원히 간직하고 싶은 좋은 순간을 베풀기도 하고, 타고난 우리의 운명을 저울질 하는 기본적인 잣대 기능을 하기도 하니까요.

우리는 흔히 시간에 구속된다는 말을 쓰기도 합니다.

이때의 구속은 발전이나 계발을 방해하는 족쇄를 뜻합니다. 족쇄는 스스로 자신을 무저항의 상태로 옭아매는 행위나 다름없습니다. 우리는 불행하게도 그 행위를 통하여 자신과의 의사소통을 스스로 가로막기도 하니까요.

시간은 우리의 과거와 현재 그리고 미래까지 조작하는 힘을 가지고 있습니다. 그만큼 시간은 우리 인간을 자기 구미에 맞도록 길들이는 조련사나 다름없습니다.

본의 아니게 돌이키고 싶지 않은 과거를 뒤돌아보게 만들고, 아무런 이유 없이 현재에 안주하게 만들고, 아무런 보장도 없이 미래에 대한 불확실한 두려움을 느끼게 하니까요.


## 시간을 다루는 방법을 나름 터득하세요!

그러기 위해서는 우선은 주어진 일상을 살아가면서 가급적이면 마음을 편하게 가지고 부담 없이 얘기할 수 있는 시간관념에서 자유로워져야 합니다.

그 누군가와 약속을 한다면 몇 시쯤에 만나자는 말은 하되 정각正刻이란 말은 가급적이면 하지 않는 게 바람직한 일입니다.

이 세상에 정각이란 단어만큼 무식하고 단순한 것은 없으며, 시간은 다른 사람과 더불어 공유하는 개념이지 자신만을 위한 일방적이고 독선적인 개념은 아니기 때문입니다.

누군가가 이렇게 말하더군요.

현재를 구속하는 것은 과거라는 시간이고, 미래를 결정짓는 것은 현재라는 시간이고 과거를 뒤돌아보게 하는 것은 현재라는 시간이라고 말이죠.
그렇습니다.

이 세상에 지나가버린 과거의 시간과 지금을 나타내는 현재의 시간과 그리고 앞으로 닥쳐올 미래의 시간을 동시에 나타내는 시공간은 있을 수 없으니까요.

그때그때 주어지는 상황과 환경을 예의주시하면서 자연스럽게 흐르는 것이 시간의 본질입니다. 하지만 우리 개개인이 느끼는 시간에 대한 체감은 무릇 천차만별입니다.

어떤 사람에게는 야속하다할 정도로 빨리 흐르고, 어떤 사람에게는 억울하다할 정도로 느리게 흐르니까요.

어쩔 수 없는 일입니다.

나름의 삶을 살아가는 동안 생각과 행동의 한계를 인정할 수밖에 없는 우리는 자신에게 주어진 시간의 흐름 속에서 제각각의 의지대로 방식대로 열심히 살아갈 수밖에 없는 유한의 존재이니까요.


오늘은 가는 시간 붙잡지 말고, 오는 시간 막지 말고 지금 이 순간,
지금 이 찰나, 지금 이 시간을 소중히 여기는
지혜로운 하루가 되었으면 합니다.




시간은 본의 아니게 돌이키고 싶지 않은 과거를 뒤돌아보게 만들고,
아무런 이유 없이 현재에 안주하게 만들고, 아무런 보장도 없이 래에 대한 불확실한 두려움을 느끼게 한다.

•

# Chapter 6

# 정신일도

## 배려

## 내면

오늘은 온갖 탐욕과 위선으로 제멋대로 미쳐 날뛰는 세상사에
자신도 모르게 오염되어 있는 몸과 마음을 정신일도로
정화하는 향기 나는 하루가 되었으면 합니다.

# 051
## 정신일도精神一到

만일 당신이 외적 요인에 의해 고통 받는 것이 아니라면 그 고통은 자신의 생각이 만든 것이다.
당신은 언제든지 그것을 바꿀 수 있는 능력을 가지고 있다.
_ 마르크스 아우렐리우스

정신精神의 정의를 아십니까?

사물을 느끼고 생각하며 판단하는 능력이 정신입니다. 그 능력의 주체는 만물의 영장이라고 자처하는 우리네 인간입니다.

그런데 우리는 유감스럽게도 아니, 불행하게도 가끔 정신을 놓고 사는 경우가 허다합니다. 그 이유는 그 아무리 용을 써도 영영 풀리지 않을 것만 같은 실타래처럼 복잡하게 엉켜 쉼 없이 돌고 도는 세상사에 알게 모르게 길들어져 있기 때문입니다.

아무런 생각 없이 무심코 놓아버린 정신은 의식이 없는 식물인간이나 다름없다는 사실을 우리는 깨달아야 합니다. 정신이 깃들어 있지 않은 육체는 허수아비보다 더 못한 하찮은 존재입니다.

가을들녘의 허수아비는 참새라도 쫓지만, 정신이 부재중인 육체는 푸줏간에 걸린 시뻘건 고깃덩어리에 지나지 않는 법이니까요.

우리는 피하려야 피할 수 없는 주어진 일상과 부대끼면서 알게 모르게 달고 들어온 온갖 더러운 것들은 그날그날 바로 털어내 버려야 합니다. 흔적

하나 없이 말끔히 털어버림으로써 일상을 마감하는 정신은 비로소 삶의 향기를 피울 수 있습니다. 제때 털어버리지 않으면 달콤한 잠을 자는 동안에도 온갖 미혹과 근심은 진드기처럼 기생하며 건강한 꿈을 방해하기 마련이니까요.

우리에게 공평하게 주어진 삶이란 굴레는 늘 먼지를 일으키는 비위생적인 존재입니다. 그렇다고 공기 속에 부유浮游하는 먼지를 마시지 않고 살아갈 수는 없습니다. 정신이 깨어 있는 한 피할 수 없는 운명과도 같은 먼지를 먹고 살아야 하니까요.

하지만 고맙게도 우리 인간의 몸은 그 먼지를 걸러내는 정화기능을 가지고 있습니다. 그 기능은 정신에서 비롯됩니다.

만성적인 타성에 젖은 채 정신활동이 게으른 사람은 쉽게 도태되기 마련이듯 하늘이 준 천혜의 기능조차도 아무런 소용이 없게 만드는 사람은 정신일도가 되지 않습니다. 그런 사람에게는 하는 일마다 실패와 불운의 그림자가 따르기 마련입니다.

그렇습니다.

왜곡되고 굴절된 삶을 살아가는 사람에게는 정신일도는 사막의 신기루처럼 요원한 법입니다. 하지만 정신일도는 그냥 하고 싶다고 해서 되는 것이 아닙니다. 그렇다고 선택된 자들만 누리는 특권은 더더욱 아닙니다.


정신일도는 평범함 일상 속에서 얻어지는 지혜를 올바르고 좋은 방향으로 사용하는 사람에게만 주어지는 기회일 뿐입니다.

남을 아무런 이유 없이 무시하고 욕되게 하는 사람은 절대로 정신일도 경지에 이를 수 없으며, 나쁜 생각과 그른 행동으로 일상을 살아가는 사람의 정신은 스스로 혼란 속에 휩쓸리고, 몸은 털어버릴 수 없는 오물을 뒤집어

쓰기 마련입니다.


## 흩어져 있는 정신을 한 곳으로 모으세요!

그런 다음 하루를 마무리 하는 자기성찰을 준비하세요. 가부좌를 틀고 앉은 자세로 두 눈을 지그시 감고 미래의 향기 나는 자신을 상상하며 속으로 이렇게 세 번 외치세요.

정신일도하사불성精神─到何事不成!
정신일도하사불성!
정신일도하사불성!

그렇습니다.
올바른 정신으로 정도正道를 가고자 하는 일념 하나로 세상을 바라보면 이루지 못할 일은 아무 것도 없는 법입니다.
건강한 정신으로 주어진 삶을 살아가는 것 또한 우리의 소중한 몫이 아닐까요?

오늘은 온갖 탐욕과 위선으로 제멋대로 미쳐 날뛰는 세상사에
자신도 모르게 오염되어 있는 몸과 마음을
정신일도로 정화하는 향기 나는 하루가 되었으면 합니다.

타성에만 젖은 채 정신활동이 게으른 사람은
쉽게 도태되기 마련이듯 하늘이 준
천혜의 기능조차도 아무 소용이 없게 만드는 사람은
정신일도가 되지 않는다.

# 052
# 의혹도 의혹 나름

만일 사람이 확신을 가지고 무엇을 시작한다면 의혹으로 끝날 것이다. 그러나 의혹을 가지고
시작함으로써 확신으로 끝날 것이다.

_ 프랜시스 베이컨

시나브로 불현듯 뇌리를 스치는 하나의 의혹에 자신도 모르게 사로잡혀
본 적이 있으세요?

이때의 의혹을 어느 심리학자는 원하는 답을 얻지 못했을 때 생기는 정신
적 부재현상이라고 말합니다. 그리고 다른 사람들이 확실하게 믿고 있는
하나의 진실이 자신에게는 쉽게 이해가 되지 않고 납득이 되지 않을 때 습
관처럼 굳어지는 것 또한 의혹이라 할 수 있습니다.

우리 인간은 숱한 의혹 속에 갇혀 삶을 살아가고 있다고 해도 지나친 말은
아닐 것입니다. 아니, 어쩌면 우리의 삶은 꼬리에 꼬리를 무는 의혹으로
시작해서 의혹으로 끝나는지도 모릅니다.

그러나 의혹도 의혹 나름입니다. 자기 자신은 물론이고 다른 사람들도 모
르고 있는 평범한 의혹은 그냥 하나의 단순한 의혹에 지나지 않습니다.

그런 의혹에는 자신이 굳이 간섭하거나 시비를 걸거나 개입할 이유 또한
없습니다. 그런 의혹은 때가 되면 자연스럽게 평범한 사실로 밝혀지기 마련
이니까요.

그러나 문제가 되는 것은 우리 자신 스스로가 자청하여 불러들이는 의혹입니다. 우리는 흔히 『사서 고생한다.』는 말을 자주 사용합니다. 이 말은 하지 않아도 될 고생을 자신 스스로 만들어서 한다는 뜻입니다. 마찬가지로 의혹 역시 자신 스스로가 만들 필요는 없습니다.

자식에 대한 부모들의 과잉보호 심리가 자식의 정서는 물론이고 장래까지 그릇된 방향으로 이끄는 경우도 있듯이 하나의 의혹을 의혹으로 풀려는 생각으로 자신을 저울질 하는 모험 따위는 되도록이면 하지 않아야 합니다. 아니, 아예 처음부터 삼가는 것이 현명이라면 현명입니다.

그러나 단순한 의혹을 그냥 의혹으로 이해하려 들지 않고, 도저히 믿을 수가 없어 수상하게 여기는 심리적 의혹으로 확대하여 받아들이면 의혹을 객관적으로 보는 눈에 이상異常이 오기 마련입니다. 이때의 이상 증상은 분별력과 통찰력을 흐리게 하는 요인이 되기도 합니다.

그렇습니다.

군이 자신 스스로 자청해서 의혹에 시달릴 이유는 없습니다. 자청한 의혹에 시달리면 시달릴수록 그 의혹에 자신도 모르게 집착하기 마련입니다. 집착하다보면 자신도 모르게 정신적으로 페이스를 잃게 되고, 그러다 보면 생체적 리듬까지 잃어버리기 쉬우니까요.

특히 자신의 정신건강을 해치는 의혹은 가급적이면 불러들이지 않아야 합니다. 불러들이는 순간부터 고민과 갈등은 암세포처럼 온몸 구석구석 전이移轉를 서두르게 되니까요.

우리의 건강한 몸과 정신 그리고 성스런 영혼을 괴롭히는 온갖 고민과 갈등은 자신 스스로가 만든 의혹에서 시작되는 법입니다.

# 자신 스스로 의혹에 빠지지 마세요!

그렇습니다.

자칫 정도程度나 한계를 넘게 되면 평생 동안 땅을 치고 후회하는 어리석음을 범하게 될 테니까요.

다른 사람은 거울 들여다보듯 훤히 알고 있는 사실을 자신 혼자만 고집스럽게 모르쇠로 일관한다고 해서 사실이 의혹으로 왜곡되지는 않습니다.

그리고 가끔은 의혹을 의혹으로만 남겨둘 줄 아는 느긋한 마음을 가져 보십시오. 깊이 파헤치면 파헤칠수록 아득하게만 느껴지는 의혹도 있기 마련이니까요.

비상구가 어딘지도 모르는 미로 속에 갇혀 방향감각을 상실한 기분을 느껴본 사람이라면 충분히 이해가 될 것입니다.

지금 이 순간에도 자신 스스로가 만든 의혹에 알게 모르게 빠져 남몰래 가슴앓이를 하고 있다면 내면의 거울을 마주하고 이렇게 중얼거려 보십시오.

『나 자신이 해결할 수 있는 의혹만 만들자! 해결할 수 없는 의혹을 만드는 건 우매한 짓이다!』

오늘은 지나친 의혹은 스트레스의 주범이 될 수도 있다는 사실을 간과하지 않는 하루가 되었으면 합니다.

단순한 의혹을 그냥 의혹으로 이해하려 들지 않고,
도저히 믿을 수가 없어 수상하게 여기는
심리적 의혹으로 확대하여 받아들이면
의혹을 객관적으로 보는 눈에 이상이 오기 마련이다.

# 053
# 소유욕과 집착 내려놓기

*마음대로 좋은 나뭇잎을 골라 뜯어먹는 목이 긴 기린의 행복을 생각할 때,*
*목이 짧아 굶어 죽은 기린의 고통을 잊어서는 안 된다.*

_ 존 M. 케인스

하루를 마감하기 전에 자기성찰의 몰입에 들었다면 그 사람의 하루는 가치 있는 하루이며, 인생이 끝나기 전까지 자기성찰에 정진한 사람의 삶 또한 가치 있는 삶입니다.

그러나 우리가 자기성찰에 몰입하기 위해서는 오랜 시간이 걸리는 경우도 있을 것이고, 어떤 날은 자기성찰의 소리가 전혀 들리지 않을 수도 있기 마련입니다.

우리 인간은 더 많이 사랑하면 할수록 미움에 유혹당하기 쉽고, 더 많은 것을 탐하면 탐할수록 더 큰 탐욕에 집착하기 쉽고, 더 순수해지기를 원하면 원할수록 더 많은 불순함을 찾기 쉽고, 더 많은 평정을 원하면 원할수록 혼란만 가중시키는 이중적인 존재입니다.

그렇듯 우리 인간은 자의든 타의든 온갖 문제들을 삶의 지게에 짊어지고 살아갈 수밖에 없는 나약한 존재입니다. 그 이유는 자기성찰을 꾸준히 행하는 사람은 그 온갖 문제들과 맞서 싸우지 않으면 안 되기 때문입니다. 싸우면서 인정할 것은 인정하고, 참을 것은 참아야 하는 법을 알아야 하니까요.

우리 인간은 나름의 삶을 살아가면서 분에 넘치는 소유욕과 집착에 혈안이 된 채 전전긍긍하면 할수록 자기성찰로부터 멀어진 채 하루를 아무런 소득 없이 허망하게 보내는 것은 물론이고 뒤틀어진 감정적인 동요 속에 휩쓸려 자신의 인성을 망쳐 버리게 됩니다.

어떤 날에는 하루가 끝날 시간이 다 되었는데도 바라는 자기성찰이 나타나지 않기 때문입니다. 그때는 좀 더 편안한 마음으로 내려놓을 것은 내려놓고, 비워야 할 것은 비우며 그 무엇인가에 집착하지 않고 느긋하게 기다리는 것이 현명입니다.


## 자기성찰로 소유욕과 집착에서 벗어나세요!

우리가 얻고자 하는 자기성찰은 어쩌면 일관성 없이 자주 바뀌는 조석변개朝夕變改처럼 변덕스러운 것인지도 모릅니다.

그러나 자기성찰이 우리 자신을 자연스럽게 용납하고 포용할 때, 우리는 속세의 모든 탐욕과 번뇌와 망상 그리고 아집과 집착에서 벗어날 수 있는 침묵의 소리를 들을 수 있습니다. 이때의 침묵의 소리는 하루 종일 겪었던 온갖 혼란과 무지와 갈등을 흔적도 없이 잠재우는 내면세계의 참 울림입니다.

자기성찰의 궁극적 목적은 지나친 소유욕과 집착으로 방황하고 있는 우리의 몸과 마음 그리고 영혼을 깊은 혜안으로 이끄는 침묵의 소리를 듣는데 있으며, 자기성찰의 참된 가치관은 무소유와 배려의 영적인 깨달음을 얻는 데 있습니다. 이때의 영적인 깨달음은 곧 우리로 하여금 지나친 소유와 집착에서 벗어나게 하는 힘을 제공해 줍니다.

오늘은 자기 나름의 성찰로 온갖 괴로움과 근심걱정을 불러일으키는
지나친 소유욕과 집착을 내려놓는 편안한 하루가 되었으면 합니다.

우리 인간은 더 많이 사랑하면 할수록
미움에 유혹당하기 쉽고,
더 많은 것을 탐하면 탐할수록
더 큰 탐욕에 집착하기 쉽고,
더 순수해지기를 원하면 원할수록
더 많은 불순함을 찾기 쉽고,
더 많은 평정을 원하면 원할수록
혼란만 가중시키는 존재이다.

# 054
# 배려의 미덕

남의 잘못에 대해 관용하라! 오늘 저지른 남의 잘못은 어제의 내 잘못이었던 것을 생각하라!
잘못이 없는 사람은 하나도 없다. 완전하지 못한 것이 사람이라는 점을 생각하고 진정으로
대해 주지 않으면 안 된다. 우리는 어디까지나 정의正義를 받들어야 하지만 정의만으로 재판을 한다면
우리들 중에 단 한 사람도 구함을 받지 못할 것이다.

_ 윌리엄 셰익스피어

우리는 삶을 살아가는 동안 자기 자신이 아닌 다른 사람을 위한 배려를 먼
저 생각하는 마음가짐을 가져야 합니다. 그러면 마음의 평온은 물론이고
복잡하게 맞물려 쉴 없이 돌아가는 인간사를 읽고 보는 눈이 더없이 맑아
지게 됩니다.

우리 인간은 좋은 결과를 얻기 위해서는 다양한 지식과 정보가 필요하고
중요하지만 공치사에 연연해하지 않는 배려를 습관처럼 몸에 배이도록
부단히 노력해야 합니다.

무릇 배려는 우리의 삶 속에 알게 모르게 뿌리를 내리고 있는 갈등과 반목
그리고 오해와 시기라는 이름의 온갖 형태의 장애물을 한순간 흔적도 없
이 사라지게 하는 힘입니다.

배려는 작은 헌신과 작은 희생을 필요로 합니다. 작은 헌신은 자신을 억지
로 미화하는 겉치레 생색이 아니라 자신의 진실한 마음을 있는 그대도 투
영하는 거울입니다. 그리고 작은 희생은 자신을 혹사시키는 행위가 아니
라 더불어 살아가는 삶을 배우게 하는 지혜이기도 합니다.

불가에서는 굽은 것을 곧게 펴고, 곧은 것을 한 점으로 향하게 하는 것이 배려의 미덕이라고 했습니다. 어쩔 수 없이 걸어가야 하는 인생의 긴 여정은 자의든 타의든 때로는 한없이 곧게 보이기도 하고, 때로는 한없이 굽게 보일 때도 있기 마련이니까요.

그때 우리는 매사 배려를 우선할 줄 아는 건전하고 건강한 마음자리를 가져야 합니다. 그런데 인간의 육체와 정신은 가끔 우리가 소망하고 희망하는 일에 전적으로 동의하지 않습니다.

때로는 자신이 걸어온 길을 뒤돌아 볼 줄 아는 냉정을 필요로 할 때가 있기 때문입니다. 이때의 냉정은 자기 자신에 대한 영혼의 충고입니다. 그 충고 속에는 매사에 배려를 가볍게 취급하거나 소홀히 하지 말라는 메시지가 들어 있습니다. 그리고 배려는 우리 내면의 이기심과 사심과 사욕을 한 곳으로 모아 정화시켜주는 무한의 힘이기도 합니다.

우리 모두가 배려의 미덕을 똑바로 이해하고 행동으로 옮긴다면 너와 나 사이를 가로막고 있는 불신과 단절의 벽은 단숨에 허물어질 것입니다.

그 허물어짐을 통해 우리는 비로소 진실과 진실이 서로 소통하는, 이해와 이해가 한데 어우러지는, 믿음과 믿음이 사이좋게 공존할 수 있는, 인간다움과 인간다움이 더불어 살아갈 수 있는 향기 나는 배려의 미덕을 배울 수 있을 것입니다.

단, 배려는 스스로 잘난 체한다거나, 뽐낸다거나, 시건방져서는 결코 안 됩니다.

남의 생각과 마음을 소홀히 취급하고 무시해버리는 교만하기 짝이 없는 모가 나는 생색용 배려는 남을 지치게 할 뿐만 아니라 자기 자신조차 우울하게 하기 마련이니까요.

추운 겨울날 손님이 오면 지글지글 끓고 있는 안방 구들장 아랫목에 먼저

앉게 하는 옛날 우리 부모님들의 배려의 미덕이야말로 21세기를 살아가는 디지털 세대의 우리 자식들이 배워야 하는 산 교훈이 아닐까요?

## 배려의 미덕을 가지세요!

배려는 자기 자신을 가르치는 훌륭한 스승입니다.
훌륭한 스승이 없는 세상은 상상조차 할 수 없습니다.
배려는 우리 모두에게 향기 나는 삶을 살아가게 하고, 보람 있는 삶을 가꾸게 하는 참마음의 화원입니다.

오늘은 가까이에 있는 그 누구를 위해 작은 배려를
솔선수범하는 향기 깃든 하루가 되었으면 합니다.

배려는 내면의 이기심과 사심과 사욕을 한 곳으로 모아 정화시켜주는 무한의 힘이며,
똑바로 이해하고 행동으로 옮긴다면 너와 나 사이를 가로막고 있는
불신과 단절의 벽은 단숨에 허물어진다.

# 055
# 느긋한 마음 갖기

*사람은 마음이 즐거우면 종일 걸어도 싫증이 나지 않으나 마음에 근심이 있으면 잠깐 걸어도*
*싫증이 난다. 인생항로도 마찬가지니 언제나 명랑하고 유쾌한 마음으로 인생의 길을 걸어라!*
*_ 윌리엄 셰익스피어*

우리네의 삶 속에는 늘 크고 작은 문제들이 때로는 서로 앞서거니 뒤서거
니 하기도 하고, 때로는 서로 좌충우돌을 일으키며 우리 주변을 떠나지 않
고 있습니다. 아니, 어쩌면 우리 자신 모두가 스스로 문제를 일으키고 만
들어 가는 지극히 어리석은 매체인지도 모릅니다.

하지만 해답을 요구하는 문제를 대수롭지 않게 생각하고 그냥 강 건너 불
구경하듯 방치하거나 방임하게 되면 돌이킬 수 없는 후회를 자초하는 화
근이 되기도 합니다. 이때 우리가 소홀히 하지 않아야 하는 것은 문제를
그냥 단순히 문제 자체로만 받아들이는 어리석음입니다.

문제라는 성질은 여러 가지의 잘잘못을 가리는 시시비비를 떠나서 반드
시 해결되어져야 하는, 그냥 내버려두면 더 큰 문제를 일으키는 백해무익
한 골칫덩어리입니다.

우리는 하나의 문제를 해결하기 전에 그 문제가 얼마나 복잡하고 까다롭
게 얽혀있는지를 먼저 알아야 합니다. 복잡하고 까다로운 문제일수록 주
의 깊게 분석부터 하지 않으면 안 되기 때문입니다.

그런 다음 출구를 알 수 없는 미로처럼 복잡하게 엉켜 있는 실타래를 하나하나씩 풀어나가듯이 인내심을 가지고 적극적으로 대처할 필요가 있습니다. 이때 우리는 문제를 더 까다롭게 하는 요인으로 작용하는 뜻밖의 장애물을 과감히 뛰어넘어야 합니다.

그러나 무엇보다도 우리를 더 어렵고 곤란한 상황으로 내모는 경우는 우리들 자신이 알게 모르게 그 문제에 깊이 간섭하고 개입되어 있는 경우입니다. 그럴 경우에는 가능한 한 빨리 그 문제에 얽매이지 않고 태연하고 느긋한 마음을 가지는 것이 무엇보다도 중요합니다. 이때의 느긋함은 문제에 대한 무관심이나 무시가 아니라, 그 문제가 안고 있는 제반원인을 세세히 관찰하는 마음의 여유입니다.


## 느긋한 마음으로 문제의 핵심을 파악하세요!

이때 우리가 결코 간과해서는 안 되는 점은 어떤 문제이든 단 한 번으로 해결하려고 드는 조급한 마음입니다. 조급한 마음은 실수를 유발하는 요인이 되기도 하니까요.

그 조급한 마음을 유리한 방향으로 다스리는 방법은 처치곤란인 큰 문제일수록 대수롭지 않은 문제로 취급하는 마음의 여유입니다. 마음의 여유는 경우에 따라서는 애물단지 문제를 원만하게 해결할 수 있는 능동적인 힘을 제공하는 기본이 될 수 있기 때문입니다.

아주 복잡하고 어려운 문제라도 단순한 문제로 간주하면 의외로 쉬워 보일 수도 있으니까요.

매사에 느긋한 마음을 가지세요.

그 아무리 불편하고 부당한 문제라도 느긋한 마음으로 상대하면 지혜롭게 대처할 수 있는 길이 보이기 마련이니까요.

문제라는 성질은
여러 가지의 잘잘못을 가리는 시시비비를 떠나서
반드시 해결되어져야 하는,
그냥 내버려두면 더 큰 문제를 일으키는
백해무익한 골칫덩어리이다.

# 056
# 침묵과 성찰

바람 한 점 없는 조용한 호수 수면 위에 어리는 교교한 달빛은 파문을 일으키지 않습니다. 달빛은 잔잔한 수면 위에 발처럼 드리워져 있는 고요한 침묵 위로 아무도 모르게 그냥 슬그머니 아무 기척도 없이 내려앉을 뿐입니다.

어쩔 수 없이 지치고 고달픈 하루라는 시간의 페이지를 넘기며 살아가야 하는 우리들 삶도 때로는 침묵을 지킬 줄 알아야 합니다. 이때의 침묵은 무소불위의 권력과 끈적거리는 욕망에 연연해하는 인간 군상들의 집착과 아집에 대한 저항이며, 물불 가리지 않고 미친 듯이 발광하면서 안하무인으로 사사건건 개입하려 들고 자기중심적 사고에 매몰된 채 아귀다툼을 벌이는 놀음판에 대한 무저항의 저항이기도 합니다.

우리를 화나게 하는 그런 부류의 인간들의 특징은 『미쳐도 곱게 미쳐라!』라는 옛 어른들의 말씀을 모르는 무지의 소치所致에 있습니다.

한 번쯤 미치고 싶으면 투명한 거울을 마주보면서 곱게 미치는 연습을 하세요.

자기 눈에 이건 아니다 싶으면 과감히 때려치우세요. 거울 속에 비친 미친 모습이 자기 자신에게 인정받지 못하면 그건 올바로 미치는 게 아니니까요. 한 가지 일에 곱게 미친다는 건 그만큼 신중해야 합니다. 이때의 신중은 침묵을 동반한 성찰의 몰입으로 온몸을 내려놓는 것을 뜻합니다.

두 눈을 지그시 감고 소리 없이 다가서는 고요함 속에 자신의 모든 상념을 천천히 내려놓으세요. 그런 다음 고요함 속에 나름의 침묵을 배우는 방법을 자신 스스로 터득해보세요. 긴장으로 잔뜩 굳어 있는 몸의 힘을 빼고 닫혀있는 내면세계의 문을 열면 평소에 보이지 않던 길도 보이기 마련입니다.

내면세계 깊은 곳에서 자연스럽게 우러나오는 진실한 침묵은 지친 몸과 마음 그리고 영혼을 편안하게 합니다. 고요 속의 침묵은 혼자 있을 때 빛을 발하는 법입니다. 그 어떤 잡다한 방해에도 굴절되지 않고 혼자만의 세계에서 정직하게 뻗어나갈 때 침묵은 비로소 자기 것이 되니까요.

고요 속 침묵의 생성은 나름대로의 과정을 거칩니다.

예를 들면, 온갖 오염으로 흐려진 탁한 물도 가만히 두면 어느 결에 거울처럼 맑아지듯이 침묵 또한 처음에는 마치 남의 옷을 빌려 입은 것처럼 낯설고 어색하지만 어느 정도 시간이 흐르면 오랜만에 만난 십년지기 죽마지우처럼 친근하게 느껴지게 됩니다.

침묵은 조용한 가운데 어떠한 움직임이 존재하는 정중동靜中動의 세계입니다. 한 점의 동요와 소요가 없는 평화로운 침묵은 얼굴을 붉히고 귀를 따갑게 하는 온갖 충동과 혼동 그리고 혼란에 쉽게 휩쓸리지 않는 힘을 가지고 있습니다.

때로는 묵묵히 침묵할 줄 아는 정신세계가 세상을 올바르게 비판할 줄 알고, 인간을 바로 볼 줄 아는 자기수양이 될 수 있으니까요.

지금이라도 자신의 내면세계를 투영할 수 있는 침묵의 거울 앞에 서서 자신의 참모습을 자연스럽게 받아들여보세요.
그러면 들을 수 있을 것입니다.
깨달음으로 이끄는 침묵의 소리를!


## 자기성찰로 침묵을 배우세요!

자기성찰을 통해 깨닫는 침묵은 죽어 있는 침묵이 아니라 살아있는 침묵입니다. 이때의 침묵은 삶의 방향을 올바르게 이끌어줍니다.
자기성찰을 통해 깨달은 침묵은 그 어떤 경우에도 방황하지 않는 건강한 삶의 목적지를 알려주는 이정표입니다.

오늘은 말이 필요 없는 침묵삼매에 빠져 지금
이 순간이 생애의 마지막 순간이라는 각오로
지금 하고 있는 일에 최선을 다하는 멋진 하루가 되었으면 합니다.

한 점의 동요와 소요가 없는 평화로운 침묵은 얼굴을 붉히고 귀를 따갑게 하는 온갖 혼동과 혼란에 쉽게 휩쓸리지 않는 힘을 가지고 있는 정중동의 세계이다.

●

205

# 057
## 내면의 울림소리

유리에서 나오는 광채는 깨지기 쉬운 단점을 가리기 위한 것이다.
유난히 겉모습에 신경을 쓰는 사람은 곧 사람들의 뇌리에서 잊혀진다.

_ 발타자르 그라시안

우리 인간은 제각각 자신 고유의 소리를 가지고 태어나는 존재입니다. 행복과 불행, 슬픔과 기쁨, 만남과 이별, 탄생과 죽음, 성공과 실패를 느낄 때마다 소리로 자신을 표현하니까요. 이때의 소리는 외면의 외침이 아닌 내면의 울림입니다.

그 울림에는 나름의 파장이 있고 높낮이가 있습니다. 그 울림의 파장이 길고 짧음에 따라, 높고 낮음에 따라, 넓고 좁음에 따라 희로애락의 크고 작음이 달라지기도 합니다.

우리 인간은 다람쥐 쳇바퀴 돌듯 반복되는 일상의 시간을 살아가면서 자의든 타의든 싫든 좋든 많고 많은 사람들을 만나고 그리고 헤어지기도 합니다. 그러면서도 울림의 소리를 두 귀로 들으려고만 하지 진즉에 마음으로는 듣지 않으려 하는 속성을 가지고 있습니다. 그 이유는 불행하게도 귀로 듣는 소리는 거짓투성이이며, 마음으로 듣는 소리는 진실이라는 사실을 모르기 때문입니다.

아니, 어쩌면 우리 인간은 언제부터인가 마음의 내면에서 우러나는 진실한 울림의 소리는 듣지 않으려 하는 얄팍한 속성에 길들어져 있는지도 모릅니다. 그 얄팍한 속성은 듣기 싫어서도 아니고, 귀찮아서도 아니라 나쁜 울림의 소리인지 좋은 울림의 소리인지 분간을 할 수 없는 무딘 감각 때문일는지도 모릅니다.


## 하루 한 번 내면의 울림소리를 들으세요!

우리는 이 세상에서 가장 청결하고 순수한 소리는 몸 밖에서 들리는 소리가 아니라 몸 안에서 들리는 소리라는 사실을 알아야 합니다.

내면의 세계에서 들리는 소리를 들으려면 나름의 침묵 속으로 빠져들어 자기성찰의 한가운데로 스펀지에 물이 스며들 듯 자연스럽게 몰입해야 합니다. 그러면 들을 수 있을 것입니다. 아니, 들릴 것입니다.

뜻대로 되지 않는 일상의 불편한 아우성에서 벗어나 진정한 삶을 살아갈 수 있는 희망의 메시지를!

이때 우리는 아무런 소리가 들리지 않는다고 스스로 실망해서는 안 됩니다. 무릇 내면의 소리는 원래 울림만 있을 뿐 형체가 없는 무형의 존재이니까요. 그렇듯 마음으로 듣는 소리는 색도 냄새도 없는 무색무취의 얼굴입니다. 이때의 얼굴이 곧 자기 내면의 소리입니다.

자기 내면에서 울리는 소리는 오염되지 않은 맑고 깨끗한 산소와 같습니다. 자기 내면의 소리는 속세의 온갖 탐욕을 내려놓은 순수한 마음으로 들어야 하니까요. 온갖 잡다한 타락과 부패에 찌든 인간 군상群像들에게는 내면이 없습니다. 내면이 없으니 소리 또한 있을 리 없고 들을 수 없습니다. 아니, 들릴 리 만무합니다.

207

그런 군상들은 삶을 살아가면서 부닥치는 희로애락을 느끼지 못하는 식물인간 그 이상 이하도 아닙니다. 서서히 죽어가거나 죽어 있는 소리는 진정한 내면의 소리가 아니니까요.

참내면의 소리는 아무런 힘도 없는 것 같이 느껴지지만 실제로는 상상 이상의 무한한 힘을 가지고 있습니다. 우리는 진정한 내면의 소리를 듣게 되는 순간 자신도 모르게 강해져 있는 자신을 발견할 수 있을 것입니다.

오늘은 자기성찰을 통해 미처 깨닫지 못한
내면의 울림소리를 재발견하는 의미 있는 하루가 되었으면 합니다.

내면의 울림소리는
아무 힘도 없는 것 같이 느껴지지만
실제로는 상상 이상의 무한한 힘을 가지고 있다.

# 058
# 침묵 속 깨달음 들여다보기

🗝️

속세를 벗어나는 길은 곧 세상을 건너는 가운데 있나니 반드시 사람들을 끊고 세상에서 도망쳐야
하는 것은 아니다. 마음을 깨닫는 공부는 곧 마음을 다하는 속에 있나니 반드시 욕심을 끊어
마음을 식은 재처럼 해야 하는 것은 아니다.
_ 채근담

깨달음은 과연 존재하는 걸까요?

우리는 제대로 모르고 있던 사물의 본질이나 진리 따위의 숨은 참뜻을 비로소 제대로 이해할 수 있게 되는 정신을 깨달음으로 알고 있습니다. 이때의 깨달음은 우리가 살아온 과거를 냉정하게 뒤돌아보게 하고, 지금 살아가고 있는 현재를 똑바로 보게 하고, 앞으로 살아갈 미래를 미리 알게 하는 지혜입니다.

불가에서는 깨달음은 말이 없는 가운데 자신만의 세계를 찾아가는 묵언수행黙言修行이라고 말합니다. 묵언수행은 고요함으로 충만한 침묵을 자신의 것으로 받아들이는 과정을 통해서만 가능한 수행의 한 방편입니다.

우리는 깨달음의 길을 향해 계속 가다 보면 자신도 모르는 사이에 침묵에 대한 욕구가 더욱 커지기 마련입니다.

고요한 침묵 속에서 삶의 안락함과 위안 그리고 평화를 얻을 수 있기 때문입니다.

우리는 고요하게 흐르는 침묵을 온몸으로 받아들인 상태에서 조용한 기

분에 잠겨있으면 마음속 깊은 곳에 기쁨과 평온함이 넘쳐나는 것을 느끼게 됩니다. 기쁨과 평온함은 그 어떤 비난도, 그 어떤 시비도 없는, 활짝 열려 있는 배려와 포용의 문입니다.

그 문을 활짝 열고 들어서면 예전에는 전혀 느껴보지 못한 축복과 경이驚異 그리고 순수함과 성스러움이 있는 경외敬畏의 감정들로 가득 차 있습니다.

우리 인간의 감정세계는 주어진 삶을 살아가면서 알게 모르게 겪게 되는 숱한 경험을 통해서 여러 가지 다양한 스펙트럼을 가지게 되듯, 침묵도 깨달음의 경험을 통해 다양하게 느낄 수 있습니다. 침묵은 깨달음이 얼마나 소중하고 중요한 가를 알게 해주는 하나의 과정이니까요.

# 침묵으로 깨달음의 문을 여세요!

불가에서는 침묵은 모든 중생의 마음의 평화이며, 침묵과 더불어 하지 못하는 깨달음은 아무 소용이 없다고 합니다.

마음의 평화는 우리와 관계되어 있는 모든 것들을 아름답게 보이게 하고 깨달음의 경지로 이끄는 끌어당김입니다.

침묵 속의 깨달음은 느낄 수 없는 것을 느낄 수 있게 하고, 볼 수 없는 것을 볼 수 있게 하고, 만질 수 없는 것을 만질 수 있게 하는 정신입니다.

우리는 지금부터라도 자기 나름의 깨달음을 찾고자 하는 마음공부가 필요합니다.

만약에 찾게 되면 밑지는 장사라고 생각하지 말고 마음껏 활용하고 거리낌 없이 자신과 거래를 하십시오. 자신과의 거래는 모든 사욕과 사심을 모두 내려놓고 비우는 것이 첫째입니다. 하나의 깨달음은 아낌없이 내려놓고 스스럼없이 비움으로 해서 얻을 수 있는 정신수행의 자산이니까요.

오늘은 단 5분의 침묵으로 자신을 되돌아보는 큰 깨달음의 문을 여는 마음공부를 적극 실천하는 하루가 되었으면 합니다.

침묵 속의 깨달음은
느낄 수 없는 것을 느낄 수 있게 하고,
볼 수 없는 것을 볼 수 있게 하고,
만질 수 없는 것을 만질 수 있게 하는 정신이다.

211

# *059*
# 성性의 미학

인간에 있어서 이성과 정욕 사이에 늘 내란이 일어나고 있다. 만일 인간 내부에 이성만 있고 정욕이 없다면, 혹은 정욕만 있고 이성이 없다면 인간은 어떤 형태로든 평안을 얻었을 것이다. 그러나 그들 가운데는 이 양자가 공존하기 때문에 그는 투쟁을 면치 못하고, 한쪽과 싸우지 않으면 다른 한쪽과 화합할 수 없기 때문이다. 인간은 항상 자기분열과 자기모순 속에 살고 있다.

_ 블레즈 파스칼

어느 성상담소 카운슬러는 남자와 여자의 육체적 행위와 관련된 성性은 자연스러워야 하고 그 자연스러움으로 서로가 격의 없는 가운데 사랑의 진실과 믿음을 조금씩 알아가는 과정이라고 했습니다. 그런데 왜 우리 인간은 성 자체를 떳떳하지 못한 행위로 생각하고 감추려고만 하는 것일까요?

어쩌면 우리 인간은 이 물음에 자유로울 수 없는 사회 분위기에 알게 모르게 편승한 채 살아가고 있는지도 모릅니다. 그러나 한번쯤은 세상 사람들의 입에 올리고 싶은 화두인 것만은 사실입니다.

21세기를 살아가는 우리는 아직도 성에 대한 개념을 편견과 오해의 눈으로 보고 있습니다. 이것은 어떤 경우에도 성스러워야 하는 성에 대한 모독이며 도전으로 볼 수 있습니다.

『성에 대한 그릇된 오해는 온갖 편견에서 비롯된다.』
이 말은 성을 죄악의 온상 그 자체로 매도하려고 드는 금욕주의자의 혀에서, 성을 그릇된 길로 오도하는데 급급한 탐욕주의자의 혀에서, 성을 자기만의 이론으로 왜곡하려드는 궤변론자의 혀에서, 성을 인간성의 타락으로 명명하려고 드는 고상유치한(?) 성직자의 혀에서 조작되고 각색되고 있다는 뜻이 아닐까요?

이때의 조작과 각색은 이성적인 판단에 반하는 무비판적인 광신에 불과하며, 일방적이고 강제적일 수밖에 없는 자기 부정 심리의 부산물이나 다름없습니다.

성에 대한 절제된 욕망은 사람의 마음에 일어나는 여러 가지 감정, 즉 정서를 메마르게 하지 않는 신성한 원천이며 근간입니다. 성 자체는 절제된 정서 속에서 건전하고 건강한 활기를 찾을 때 비로소 바람직한 결과를 얻을 수 있으니까요.

인간의 성에 대한 욕망은 내면 깊숙한 곳에 자리하고 있는 감성의 성스러운 거울입니다. 성에 대한 욕구는 인간의 그 어떤 감정보다 신비로운 것이어야 하고, 성스러운 것이어야 하고, 남자와 여자의 인간관계를 원만하고 심오하게 이어주는 감정의 가교이어야 합니다.


## 절제된 성性은 권장하세요!

권장하기 전에 성을 나쁜 수단으로 사용하거나, 분수에 맞지 않게 남용하거나, 자신의 욕심만 채우는 이기적 수단이나 방법으로 폄하하는 사람인지를 먼저 주의 깊게 관찰해 볼 필요가 있습니다. 그 이유는 성은 강제와 미혹 그리고 유혹과 매매의 수단이 되어서는 안 되기 때문이며, 정상적인 이성을 가진 사람이라고 자부하는 사람만이 절제된 성을 즐길 수 있는 자격이 있기 때문입니다.

그렇습니다.

성의 시작과 끝은 육체적 타락이나 정신적 방탕으로 왜곡되어서는 안 되니까요.

무릇 인간의 고유한 성性은 일상에 필요불가결한 건강한 육체와 건전한 정신을 북돋우는 자양분 있는 징검다리가 되어야 한다면 주제넘은 바람일까요?

성에 대한 욕구는
인간의 그 어떤 감정보다
신비로운 것이어야 하고, 성스러운 것이어야 하고,
남자와 여자의 인간관계를
원만하고 심오하게 이어주는 감정의 가교이다.

# *060*
# 바람직한 변화

바뀐 것은 없다. 단지, 내가 달라졌을 뿐이다. 내가 달라짐으로써 모든 것이 달라진 것이다.
_ 마르셀 프루스트

이 세상에 영원한 것은 없으며, 영원하다는 의미는 생각과 정신이 소멸해 버린 하나의 죽음과도 같은 것입니다.

생각과 정신의 소멸은 곧 삶에 대한 자포자기이며, 자포자기는 그 어떤 변화를 거부하는 자아상실입니다.

그 아무리 오랜 세월이 흘러도 변하지 않는 만고불변의 법칙도 언젠가는 시대의 흐름에 따라 변하기 마련이듯이 영원으로 가는 것은 이 세상 어디에도 존재하지 않는 법입니다.

무릇 변화에는 일정한 과정이 따르는 법입니다. 단순히 작위적으로 무턱대고 변하고 싶다고 해서 다 변하는 것은 아니니까요.

변화에는 일정한 시간과 일련의 과정이 필요한 법입니다. 이때의 일정한 시간과 일련의 과정은 하나의 변화를 숙성시키는 토양과도 같은 것입니다.

한 그루의 나무가 자라기까지에는 적당한 빛과 공기 그리고 땅과 물이 필요하듯이 하나의 변화에도 하나의 시간과 과정이 따르기 마련입니다.

우리의 인생도 마찬가지입니다. 길다면 길고 짧다면 짧은 인생 여정을 가다보면 불가피하게 헤어날 수 없는 갈등과 혼란에 직면할 때가 있기 마련입니다.

그럴 때 한 번쯤은 인생의 궤도를 다른 방향으로 수정하고 싶은 낯선 충동을 느끼는 것이 인간의 순수한 본능이고 속성인지도 모릅니다.

그때는 과감하게 변화를 생각하세요.

삶을 살아가는 동안 자의든 타의든 받아들일 수밖에 없는 온갖 갈등과 대립 그리고 혼란과 혼동에서 벗어날 수 있는 방법은 나름의 바람직한 변화뿐입니다.

그런데 우리 인간은 주어진 현실에 안주하다 보면 변화를 거부하려고 드는 속성을 자신도 모르게 드러내는 존재입니다. 이때 변화를 거부하는 속성은 자기중심적인 아집에서 비롯되는 집착이 주범입니다. 집착에 몰입하면 할수록 변화는 나름의 발전을 거부하는 자기기만으로 변질되기 쉽습니다.

의식이 있든 없든 눈에 보이는 피사체는 균형과 불균형의 조화로 이루어져 있습니다. 이때의 균형은 정적靜的의 의미를 말하며, 불균형은 동적動的의 의미를 말합니다. 무릇 인생이란 쓰러짐과 일어섬의 연속이며, 그 연속은 영원과 변화를 반복하는 이치이기도 합니다.

현명한 사람은 정적인 균형보다 동적인 불균형에 매력을 느끼며 애착을 가지고 있습니다.

자신이 추구하고자 하는 바람직한 변화를 통해 새로운 가치관의 인생을 창출할 수 있다고 믿기 때문입니다.

●

## 바람직한 변화를 두려워 마세요!

우리 모두는 보다 나은 방향으로 변하여 전혀 딴사람이 된다는 환골탈태 換骨奪胎의 의미를 되새겨야 합니다.

자신의 정체성과 주체성을 변호하고 대변하는 건전한 변화는 자기 자신만이 풀 수 있는 숙제이며, 그 숙제에 대한 답을 쓸 수 있는 것 또한 남이 아닌 자신뿐이니까요. 그러나 우리는 다른 사람의 변화를 모방하거나 흉내 낸 답은 자신이 원하는 답이 결코 아님을 명심해야 합니다.

자신의 인성과 성품을 좋은 방향으로 이끄는 바람직한 변화는 제2의 자기혁명이라 할 수 있습니다. 바람직한 변화를 통해 자기혁명을 스스로 이루었을 때 비로소 진정한 삶의 가치를 창출할 수 있습니다. 한곳에만 오래 머물러 있는 정체된 생각으로는 삶의 질을 높일 수 없을 테니까요.

오늘은 작지만 바람직한 자기변화를 통해
일상의 권태를 극복하는 슬기로운 하루가 되었으면 합니다.

현명한 사람이 정적인 균형보다
동적인 불균형에 매력을 느끼며 애착을 가지는 이유는
자신이 추구하고자 하는 변화를 통해
새로운 가치관의 인생을 창출할 수 있다고 믿기 때문이다.

# Chapter 7

# 마음중심

# 평범

# 집중력

오늘은 법정스님의 〈텅 빈 충만〉의 의미를 되새기며
평범한 속에서 단순함의 미학을 깨닫는
하루가 되었으면 합니다.

# 061
# 삶과 야망

당신의 선택이 잘못되었다고 느끼는 순간 과감히 작별을 고하고 뒤돌아설 줄 아는 용기를 내세요.
그러면 삶이 새로운 만남으로 당신의 아픔을 보상해 줄 것입니다.

_ 파울로 코엘료

우리는 삶을 살아가면서 얻고자 하는 그 무엇이 있고, 원하는 그 무엇이 있
으면 그것을 위해서 끝까지 최선을 다하는 노력을 아끼지 않아야 합니다.
그것이 진정한 야망의 의미이기도 하니까요.

진정한 야망은 남보다 지나치게 더 가지려는 탐욕을 흉내내거나 모방하
지 않아야 합니다. 탐욕은 무엇인가를 자기 것으로 만들고 싶어 하는 소유
욕에 대한 지나친 집착 그 이상 이하도 아니니까요.

진정한 야망은 그 무엇에 대한 강한 성취욕과 영적인 갈망에서 순수하게
일어나야 합니다. 진정한 야망의 동기는 어떤 일에 관하여 알고 싶다든지,
어떤 일을 이루려 한다든지 하는 개인적인 관심사 그 이상 그 이하가 되어
서는 안 되니까요.

어부가 넓고 깊은 바다에 그물을 던지는 것은 생계를 위해 고기를 잡아야
겠다는 관심사, 즉 특별히 마음에 두고 있는 의지의 발로이기 때문입니다.
이때의 의지가 바로 소박하고 겸손한 야망입니다.

타인에게 나쁜 영향을 끼치는 야망은 말도 안 되는 억지 주장으로 평화를

깨트리려 드는 자만과 만용일 뿐이며, 남을 무시하고 폄하하고 억압하는 야망은 진정한 야망이 아닙니다. 진정한 야망에는 필요 이상으로 남을 걱정하고 염려하는 마음, 즉 노파심이 우선되어야 합니다. 노파심을 전제로 하지 않는 야망은 자기 삶의 목표나 목적을 이룰 수 없습니다.

남을 배려하지 않는 이기적인 야망은 자신의 이해타산에만 급급해 하는 동물적 본능에 지나지 않으니까요.

우리는 뜻한 바대로 야망을 이루었다고 생각하는 순간, 두 가지를 반드시 명심해야 합니다.

첫째, 영원히 지속되는 것은 없다는 사실을 명심해야 합니다.

야망을 이루기 전까지의 과정을 되새김질 하며 또 다른 야망을 품을 수 있는 비전을 포기하지 않아야 하니까요.

둘째, 성취된 야망에 너무 예속 되어서는 안 됩니다.

우리 자신은 인간이라는 존재의 의미가 먼저이고 야망은 다만 기본적인 부산물일 뿐이니까요.

삶을 굴절시키는 그릇된 야망은 삼가세요!

소박하고 겸손한 야망으로 자기 나름의 삶을 개척하고자 하는 한 우리는
온갖 미혹과 미망, 갈등과 번민을 불러일으키는 탐욕과 아집 그리고 이상
과 집착 사이에서 방황하지 않을 테니까요.

오늘은 야망은 가지되 그 야망에 구속되는 분에 넘치는
탐욕의 삶을 살지 않는 하루가 되었으면 합니다.

타인에게 나쁜 영향을 끼치는 야망은
말도 안 되는 억지 주장으로 평화를 깨트리려 드는
자만과 만용일 뿐이며,
남을 무시하고 폄하하고 억압하는 야망은
진정한 야망이 아니다.

# 062
# 마음중심 바로잡기

우리의 마음은 밭이다. 그 안에는 기쁨, 사랑, 즐거움, 희망과 같은 긍정의 씨앗이 있는가 하면
절망, 좌절, 시기, 두려움 등과 같은 부정의 씨앗이 있다.
어떤 씨앗에 물을 주어 꽃을 피울지는 전적으로 자신의 의지에 달려 있다.

_ 틱낫한

무릇 형태를 갖추고 있는 모든 사물에는 중심中心이라는 무형의 개념이 있
습니다. 상하좌우로 균형을 잡아주는 중심이 없는 피사체는 곧바로 쓰러
지기 마련이니까요.

마찬가지로 치열한 경쟁 속에서 아등바등 살아가야 하는 우리 모두의 삶
에도 제가기 나름의 중심이 있어야 합니다. 그런데 그 중심은 자신의 의지
와는 상관없이 때로는 자주 비틀거리기도 하고, 때로는 자주 흔들리기도
합니다. 그렇듯 우리 모두는 그 비틀거림과 흔들림을 인정하면서 삶을 살
아가기 마련입니다.

기초가 튼튼하지 못해 언제 와르르 무너질지 모르는 사상누각砂上樓閣이 될
지, 그 어떤 위기나 고난에도 튼튼하게 버텨나가는 공든 탑이 될지를 나름
생각하면서 말이죠.

무릇 중심은 솔직한 녀석입니다.

솔직한 만큼 변덕을 부릴 줄 모릅니다.

여기서 변덕을 부릴 줄 모른다는 의미는 초지일관初志一貫, 즉 처음에 세운

뜻을 끝까지 밀고나가는 나름의 주관이 뚜렷하다는 뜻이기도 합니다. 그렇듯 중심은 어떤 경우에도 쉽게 흔들리거나 한쪽으로 치우치지 않아야 합니다.

도공陶工이 하나의 도기를 만들 때는 진흙 덩어리로 대강의 형태를 만든 다음에 물레에 걸고 돌립니다. 돌리다 보면 처음에는 중심이 없는 것 같은 진흙도 도공의 세심하고 세밀한 손길에 따라 점차 도공이 원하는 모양으로 변해갑니다. 이때 도공은 진흙의 중심을 손과 마음으로 느끼면서 완성을 위한 땀을 흘립니다.

그때 도공은 자기 마음속에 자리하고 있는 중심과 진흙의 중심이 동화同化를 이루었을 때 멋진 도기가 만들어진다는 사실을 누구보다도 잘 알고 있습니다.

그런데 유감스럽게도 우리 인간 개개인의 삶의 중심은 온갖 유혹에 약해질 수밖에 없는 속성을 가지고 있습니다. 부와 명예 그리고 권력이 휘두르는 달콤한 유혹 앞에서 때로는 자의든 타의든 약해지기 쉬우니까요. 그 이유는 그 무엇을 더 가지고 싶거나 간절하게 더 바라는 욕망이 무엇인지를 아는 생각의 틀 속에 갇혀 사는 인간인 이상 피할 수 없는 불가항력 때문입니다.

하지만 가끔은 아니, 때로는 잠시 흔들려도 좋습니다. 단, 흔들리면서 하나만 생각하세요.

마음중심을 잃고 유혹이란 불청객 앞에 굴욕과 치욕의 무릎을 꿇었을 때 뒤따르는 후유증이 과연 자기 자신이 처음부터 원했던 것인지 자신에게 냉정하게 물어보십시오. 물어보면서 미래의 자신의 모습을 상상해보세요.

그때는 바로 보일 것입니다.

영원히 치유될 수 없는 후회와 통한의 피눈물을 흘리며 살아가는 미래의 자신의 모습일지 아니면 그 반대일지 말이죠. 자신의 삶을 남이 대신 살아 줄 수 없듯이 자신의 마음중심 또한 결코 남의 마음중심으로 대체 될 수 없는 것입니다.


## 마음의 중심을 지키세요!

마음의 중심은 확고한 의지로 지키면 지킬수록 더 완전해지고 더욱 단단 해지고 더더욱 확실해집니다.
마음의 중심을 굳건히 지키면서 바라보는 세상은 여명의 영롱한 빛을 머금은 새벽이슬처럼 아름답습니다.
우리는 늘 마음에 새겨야 합니다.
우리가 지향하는 삶이란 굴레에는 알게 모르게 우리 자신을 24시간 감시 하고 관찰하는 마음중심이 있다는 사실을 말이죠.

오늘은 어느 한 곳으로 치우치지 않는 균형 잡힌 마음중심으로
주어진 삶에 슬기롭게 대처하는 지혜로운 하루가 되었으면 합니다.


우리 인간 개개인이 선택해야만 하는 삶의 중심은
부와 명예 그리고 권력이 휘두르는 온갖 유혹에
자의든 타의든 약해질 수밖에 없는 속성을 가지고 있다.

•

# 063
# 자포자기 안 하기

당신이 최선이라고 생각하는 일을 신이 당신에게 위임한 일이라 생각하고 그대로 밀고 나가라.
처음에는 당신을 비웃던 이들도 나중에는 당신을 존경하게 될 것이다.
그러나 당신이 일을 도중에 포기해 버리고 낙담해 버린다면 당신은 타인들로부터
두 배의 놀림을 받게 될 것이다.
_ 에픽테토스

우리 인간은 가끔 헤어날 수 없는 절망에 사로잡힌 채 스스로 모든 희망과
꿈을 포기하고 자신의 처지를 냉정하게 돌아보지 못할 때가 있습니다.
바로 그때가 자포자기로 자신을 학대하는 순간입니다.

우리는 자신에 대한 실망과 낙담이 절정에 달했을 때 자포자기란 이름으
로 자신을 구속하려고 드는 속성을 가지고 있습니다. 이때의 구속은 자신
을 어리석은 바보로 만드는 지름길입니다. 우리 인간은 그럴 때일수록 슬
기롭지 못한 아둔한 바보보다 이치나 도리에 밝은 현명한 바보가 되도록
노력하지 않으면 안 됩니다. 현명한 바보는 자포자기의 순간에 자신에게
불만과 불평을 하지 않습니다.

반면에 자포자기를 인정하지 않으려드는 아둔한 바보는 한동안 분노와
좌절로 자신을 학대하려 듭니다.

자포자기는 모든 것을 버리고 더 이상 아무 것도 기대하지 않으려드는 체
념과는 엄연히 다릅니다. 자포자기는 어떤 일이 진행 중일 때 순간적인 착
각이나 착오로 잠시 흔들리는 심리적 반응이라 할 수 있습니다.

반면에 체념은 중도에서 포기를 작정하고 아예 시작 자체를 부정하고 없던 일로 해버리고 싶은 얕은 감정의 표출이라 할 수 있습니다.

우리는 자포자기에는 동정의 여지라도 있지만, 체념에는 동정의 여지조차 무색하다는 사실을 알아야 합니다.

우리 인간은 무슨 일을 시작하게 되면 짧은 시간에 자기 나름의 결과를 얻고자 하는 조급증에 사로잡힐 때가 더러 있습니다. 그 이유는 우리를 감싸고 있는 온갖 문제는 주어진 주변의 조건이나 상태에 따라 수시로 변하거나 어찌지 못하는 변수가 작용한다는 사실을 대수롭지 않게 대충 보고 넘기는 경솔함 때문입니다.

자포자기는 주변의 변화를 방임하거나 자기 자신을 소홀히 할 때 느끼는 감정의 뒤틀림입니다. 바람직한 변화나 변수를 용납하지 않으려는 획일적인 고정관념의 틀 속에서 융통성 없는 행동이나 말로 억지고집을 피울 때 자포자기는 알게 모르게 자신을 구속하려 들기 마련이니까요.

그렇듯 자포자기는 생각과 감정의 차이에서 비롯되는 부산물이기도 합니다. 가능한 한 생각과 감정의 차이를 줄이세요. 그 길이 자신 스스로 자포자기를 이겨낼 수 있는 유일무이한 길이니까요.


## 자포자기로 자신을 구속하지 마세요!

부득불不得不, 자포자기를 결심할 수밖에 없을 때는 스스로 자신을 낮추고 결과에 대한 집착과 미련을 내려놓는 겸허한 마음으로 냉정의 여지를 찾으세요. 그런 다음 또 한 번의 재도전의 기회를 묵묵히 기다릴 줄 아는 의지를 재생산 하십시오. 그러면 두 번의 자포자기는 결코 용납하지 않겠다는 나름의 굳은 신념이 자신을 변호할 테니까요.

한 번의 자포자기를 돈으로도 살 수 없는 소중한 경험으로 승화시킬 줄 아는 마음가짐을 가지는 사람만이 진정한 성공의 순간 앞에 당당하게 설 수 있는 자격이 있습니다. 자포자기는 실의와 좌절에 사로잡혀 있는 우리 자신을 스스로 뒤돌아보게 하는 중요한 전환점과 계기를 알게 모르게 제공해 주는 바탕이 될 수 있으니까요.

하지만 습관성 자포자기는 자신에 의지를 배신하는 감정이며, 자신의 삶에 대한 부정이며, 자신의 인생에 대한 포기각서입니다. 그 어떤 고난과 위기가 닥쳤을 때 쉽게 자포자기를 생각하는 사람은 내일이 없는 사람입니다. 내일이 없는 사람은 그 어떤 꿈과 희망을 가질 수 없는 어리석은 사람입니다.

가지고 있다 해도 그것은 실현가능성이 없는 한낱 망상에 불과할 테니까요.

자포자기는 주변의 변화를 방임放任하거나
자신을 소홀히 할 때 느끼는 감정의 뒤틀림이다.

•

# 064
# 평범함에 이름표 달기

내 소망은 단순하게 사는 일이다. 그리고 평범하게 사는 일이다. 느낌과 의지대로 자연스럽게 살고 싶다.
그 누구도 내 삶을 대신해서 살아줄 수 없기 때문에 나는 나답게 살아가고 싶다.

_ 법정스님

우리는 싫든 좋든 우리 자신과 알게 모르게 관련되어 있는 것들과 함께 생활하며 나름의 삶을 살아갈 수밖에 없는 미완未完의 존재입니다. 여기서 미완은 생로병사와 희로애락을 함께 할 수밖에 없는 감정의 동물인 이상 그렇게 살아가야 한다는 뜻이기도 합니다.

우리 인간은 눈으로 사물을 보고, 귀로 소리를 듣고, 코로 냄새를 맡고, 입으로 말을 하는 이목구비가 달린 존재라 어쩔 수 없이 서로 마주 대하며 살아가야 합니다. 그렇게 살아가면서 우리는 자기 나름대로의 이름표를 가슴에 달고 때로는 서로 방어하기도 하고, 때로는 서로 공격하기도 합니다. 그런데 문제는 그 이름표에 있습니다.

우리는 글로 쓸 수 있고, 말로 부를 수 있고, 눈으로 볼 수 있는 이름표가 있고 없고가 중요한 게 아닙니다. 그 이름표의 본래의 가치와 의미에 따라 생로병사와 희로애락을 느끼는 감정이 제각기 다르다는 데 있습니다.

우리는 두 눈을 현란하게 만드는데 혈안이 되어 있는 저급한 것들과 소중하게 간직하고 싶은 고귀한 것들에 붙여진 이름표는 기억 속에 오래 남는 법이라는 사실을 알고 있습니다. 하지만 지극히 평범한 것들에 붙여진 이름표는 쉽게 잊어버립니다. 이때의 잊어버림은 기억이 가물가물해 관심을 끌지 못한다는 뜻이기도 합니다. 관심을 끌지 못하는 것은 평범함 그 이상 그 이하도 아니기 때문입니다. 여기서의 평범함은 과하지도 않고 부족하지도 않고 어느 한쪽으로 치우침이 없는 중용의 의미입니다.

우리는 삶을 살아가면서 우리가 추구하고자 하는 진실은 평범함 속에서 구해야 합니다. 그 이유는 다른 것들과 비교되기를 거부하는 본성이 특별하기 때문이며, 어느 한쪽으로만 일방적으로 치우치려는 성향을 두둔하지 않으려 하는 감정이 유별나기 때문입니다.

저급한 것들과 고귀한 것들에서 얻어지는 깨달음은 얼마 가지 못해 식상해지기 쉽습니다. 평범함이 말하는 중용의 정신이 결여된 깨달음은 지극히 즉흥적이며 속물적이고 감각적이기 마련이니까요.

평범함은 우리의 삶과 일상 속에서 찾아야 합니다.

헛된 생각이나 공상에서 벗어날 수 없는 환상만을 쫓는 저급한 것들과 두 눈을 미혹하게 만드는 고귀한 것들은 평범함을 우습게보지만, 평범함은 그런 것들을 부정하거나 거부하거나 밀어내거나 내치지 않는 겸양의 미덕을 가지고 있습니다.

우리가 자칫 소홀히 하기 쉬운 평범함 속에는 더불어 살아가고자 하는 나름의 미덕이 있으니까요.


평범한 것들에 나름의 이름표를 붙이세요!

그렇다고 억지로 이름표를 붙일 필요는 없습니다. 억지로 붙인다고 해서 우리가 진정으로 바라는 이름표가 될 수 있는 것은 아니니까요. 우리가 원하는 이름표는 평범함 속에서 얻어진 깨달음을 통해서만이 붙일 수 있는 이름표이어야 합니다.

삶을 살아가는 동안 우리는 평범한 것들을 사랑할 줄 아는 마음의 여유를 가져야 합니다. 현란하고 화려한 춤사위로 우리를 현혹시키기에 급급한 저급한 것들과 고귀한 것들로 인해 점점 더 애매모호해지고 어두워지는 자신의 내면을 환하게 밝히는 등불은 평범함 속에 있으니까요.

그렇습니다.

평범함의 진정한 가치관은 중용에 있으며, 중용의 진정한 가치관은 평범함에 있습니다. 평소 평범한 것들을 가까이 하세요. 그럴수록 세상을 바라보는 마음의 거울은 맑아질 테니까요.

무릇 퇴폐적이고 몽환적이고 현란하고 화려한 것들은 가급적 멀리하세요. 그럴수록 세상과 사람 그리고 만물을 바라보는 마음의 눈은 더욱 밝아질 테니까요.

현란한 춤사위로 우리를 현혹시키기에 급급한
저급한 것들과 고귀한 것들로 인해
점점 더 애매모호해지고 어두워지는
자신의 내면을 환하게 밝히는 등불은 평범함 속에 있다.

●

# 065
## 의식 바로 깨우기

당신의 사고, 마음속의 상, 믿고 있는 것, 태도나 감정 등은 모두 당신이 잠재의식 속에
투자하고 있는 재산이다. 당신의 잠재의식은 그것을 살려 두 배의 이자를 낳는다.
즉, 잠재의식은 당신이 그 속에 맡겨 두는 것을 무엇이나 늘어나게 한다.

_ 조셉 머피

의식意識의 사전적 의미는 깨어있는 상태에서 자기 자신이나 사물에 대하여 인식하는 심리적 작용입니다.

우리 인간은 서서히 죽어가는 의식보다 영원히 깨어있는 의식을 필요로 하는 존재입니다. 깨어있는 의식이 필요한 이유는 자기 자신의 정체성과 주체성을 생각의 틀 속에 가두어 놓고 자세히 관찰할 수 있기 때문입니다. 하지만 우리는 불행하게도 생각만으로는 자신의 정체성과 주체성을 들여다 볼 수 없습니다.

단, 의식의 눈 즉, 내성內省으로만 볼 수 있습니다. 이때의 내성이란 자신을 돌이켜 살펴보는, 즉 자기관찰에 대한 노력이라 할 수 있습니다.

우리는 정작 눈은 가지고 있으나 거울이라는 매체를 통하지 않고서는 자신의 얼굴을 볼 수 없는 불완전한 존재입니다.

여기서 눈은 생각이며, 거울은 의식의 눈, 즉 내성입니다.

흔히 도道의 경지에 이르고자 하는 사람은 자신의 참모습을 다른 각도에서 깨닫기 위하여 자기 자신의 내면을 깊이 들여다본다는 말을 합니다.

이때의 내면은 단순히 눈으로 사물을 보는 게 아니라, 내성의 눈으로 자신을 알고자 하는 의식입니다.

진정한 의식은 늘 깨어있을 때가 가장 가치 있는 법입니다. 죽어 있는 듯이 깊은 잠에 매몰되어 있는 의식은 아무런 소용도 없는 잡동사니에 지나지 않으니까요.

우리는 지금부터라도 우리 몸 안에서 알게 모르게 깊은 잠에 빠져 있는, 세상의 이치를 바로 보게 하는 의식을 서서히 깨우지 않으면 안 됩니다.

똑바로 깨어있는 의식의 눈으로 삶을 살아가다 보면 풀 수 없을 정도로 복잡 미묘하게 얽힌 갈등과 오해를 풀 수 있는 방법을 알게 될 테니까요.

# 늘 깨어있는 의식의 거울을 가지세요!

눈으로 단순하게 보는 사물은 자칫 개성과 특징이 없는 획일적인 이미지로 보이기 쉽습니다.

그러나 항상 깨어있는 의식의 눈으로 사물을 보게 되면 우리가 앞으로 경험해야 하는 미래에 대한 희망적인 계획이나 구상 즉, 미래상을 볼 수 있는 혜안을 가질 수 있습니다.

늘 깨어있는 의식은 우리의 삶을 향기롭게 하며, 그 향기로 인해 삶에 대한 애착을 가지게 됩니다.

우리는 지금이라도 깊은 동면에 빠져있는 의식을 깨우지 않으면 안 됩니다.

깨어있는 의식은 좀 더 생기 있도록 갈고 닦고, 잠자고 있는 의식은 흔적도 없이 과감히 포맷해야 합니다.

죽어 있는 듯이 깊은 잠에 빠져 있는 의식은 발전과 비전이 없는 미래의 자신을 보게 만드는 거울이나 다름없으니까요.


오늘은 깨어있는 의식의 거울로 자칫 소홀하기 쉬운
일상의 나태와 방만을 경계하는 하루가 되었으면 합니다.




죽어 있는 듯이 깊은 잠에 매몰되어 있는 의식은
아무 소용도 없는
잡동사니에 지나지 않는다.

# 066
## 그냥 단순해지기

인생이 복잡한 게 아니다. 우리가 복잡한 것이다. 인생은 단순하다.
그리고 단순한 것이 올바른 것이다.

_ 오스카 와일드

우리 인간은 때로는 예기치 않은 심리적 갈등과 혼란이 머릿속을 떠나지 않을 때 자신도 모르게 번민이란 사슬에 묶인 채 나름의 비상구를 찾으려 바동거리는 불안한 존재입니다. 그럴 때 우리는 생각주머니를 차고 살아가는 인간이라 그 바동거림을 당연한 것으로 받아들이기도 합니다. 하지만 그 받아들임은 잘못된 생각입니다.

자신의 주관이 배제된 상태에서 당연하게 생각하는 것은 타성이나 다를 바 없으니까요. 이때의 타성은 오래되어 굳어진 좋지 않는 버릇이며, 오랫동안 변화나 새로움을 꾀하지 않아 나태하게 굳어진 습성이기도 합니다. 그만큼 우리는 일상을 살아가면서 자신도 모르는 사이에 자신의 주관과 의지에 반反하는 버릇과 습성에 길들여져 있는 셈입니다. 그렇게 길들여지는 가운데 인간으로서의 인성은 그 어디에도 소용이 없는 폐품처럼 황폐해지기 쉽습니다.

여기서 황폐해진다는 것은 사물이나 개념을 객관적으로 보는 생각이 점차 무디어져 간다는 뜻입니다.

우리는 이가 빠진 칼날처럼 무딘 생각으로는 발전이 없다는 것을 깨달아야 합니다. 우물에 고여 있는 물은 언젠가는 썩기 마련이고 종국終局에는 악취까지 풍기게 되니까요.

하지만 하나쯤의 비상구는 있기 마련입니다. 우리는 무엇을 헤아릴 줄 알고 판단할 줄 알고 인식할 줄 하는 생각이란 정신작용을 무기로 살아가는 만물의 영장인 인간이니까요.


## 가끔은 그냥 단순해지세요!

잠시 고개를 들어 강렬하게 내리쬐는 태양을 바라보세요.

태양은 너무 눈이 부셔 색깔을 분별할 수도 없고, 자세히 들여다볼 수도 없습니다. 그러나 단순해지면 분별할 수 있고, 볼 수 있습니다.

복잡하게 얽히고설킨 실타래도 단순한 생각, 단순한 마음으로 보면 한 줄로 연결되어 있다는 것을 알게 되듯이 말입니다. 이때의 단순하다는 의미는 사사로운 욕심이나 불순한 생각이 없거나 아무것도 드러내지 않는 순수와도 같습니다. 하나의 순수한 빛은 모든 색을 가지고 있으면서도 아무런 색도 나타내지 않는 법이니까요.

단순해지면 질수록 마음은 그지없이 평화로워집니다. 마음이 평화로우면 사람과 사람 사이에 기생하는 온갖 갈등이나 대립 그리고 반목과 분쟁이 똬리를 틀 공간이 필요 없게 됩니다.

우리는 서로를 헐뜯어 인간관계를 멀어지게 만드는 갈등과 반목은 남이 만드는 것이 아니라 우리 자신 스스로가 만든다는 사실을 간과하지 않아야 합니다. 이때 중요한 것은 단순해지기 위해서는 모든 존재를 서로 비교하거나 차별하는 생각부터 버려야 한다는 사실입니다. 공공연히 서로 비교하고 차별하는 가운데 갈등과 반목은 독버섯처럼 번지기 마련이니까요. 그렇습니다.

어느 한쪽으로만 일방적으로 치우치는 굴절된 눈과 마음으로 세상을 보면 볼수록 갈등과 반목은 활개를 치기 마련입니다.

우리는 이 세상에 존재하는 모든 원칙과 진리는 단순한 것에서부터 비롯되는 하나의 객체일 뿐이라는 사실을 간과하지 않아야 합니다.

가끔은 단순해지세요. 단순해지면 이 세상에 존재하는 모든 것들이 복잡하지 않고 간단한 구조로 되어 있음을 알 테니까요.

사실 우리 인간도 매우 복잡한 구조로 되어있는 것처럼 보이지만 따지고 보면 육체와 정신 그리고 생각과 감정, 이 네 가지로 구성되어 있는 지극히 단순한 유기물에 지나지 않는 존재입니다.


오늘은 법정스님의 〈텅 빈 충만〉의 의미를 되새기며
평범한 속에서 단순함의 미학을 깨닫는 하루가 되었으면 합니다.




복잡하게 얽히고설킨 실타래도
단순한 생각, 단순한 마음으로 보면
한 줄로 연결되어 있다는 것을 알게 된다.

# 067
# 집중력 키우기

많은 사람들이 정해진 시간을 한 가지 방향으로만 사용하고 한 가지 목표에만 집중한다면
성공할 것이다. 문제는 사람들이 다른 모든 것을 포기하고 매달리는
단 한 가지 목표를 갖고 있지 못하다는 것이다.

_ 에디슨

21세기를 살아가는 우리는 매일매일 꼬리에 꼬리를 물며 하루가 다르게
흘러넘쳐나는 온갖 사건과 사고와 정보로 인해 일정한 질서와 통일성이
없는 어수선한 정신에 매몰된 채 살고 있다고 해도 지나친 말이 아닐 것입
니다.

그런 사건과 사고와 정보에 익숙해지면 질수록 아니, 길들여지면 질수록
우리는 집중력의 결핍증에 사로잡히기 마련입니다. 이때의 집중력 결핍
은 우리의 정신세계를 혼란에 빠트리고 산만하게 하는 주범이 되기도 합
니다.

하지만 불행하게도 우리는 그 주범이 마구 휘두르는 칼날의 횡포에 두려
운 마음으로 좌지우지 되는 가운데 일상의 리듬이 헝클어지거나 잃어버
리게 됩니다. 그러는 사이 우리 몸은 우리도 모르는 사이에 방향타를 잃고
중심을 잡지 못한 채 이리저리 흔들리기도 합니다.

그만큼 일정한 질서도 없이 방황만 반복하는 산만한 정신에 지배당한 일
상은 온갖 혼돈과 혼란 그리고 무질서가 주는 악순환만 초래할 뿐입니다.

우리는 그 악순환에 길들여져서는 결코 안 됩니다. 혼돈과 혼란 그리고 무질서는 파괴적인 속성을 가지고 있으며, 정신적 사고의 폭을 좁게 만들고 메마르게 하니까요.

실종된 방향감각으로 인해 갈피를 잡을 수 없을 만큼 여러 가지가 서로 복잡하게 얽힌 채 돌아가는 일상의 흐름에서 벗어날 수 있는 유일한 방법은 흩어져 있는 정신을 하나의 점으로 집중시키는 일입니다. 하지만 이미 주체할 수 없을 정도로 산만해져 있는 정신을 한곳에 집중시키는 일은 쉽지 않습니다. 타성에 빠져있거나 무질서가 습관처럼 몸에 배인 사람일수록 더더욱 어려운 법입니다.

그러나 우리는 그 타성과 무질서를 무슨 수를 써서라도 타파해야 하는 의무와 책임이 있습니다. 타파하지 않고서는 인간으로서의 건강한 육체와 정신을 가질 수 없으니까요.

강한 집중력으로 무장한 정신은 가장 합리적이며 이상적인 결과를 도출할 수 있는 힘을 가지고 있으니까요. 그 힘을 통해 우리는 새로운 가치관을 정립할 수 있습니다.


## 집중력으로 생각의 영역을 넓히세요!

온갖 혼돈과 혼란 그리고 무질서에 오염되어 있는 우리의 정신세계를 정화 시켜주고 한 차원 높게 업그레이드 시킬 수 있는 방편은 생각의 깊이와 넓이 그리고 무게를 스스로 깨닫게 해주는 집중력 향상뿐입니다.

이때의 집중력 향상은 삶에 필요한 지혜와 깨달음을 주는 독서를 통해 얻을 수 있습니다.

읽다가 그만둔 책이 있다면 지금이라도 다시 펴서 자세를 바로 한 다음 심호
흡을 하면서 눈의 초점을 페이지에 모으고 소리 내어 정독하십시오.
매사 집중력을 소홀히 하지 마십시오. 그리고 소중히 생각하십시오.
집중력은 몸과 마음 그리고 정신과 영혼을 완전하게 일체시키는 묘약이
니까요.

오늘은 한 편의 시를 읽으며 자칫 산만해지기 쉬운
생각의 흐름을 제자리에 돌려놓는 하루가 되었으면 합니다.

온갖 혼돈과 혼란 그리고 무질서에 오염되어 있는
우리의 정신세계를 정화시켜주고
한 차원 높게 업그레이드 시킬 수 있는 방편은
생각의 깊이와 넓이 그리고 무게를
스스로 깨닫게 해주는 집중력 향상뿐이다.

# 068
# 쓸데없는 잡념 밀어내기

무슨 일이든 한 가지 일을 성취하려면 가장 중요한 일 하나를 선택하는 것이 무엇보다 중요하다.
영원히 명예로운 일을 취하고 사멸해 버릴 것은 처음부터 버리는 것이다.
처음 결심한 일을 끝까지 몸에 지니지 못함은 잡념에 마음이 끌리기 때문이다.
_ 헤라클레이토스

거대한 폭풍이 사정없이 할퀴고 지나간 생활의 터전에는 한순간 잃어버린 것들만 기억에 남기 마련입니다.

그때 우리는 그 아픈 기억을 되새김질 하며 그 어떤 흔적조차 찾을 길 없는 참담한 현실 앞에 넋이 달아난 표정으로 망연자실하기도 합니다.

그렇다고 손 놓고 그냥 있을 수만은 없습니다.

다시 꿋꿋하게 떨쳐 일어설 수 있는 나름의 용기와 지혜가 필요합니다.

자연이 만들어내는 폭풍은 파괴적인 속성을 가지고 있습니다. 자연의 위대함을 파괴라는 수단을 통해 알리기라도 하듯.

그런데 우리 인간도 가끔 자의든 타의든 파괴적인 속성을 유감없이(?) 아니, 보란 듯이 드러낼 때가 있습니다. 파괴를 통해 자신의 존재미를 은연중 과시하고 싶은 충동을 느낄 때가 있으니까요.

그러나 문제는 자연의 파괴는 지극히 자연적이지만, 인간의 파괴는 인위적이라는 사실입니다.

인간이 선택하는 파괴적 심리는 여러 가지 잡스러운 생각, 즉 잡념에서 비롯됩니다. 잡념은 자신의 형편이나 처지, 본분 따위를 스스로 깨닫는 자각이 부족하거나 모자라거나 됨됨이가 경솔한 생각이라 할 수 있습니다.

그런 생각으로 삶을 살아가는 사람은 자신뿐 아니라 많은 사람들을 위험과 곤경 속에 빠트리고 급기야는 막다른 궁지로 내몰기도 합니다.

그렇습니다.

자기성찰이나 깨달음이 결여된 사람일수록 쓸데없는 잡념에 집착하는 경향이 강합니다. 이때의 집착은 때로는 파괴적인 행동을 유발하기도 하는 악성 종양입니다.

인간의 파괴적 심리는 스스로 자신을 지킬 수 없다고 생각하거나 스스로 자신을 학대할 때 비로소 본색을 드러내는 탈 이성적인 본능이기도 합니다.

이런 파괴적 잡념에서 벗어나는 방법은 두 가지가 있습니다. 하나는 자기성찰을 통해 스스로 깨달음을 아는 지혜며, 다른 하나는 자신을 변호하는 용기입니다.

깨달음을 아는 지혜는 올바른 사고로 무장한 위인들이 쓴 책에서 배울 수 있습니다. 그리고 자신을 변호하는 용기는 나름의 명상을 통한 정신적 수행에서 얻을 수 있습니다.

무릇 지혜와 용기는 잡념에 빠지려는 자신을 통제하고 제어하는 힘을 제공하기도 합니다.

잡념은 질서나 통일성이 없는 어수선한 생각입니다. 그런 생각에 길들어져 있는 사람은 무슨 일을 하던 처음부터 끝까지 한결같은 일관성이 없습니다.

일관성이 없는 잡념은 파괴의 속성으로 발전하기 쉽고 진화하기 쉽습니다.

# 파괴적인 잡념은 과감히 버리세요!

파괴는 재창조를 위한 단계가 아닙니다. 파괴는 재창조가 아닌 만큼 그 어떤 의미의 창의적 발상도 있을 수 없습니다,

파괴는 말 그대로 파괴일 뿐입니다.

파괴는 이성적인 사고에 어긋나는 탈인간적 행위입니다.

우리는 자신 스스로가 비이성적이고 비합리적이고 비생산적인 잡념을 과감히 떨쳐버리고, 개개인의 인성을 나쁜 방향으로 이끄는 파괴적 심리에 당당하고 대범하게 맞설 수 있는 길은 찾아야 합니다. 그 길은 자기 나름의 성숙된 지혜와 용기로 재무장 하는 의지를 가지고 있을 때 가능합니다.

우리는 간과하지 않아야 합니다.

파괴적인 잡념으로는 인간이 인간답게 살아갈 수 있는 인성人性다운 인성을 북돋울 수 없다는 사실을!

파괴적 심리는 스스로 자신을 지킬 수 없다고 생각하거나
스스로 자신을 학대할 때 비로소 본색을 드러내는 탈이성적인 본능이다.

# 069
## 기회주의(자) 멀리하기

기회주의자는 연필의 양쪽 끝을
뾰족하게 만드는 사람이다.

_ 페터 벨레

우리는 일관된 입장보다는 그때그때 주어진 상황이나 판세에 따라 자기 자신에게 이로운 쪽으로 판단하고 행동하는 사람을 기회주의자라고 부릅니다.

기회주의는 매사를 자기 나름의 뚜렷한 줏대는 물론이고 명확한 주관이나 소신 따위 없이 그저 맹목적으로 한쪽으로만 치우치는 성향입니다.

이런 기회주의는 오로지 자신의 명예와 영달榮達만을 생각하는 욕망에서 비롯됩니다.

재물에 눈이 먼 사람의 눈에는 모든 것이 재물로 밖에 보이지 않는 이유는 재물을 탐하고 취하는 데만 혈안이 되어 있기 때문입니다.

매사를 이해타산이라는 잣대로 보는 경향이 강한 사람일수록 기회주의자가 되기 쉽습니다. 인간이 가지고 있는 온갖 욕망에는 기회주의가 배경으로 깔려 있기 마련이니까요.

사물에 대하여 느끼는 심정이나 기분을 의미하는 감정이라는 것을 가지고 있는 모든 인간에게는 적든 많든, 크든 작든 기회주의에 대한 동경심을 잠재의식처럼 가지고 있는지도 모릅니다.

기회주의에 만연해 있는 사람의 특징은 다른 사람의 시선 따위는 거들떠보지도 않을 뿐더러, 다른 사람의 충고는 대충대충 건성건성 듣는 속성을 가지고 있습니다. 그 이유는 자신의 주관이나 소신이 제일이라는 자만과 교만에 빠져 있기 때문입니다. 하지만 주관과 소신은 어디까지나 상대적입니다.

이 세상에 그 어떤 제약이나 구속에서 자유로운 절대적인 주관과 소신은 있을 수 없습니다. 아니, 있어서도 안 됩니다. 이 세상에 절대적인 존재는 우주의 만물을 창조하고 다스리는 조물주 하나만으로 족하니까요.

만약에 조물주가 애써 창조한 인간마저 절대적인 존재로 군림하려고 든다면 세상의 진리와 이치는 엉망진창이 되고 종국終局에는 아무 소용이 없게 됩니다.

우리는 그 무엇을 굳게 믿거나 생각하는 바가 뚜렷한 소신주의로 살아갈 수 없다 해도 기회주의를 꿈꾸는 생각만큼은 과감히 버려야 합니다.

기회주의가 판을 치는 사회는 의식이 없는 식물인간들이 득시글거리는 죽어가는 사회나 마찬가지입니다. 자신 스스로 의식을 저당 잡힌 채 살아가는 사람만큼 어리석은 사람은 없는 법이니까요.


# 기회주의(자)를 경계하십시오!

하얀 천에 검은 물을 들이는 순간, 하얀 천은 본연의 하얀 색을 잃어버리고 검은 색으로 변하기 마련입니다.

그렇듯 자신의 숭고하고 고귀한 본질과 본성을 지키는 길은 기회주의에 빠지지 않는 것입니다.

만약에 기회주의가 때로는 현명한 선택이 될 수 있다고 자부하는 사람은 미래에 대한 비전이 아예 없는 사람입니다. 비전이 없는 사람은 도태되는 속도가 빠르기 마련이니까요.

기회주의에 만연해 있는 사람의 특징은
다른 사람의 시선 따위는 거들떠보지도 않을뿐더러,
다른 사람의 충고는 대충대충 건성건성 듣는 속성을 가지고 있다.

•

# 070
# 실언과 식언 삼가기

한마디의 친절한 말은 의기소침한 사람들에게 격려를 준다.
그러나 잔인한 말은 다른 사람들로 하여금 무덤에 가는 날까지 흐느껴 울게 한다.

_ 몰튼 쉰

우리 인간은 상대방과 의사소통을 하기 위해서는 주로 말이라는 음성기
호를 사용합니다.

말은 말을 하는 화자話者와 말을 듣는 청자聽者가 있으므로 해서 성립됩니다.
물론 혼자서 중얼거리는 독백도 있지만 그건 별개의 개념입니다.

우리는 한마디의 말을 하고 듣는 것도 중요하지만 그 말들이 자칫 왜곡되
거나 굴절된 상태로 잘못 전달되어 임의적으로 해석되어질 때 문제가 생
긴다는 것쯤은 알고 있습니다. 그만큼 말은 불완전하고 자기 나름대로 해
석해버리는 맹점을 가지고 있습니다. 특히 선뜻 이해가 되지 않는 애매모
호한 말을 자주 쓰거나 듣게 되면 혼란에 빠지기도 합니다. 이해나 해석의
여지가 많은 말은 그만큼 상대방은 물론이고 자기 자신조차 피곤하게 하
니까요.

그리고 주제主題는 온데간데없고 수박 겉 핥는 식으로 마구 늘어놓는 말은
더더욱 신경을 거슬리게 합니다. 여기서 우리는 실언과 식언에 대한 고찰
이 필요합니다.

실수로 잘못 말하는 것을 실언失言이라 하고, 거짓으로 꾸며서 하는 말을 식언飾言이라 합니다.

어쩌면 우리는 망나니가 마구 휘두르는 도끼 춤사위처럼 실언과 식언이 난무하는 세상에 살고 있는지도 모릅니다. 흔한 예로 국사國事를 논하는 위정자爲政者들은 물론이고 가방끈이 긴 학자나 소위 먹물깨나 먹었다는 지식인… 기타 등등, 세 치 혀를 나불거려 먹고 사는데 별 지장이 없는 사람들이야말로 실언과 식언을 밥 먹듯 합니다.

우리는 실언과 식언은 때로는 피를 부르는 흉기보다 더 잔인하다는 사실을 간과하지 않아야 합니다.

실언이나 식언으로 상대방을 기망하거나 기만하느니보다는 차라리 모르쇠로 버티는 것이 백번 낫습니다.

실언은 단 한 번으로 족합니다.

인간은 누구나 한 번쯤은 실수를 하기 마련이니까요.

하지만 같은 실수를 두 번 하면 그건 예외입니다.

두 번째는 나름의 작위적인 고의성이 다분히 숨어 있을 수도 있으니까요.

그리고 식언은 어떤 경우에도 절대해서는 안 됩니다.

진실이 아닌 거짓이 배경에 깔려있는 것이 식언의 본질이니까요.

거짓은 사기詐欺나 다름없습니다.

사기성이 농후한 말은 내뱉는 순간 진실과는 거리가 멀기 마련이니까요.


# 실언과 식언은 그냥 삼가세요!

말은 내뱉은 만큼 반드시 자기 자신에게 되돌아오는 부메랑 같은 것입니다.

[명심보감] 〈언어편言語篇〉에 이런 말이 있습니다.

『입은 사람을 상하게 하는 도끼요, 말은 혀를 베는 칼이니, 입을 막고 혀를 깊이 감추면 몸이 어느 곳에 있어도 편안할 것이니라.』

이 말은 한마디 말이라도 한 번 더 생각하고 내뱉는 게 현명한 사람이 되는 지름길임을 깨닫게 해주는 교훈입니다.

우리는 명심하고 또 명심해야 합니다.

말은 자기 자신을 가르치는 생각의 스승이라는 사실을!

오늘은 아름다운 소통을 저해하는 부질없는 실언과 허황된 식언의 유혹에 빠지지 않는 소신 있는 하루가 되었으면 합니다.

실언과 식언은
때로는 피를 부르는 흉기보다
더 잔인하다는 사실을 간과하지 않아야 한다.
실언이나 식언으로
상대방을 기망欺罔하거나 기만하느니보다는
차라리 모르쇠로 버티는 것이 백번 낫다.

249

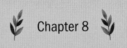

Chapter 8

# 자신감

# 웃음

# 소통

오늘은 그 아무리 덧없는 세월이라 해도
후회 없는 삶을 살고 있다면
결코 세월은 자신을 배신하지 않는다는 교훈 하나쯤은
마음에 새기는 하루가 되었으면 합니다.

# 071
## 삶에 감사하기

당신은 수많은 별들과 마찬가지로 거대한 우주의 당당한 구성원이다.
그 사실 하나만으로도 당신은 자신의 삶을 충실히 살아가야 할 권리와 의무가 있다.

_ 맥스 에흐만

누군가가 우리 자신에게 삶이 무엇이냐고 묻는다면 그냥 간단명료하게 사람으로 태어나서 죽기에 이르기까지 사는 일, 혹은 사람이 일상적으로 살아가는 모습이나 형편이라고 대답하면 됩니다.

우리 인간들이 숨을 쉬며 살아 있는 시간 동안 살아가는 모습이 삶이며, 사람답게 사는 일이 바로 삶이니까요.

그런데 우리 모두는 불행하게도 자의에 의해서든 타의에 의해서든 자신의 삶을 영위하는데 무엇인가에 쫓기듯 때로는 조급해 하고 때로는 급급해 하기도 합니다. 그렇듯 좀처럼 헤어날 수 없는 삶의 질곡桎梏 속에서 벗어나기 위해 자신조차도 알게 모르게 아등바등 몸부림을 치면서 살아갈 수밖에 없는 안쓰러운(?) 존재가 우리 인간의 현주소인지도 모릅니다.

그렇다고 삶 그 자체를 부정해서도 안 되고 긍정해서도 안 될 것입니다. 우리 개개인의 삶은 모범답안이 없는 난해한 문제이기 때문입니다.

그렇다면 삶의 정의는 무엇일까요?

인간이기에 숙명 그 이상으로 받아들일 수밖에 없는 삶은 길다고 생각하면 길고, 짧다고 생각하면 짧은 것입니다. 길다고 느끼는 순간 짧게 느껴지는 것이 삶이고, 짧다고 생각하는 순간 길게만 느껴지는 게 또한 삶이니까요.

우리는 자신의 삶의 굴레에 나름의 애착을 가져야 합니다.

그렇다고 넓은 초원에 말을 방목하듯 아무렇게나 풀어놓아서는 결코 안 될 것입니다. 돌보거나 간섭하지 않고 그냥 내버려두는 삶은 자칫 방향감각을 잃어버리기 십상이며, 방향을 잃어버린 삶은 비상구조차 없는 미로를 헤매게 될 테니까요.

혹여 인간의 삶은 자신이 선택하는 것이 아니라 어쩔 수 없이 주어지는 것이라면 어불성설일까요?

여기서 주어진다는 의미는 선택의 여지가 전혀 없는 가운데 어쩔 수 없이 자기 것이 된다는 뜻입니다.

판단은 우리 개개인의 몫입니다. 선택하는 삶이든, 주어지는 삶이든 어차피 살아가야 하는 삶이라는 명제는 변하지 않으니까요. 그리고 자신의 삶이라고 해서 죽음의 문턱을 넘지 않고 영원히 살겠다는 영생불멸永生不滅의 뜻으로 받아들여도 안 될 것입니다. 자신에게 주어진 시간 전부를 뜻 깊게 활용하며 일상에 충실할 때 바람직한 삶의 질은 비로소 자신의 것이 되니까요.

삶은 하나의 수단일 뿐이지 그 어떤 경우에도 하나의 목적이 되어서는 안 됩니다. 하루를 시작하고 하루를 마감하는 반복되는 일상의 흐름 속에서 자신이 속해 있는 환경과 긴밀한 조화를 이루면서 질적인 가치관을 추구하는 게 삶의 본질이기 때문입니다.

예를 들면, 존경심으로 우러러 볼 수 있는 훌륭한 스승을 만나는 것도, 백년가약의 의미를 되살려 줄 좋은 배우자를 만나는 것도 삶의 일부분이며,

우리가 소홀하게 취급하는 하찮은 물건 하나에도 정성과 애정을 쏟는다면 그 삶 또한 아름다운 법입니다.

정신적으로 빈곤한 사람은 삶 자체가 피곤한 법이며, 배고픈 사람에게 한 공기의 따뜻한 밥을 선뜻 대접할 줄 아는 배려 깊은 사람은 거룩한 삶을 사는 사람입니다.


## 그날그날의 삶에 감사하세요!

그날그날의 삶에 감사할 줄 아는 마음은 자기 자신에 대한 깊은 배려이기도 합니다. 매사 배려를 도외시하는 삶은 진정한 삶이 될 수 없으니까요. 그리고 우리 모두가 지향하는 삶에는 그 어떤 형식이나 공식도 없어야 합니다. 틀에 박힌 형식이나 방식에 속해 있는 삶을 살아가는 것은 남의 삶을 살아주는 것이나 다름없으니까요.

그렇습니다.

하루하루의 삶을 자신 스스로 개척해나가야 하는 삶 자체로 알고 있는 사람이야말로 삶의 진정한 의미와 가치를 알고 있는 지혜로운 사람이 아닐까요?

오늘은 자신의 삶에 감사할 줄 아는 작은 배려와
작은 베풂을 소홀히 하지 않는 의미 있는 하루가 되었으면 합니다.

정신적으로 빈곤한 사람은 삶 자체가 피곤한 법이며,
배고픈 사람에게 한 공기의 따뜻한 밥을 선뜻 대접할 줄 아는
배려 깊은 사람은 거룩한 삶을 사는 사람이다.

# *072*
# 상반과 반감 허물기

사소한 반대를 두려워하지 말라.
성공의 연은 역풍을 받으며 솟아오른다는 사실을 명심하라.
_ 나폴레온 힐

우리는 흔히 극極과 극이라는 표현을 자주 사용합니다. 이때의 극과 극은 서로 반대되는 상반相反의 의미일 뿐이지 결코 적대적인 의미를 뜻하는 것은 아닙니다.

예를 들면, 성격이 극과 극이라는 표현은 성격이 서로 다르다는 의미로 받아들여야지 적대시하거나 융화될 수 없는 개념으로 매도해서는 안 될 것입니다. 그리고 서로 반대되거나 어긋난다는 뜻의 상반은 같은 하나의 실체에 대한 다른 속성일 뿐이지 본질을 달리하는 것은 결코 아닙니다. 머리가 두 개 달린 양두사兩頭蛇처럼 말이죠.

우리는 우리 주변에서 쉽게 보고 느낄 수 있는 상반된 것들에 관심을 가져야 할 필요가 있습니다. 무릇 하나의 밝음이 있으면 하나의 어둠 또한 있게 마련이라는 진리처럼 하나가 다른 하나를 다르게 규정하는 것이 반드시 상반되는 의미는 아니기 때문입니다.

달도 차면 기울기 마련이고, 산 정상에 올라가면 언젠가는 다시 내려와야 하는 것은 당연한 이치이니까요.

우리가 눈으로 볼 수 있는 모든 현상에는 상반되는 것으로 모습을 바꾸고 싶은 성질이 있기 마련입니다. 여명이 밝아오면 아침이 오듯이, 단풍이 지면 겨울이 오듯이, 실개천을 타고 흐르는 작은 물이 강에 이르러서는 큰 물로 형태를 달리하듯이 말입니다.

우리는 상반되는 것들을 싫어한다거나, 따돌린다거나, 멀리해서는 안 됩니다. 자신과 쉽게 동화될 수 없다고 해서, 쉽게 융화될 수 없다고 해서 일방적인 비교의 잣대만으로 반감을 가지거나, 냉대하거나, 홀대해서는 안될 것입니다.

우리 자신 스스로가 상반되는 것들에 거부감을 가지면 가질수록 남을 이해하고 배려하고 용서하고 설득하는 데 많은 정신적 애로를 겪게 될 테니까요. 그 이유는 다른 사람도 자기 자신을 상반되는 것으로 매도하거나 평가절하 할 수 있기 때문입니다.

흔히 말하는 왕따 즉, 따돌림은 상반되는 것들에 대한 이기적인 편견에서 비롯되는 감정입니다. 이때의 이기적인 편견은 매사를 공정하거나 공평하게 보지 않으려는 얄팍한 정신부재 그 이상 이하도 아닙니다.

## 상반되는 것에 반감을 가지지 마세요!

상반의 의미는 다른 속성을 지닌 하나의 개체일 뿐이지 결코 별개의 개체가 아닙니다.

한 그루의 대나무가 처음부터 대나무로 자라지는 않습니다. 다른 속성을 지닌 죽순이 있음으로 해서 대나무는 대나무로서의 가치와 의미가 있는 법이니까요.

우리는 가급적이면 상반되는 것들을 너그럽게 포용할 줄 아는 마음의 여유를 가져야 합니다. 그러면 그 아무리 극과 극을 오가는 모난 성격이라 해도 포용으로 감싸면 자신에게 적잖은 감동을 주게 될 테니까요.

상반되는 모든 개념은 결코 적이 아닙니다.

우리 자신 스스로가 상반되는 것들에
거부감을 가지면 가질수록
남을 이해하고 배려하고 용서하고 설득하는 데
많은 정신적 애로를 겪게 되는 이유는
다른 사람도
우리 자신을 상반되는 것으로
매도하거나 평가절하 할 수 있기 때문입니다.

# 073
# 자신감과 겸손

당신이 바라거나 믿는 바를 말할 때마다 그것을 가장 먼저 듣는 사람은 당신이다. 그것은 당신이
가능하다고 믿는 것에 대해 당신과 다른 사람 모두를 향한 메시지다. 스스로에 한계를 두지 마라.
- 오프라 윈프리

어떤 일을 스스로의 능력으로 충분히 감당할 수 있는 자신감은 끊임없는
자기관리를 통해서만이 얻을 수 있습니다. 자신감이 쌓일수록 깨달음에
가까워지고 앎에 대한 확신을 스스로 얻을 수 있으니까요.

하루하루를 자신감으로 맞이할 때 주어진 환경에 대한 적응력이 높아지
고, 생각하고 느낀 대로 행동할 수 있으며, 많이 행동할수록 자신감은 더
커지게 마련입니다. 그리고 거짓이 없는 일상에 가까워지려는 피나는 노
력은 자신감을 한 차원 상승시키는 요인이 되기도 합니다. 이때의 상승은
우리를 더 큰 발전으로 이끌고, 보통 사람들이 생각하는 그 이상의 용기를
우리에게 슬그머니 베풉니다.

용기는 충만한 자신감을 낳는 모태나 다름없습니다. 용기로 얻은 자신감
은 성취욕을 북돋아줍니다. 성취욕은 만물의 영장인 인간만이 누릴 수 있
는 유일한 특권이기도 하니까요.

그러나 성취욕에 대한 열정이 아예 없거나 부족한 사람은 오늘보다 조금
더 보람 있는 내일, 조금 더 가치 있는 내일의 삶에 대한 의지가 없거나 실

종된 사람입니다.

우리는 한 걸음 더 나아갈 수 있고, 한 단계 더 높이 발전할 수 있는 기회가 주어졌는데도 자신감 결여로 스스로 포기하는 것은 어리석음의 극치임을 깨달아야 합니다.

현명한 사람은 하나의 일에 자신감은 가지되 숙련된 상태가 될 때까지는 섣불리 행동으로 옮겨선 안 된다는 것을 머릿속에 각인시켜 둡니다. 반면에 어리석은 자들은 섣부른 만용으로 자신감을 도배하려고 드는 경향이 강합니다. 어리석은 사람은 아무런 명분도 없는 만용으로 도저히 해낼 수 없는 것들을 무작정 도모하려 드는 속성을 가지고 있기 때문입니다.

그렇듯 진정한 자신감은 사리를 분별할 줄 모르는 상태에서 함부로 날뛰는 만용과는 엄연히 다릅니다. 겁도 없이 무턱대고 덤벼드는 섣부른 만용과 분수를 모르는 지나친 열정은 자칫 파멸과 몰락으로 치달을 수 있기 때문입니다.

그러나 자기 나름의 자신감으로 무엇인가를 성취한 사람은 이룬 뒤에 사후관리가 필요하다는 사실을 간과하지 않아야 하며, 많이 이룬 사람일수록 매사에 더욱 신중해져야 하는 나름의 자기관리를 소홀히 하지 않아야 합니다. 이때의 자기관리는 남을 폄하하지 않고 존중하며 자기를 스스로 낮추는 겸손입니다. 많이 성취한 사람일수록 자신에게는 물론이고 다른 사람들에게 더욱 겸손해져야 하니까요. 자신감은 자칫 위험한 오만으로 변질되기 쉬운 속성을 가지고 있기 때문입니다.

뜻하는 바를 이루었다고 해서 겉으로 드러나는 태도나 행동이 방자하거나 건방져서는 안 됩니다. 교만과 오만이 포화상태에 있는 성취는 자아도취 그 이상도 그 이하도 아니기 때문입니다.

## 겸손으로 자신감을 키우세요!

자신의 존재를 낮추는 겸손에서 일탈한 자신감은 그 어떤 성취를 이룬다 해도 무의미 무가치한 것입니다.
참된 자신감은 성취욕이 주는 교만과 오만을 겉으로 드러내지 않을 때 비로소 자유로울 수 있으니까요.

어리석은 사람은 아무런 명분도 없는 만용으로 도저히 해낼 수 없는 것들을
무작정 도모하려 드는 속성을 가지고 있다.
진정한 자신감은 사리를 분별할 줄 모르는 상태에서
함부로 날뛰는 만용과는 엄연히 다르다.

# 074
## 덧없는 세월 즐기기

사람이 자기의 미래에 대해서 미리 숙지하게 되면 그 사람의 일생은 항상 끝없는 공포와 환희에
뒤섞이게 되어 한 순간이라도 평화로운 시기는 없을 것이다.

_ 나다니엘 호손

우리는 흔히 덧없이 흐르는 세월 앞에 무상함을 느낀다는 표현을 자주 사용합니다.

그래서일까요.

인생무상이란 네 글자가 그다지 낯설지가 않습니다. 아니, 어쩌면 한 번쯤은 인생무상이란 화두를 머릿속에 가두고 그 의미를 되새김질해 보고 싶은 존재가 우리 인간들인지도 모릅니다.

우리는 가끔 인생무상을 느낄 때에 허무주의虛無主義를 먼저 연상하게 됩니다. 하지만 인생무상과 허무주의는 엄연히 차원이 다른 개념입니다. 일반적으로 인생무상은 우리들이 흔히 인생에서 추구하는 부와 명예 그리고 권력의 덧없음과 그에 대한 집착의 어리석음을 얘기하고 싶을 때에 많이 표현합니다.

반면에 허무주의는 아무런 조건과 제약 그리고 구속을 받지 않는 절대적인 진리나 존재를 부정하는 철학적인 의미로 이해하는 데 주로 사용됩니다.

인생무상의 무상無常은 인간의 욕심과 집착에서 오는 아무런 보람도 없이

262

헛되기만 한 덧없음이고, 허무주의의 허무虛無는 진리와 존재를 부정하는 텅 빈 자각입니다.

덧없음의 의미는 끊임없이 계속되는 계절의 순환 속에 살아 있는 개념이며 순간순간 이어지면서 연속성을 유지하는 것 또한 덧없음의 다른 개념입니다. 이때의 연속성은 세월의 흐름입니다.

세월의 흐름은 그 어떤 경우에도 멈추거나 되돌아가는 일 따위의 실수는 저지르지 않습니다. 그만큼 세월은 솔직합니다. 솔직하다는 것은 역설적으로 말하면 만인에게 공평하다는 뜻이 아닐까요?

누가 말했더군요.

가는 세월 붙잡지 말고, 오는 세월 막지 말라고 말입니다.

무심하게 흐르는 시간 속에 묻혀 물 흐르듯 자연스럽게 어디론가 유유히 흐르는 것이 세월입니다. 흐르는 세월을 두고 말도 안 되는 이유를 달고, 트집을 잡고, 왈가왈부, 시시비비, 가타부타한다는 것은 어리석음의 극치가 아닐까요?

어쩌면 흐르는 세월 속에 아무런 욕심 없이, 아무런 사심 없이 몸과 정신 그리고 영혼을 기꺼이 내던질 줄 아는 것도 우리 인간들의 권리인 동시에 의무인지도 모릅니다.


## 덧없이 흐르는 세월에 취하세요!

무정하게 흘러가는 세월을 억지로 붙잡고 아등바등 악을 쓰며 아우성을 쳐본들 무슨 소용이겠습니까?

흘러가는 것은 그냥 흘러가게 내버려 두세요. 그 흘러가는 것에 맞추어 유연하게 살아가는 삶도 나름의 멋이라면 멋이니까요.

혹자는 우리네 인생을 두고 시련과 고통과 불행의 연속이라고 말하지만 덧없이 흐르는 세월에 나름의 매력을 느낀다면 반드시 그렇지만은 않을 것입니다. 그냥 아무런 생각도 하지 않으며, 아무런 일도 하지 않으며, 무의미하게 무가치하게 떠나보내는 허송세월이 아닌 이상에는 말입니다.

오늘은 그 아무리 덧없는 세월이라 해도
후회 없는 삶을 살고 있다면 결코 세월은 자신을 배신하지 않는다는
교훈 하나쯤은 마음에 새기는 하루가 되었으면 합니다.

인생무상의 무상無常은 인간의 욕심과 집착에서 오는 아무런 보람도 없이
헛되기만 한 덧없음이고, 허무주의의 허무虛無는
진리와 존재를 부정하는 텅 빈 자각이다.

# 075
# 한결같은 마음의 추錘

이 세상에서 가장 어려운 일은 〈나를 아는 일〉이다.
_ 탈레스

우리가 알고 있는 〈한결같다〉는 말은 처음부터 끝까지 변함이 없다는 뜻
입니다. 여기서의 결은 여럿이 아니고 하나라는 의미이기도 합니다.

과연 우리는 〈한결같다〉는 말의 의미를 어느 정도 알고 있을까요?

이 말은 우리 인간 모두에게 던지는 의문스러운 질문이며, 그리 간단치 않
은 화두입니다. 이 세상에 변하지 않는 것은 존재하지 않습니다.

우리가 알고 있는 모든 〈존재의 이유〉는 언젠가는 변하기 마련이고 한순
간도 쉬지 않고 움직이고 있으니까요. 어쩌면 영원불멸이라는 네 글자는
전혀 현실적이지 않거나 이루어질 가망이 없는 것을 막연히 상상하는 공
상적인 그 무엇을 추종하는 이상주의자理想主義者들에게만 어울리는 개념
일지도 모릅니다.

이 세상에 영원한 순간은 존재하지 않습니다. 하나의 변화 속에 하나의 변
화가 개입되면서 생성과 소멸의 과정을 주기적으로 반복하는 이치가 대
자연의 섭리인 동시에 진리이기 때문입니다.

마찬가지로 우리 인간 또한 자기 나름의 사고방식의 틀 속에 갇혀 사는 불

완전한 존재인 이상 처음부터 끝까지 똑같은 생각으로 삶을 살아갈 수는 없습니다. 항상 언행일치만으로 세상을 살아갈 수 없는 불완전한 존재가 우리 인간들이니까요.

그렇습니다.

자의든 타의든 때로는 모방으로 자신을 감쪽같이 위장하기도 하고, 때로는 변덕으로 자신을 알게 모르게 기망하기도 하고, 때로는 거짓으로 자신을 그럴듯하게 포장하는 데 급급한 이중적인 존재가 우리 인간들입니다.

위의 위장과 기망欺罔, 포장은 〈한결같다〉는 의미에 반反하는 것들입니다. 그 반하는 것들로 인해 우리는 세상을 보는 눈에 착각과 혼란을 느끼기도 합니다. 그래서 혹자는 우리 인간을 두고 끊임없이 반복되는 착각과 혼란에 길들여지는 가운데 생성과 소멸의 과정을 밟는 어리석은 동물이라고 말했는지도 모릅니다.

늘 변함이 없는 정신과 마음으로 일상을 살아간다는 것은 아무런 대가도 바라지 않고 묵묵히 순환하는 자연에 적응하면서 사는 것보다 더 어려운 법입니다.

〈한결같다〉는 의미는 한 치의 어긋남도 없이 서로 사이좋게 맞물려 돌아가는 두 개의 톱니바퀴와 같습니다. 두 개의 톱니바퀴는 적당한 시기에 윤활유만 살짝 쳐주면 무슨 일이 있었느냐는 듯이 주어진 일에 충실히 임하는 마음으로 열심히 돌아가기 마련입니다.

그렇습니다.

주어진 시간에 불평이나 투정 따위 부리지 않고 언제나 늘 항상 변함없이 인상 한번 찌푸리지 않고 맞물려 돌아가는 톱니바퀴는 우리에게 많은 교훈을 주기도 합니다.

일상의 중심에 〈한결같다〉는 마음의 추를 달아보세요.

●

세상의 만물이 흐르는 세월 따라 시시각각 변한다 해도 한결같은 마음의 추로 스스로 중심을 잡고 삶을 거스르지 않는 마음으로 일상을 살아간다면 그것이 바로 남아 있는 삶을 비옥하게 하는 지혜이며 깨달음이 될 수 있으니까요.

한결같은 마음의 추로 일상을 준비하세요!

그러면 속세에서 상상을 초월하는 무슨 일이 일어나건, 무슨 말이 들려오건 흔들림이 없는 내면의 참 자아를 바로 볼 수 있을 테니까요.

오늘은 한결같은 마음의 추로 온갖 유혹과 탐욕이 넘쳐나는
세파에 부화뇌동附和雷同 하지 않는
자신을 사랑하는 하루가 되었으면 합니다.

한결같은 마음의 추로 스스로 중심을 잡고 선택한 삶을 거스르지 않는 마음으로 일상을 살아간다면 그것이 바로 남아 있는 삶을 비옥하게 하는 지혜이며 깨달음이다.

# 076
# 웃음의 미학

아름다운 의복보다는 웃는 얼굴이 훨씬 인상적이다. 기분 나쁜 일이 있더라도 웃음으로 넘겨보라.
찡그린 얼굴을 펴기만 해도 마음은 한결 편해질 것이다. 웃는 얼굴은 좋은 화장일 뿐만 아니라
피의 순환을 좋게 하는 효과가 있다. 웃음은 인생의 약이다.

_ 알랭

일노일노一怒一老 일소일소一笑一少

한 번 노하면 한 번 늙고, 한 번 웃으면 한 번 젊어진다.

소문만복래笑門萬福來

웃는 집에 온갖 복이 온다.

굳이 위의 속담이나 격언을 강조하지 않더라도 웃음은 주어진 일상을 살아
가는 동안에 결코 없어서는 안 되는 필수불가결한 감정의 메신저입니다. 하
지만 우리는 불행하게도 다람쥐 쳇바퀴 돌듯 늘 반복되는 일상을 살아가
면서 자의든 타의든 웃음을 잃어버리거나 잊어버리고 살아갈 때가 더 많
습니다. 그럴 때일수록 순진무구한 얼굴로 천진난만한 웃음을 해맑게 드
리우는 어린아이를 쳐다보십시오.
어린아이들의 웃음은 그지없이 단순해 보이지만 그 속에 어른들이 모르
는 순수가 있습니다.

반면에 늘 복잡한 문제에 둘러싸여 있고, 일상이 주는 온갖 근심과 걱정으로 피할 수 없는 책임감과 의무감에 억눌려 사는 어른들의 웃음은 순수하지 못합니다. 그 이유는 어른들의 웃음은 자신의 이해타산만 꾀하려고 드는 이기적인 마음과 자기 분수를 넘어선 그릇된 욕망으로 가득한 웃음이기 때문입니다.

잠시나마 천진난만한 얼굴로 본 대로 느낀 대로 웃으며 뛰놀던 어린 시절로 돌아가 그때의 자신을 한 번쯤 회상하는 것도 웃음에 대한 미학이 아닐까요?

웃음은 건강의 메신저다. 웃는 사람은 실제로 웃지 않는 사람보다 오래 산다. 건강은 실제로 웃음의 양에 달렸다는 것을 아는 사람은 거의 없다.

_ 제임스 월쉬

웃음은 생명의 마지막 보루다. 그대의 마음을 웃음과 기쁨으로 감싸라. 그러면 천 가지 해로움을 막아주고 생명을 연장시켜 줄 것이다.

_ 윌리엄 셰익스피어

웃음은 그 사람의 됨됨이라 할 수 있습니다. 웃는 얼굴을 보면 그 사람의 본성을 알 수 있으니까요. 누구를 파악하기 전 해맑게 웃는 모습이 마음에 든다면 그 사람은 선량한 사람이라고 자신 있게 단언해도 좋을 것입니다.

# 단 1분이라도 웃을 수 있는 시간을 가지세요!

우리 인간은 환하게 웃을 수 있을 때 순수해집니다. 순수하다는 것은 온갖 탐욕과 집착에 물들지 않으려는 청정한 마음입니다. 청정한 마음은 웃을 때만 가능합니다.

웃을 수 있는 사람만이 인생의 희로애락을 누릴 수 있는 자격이 있습니다.

오늘도 웃을 수 있다는 것은 삶의 기쁨이며 축복입니다.

오늘의 축복으로 내일의 행복을 예약하는 길은 스스로 웃을 수 있는 마음의 여유를 갖는 것입니다.

우리 모두 웃을 수 있는 자신을 사랑하세요.

웃음은 신이 인간에게 준 최고의 선물입니다.


오늘은 억지로라도 아침, 점심, 저녁, 세 번 환하게 웃을 수 있는
나름의 여유를 가지는 하루가 되었으면 합니다.

어른들의 웃음은
자신의 이해타산만 꾀하려고 드는
이기적인 마음과
자기 분수를 넘어선 그릇된 욕망으로 가득한 웃음이다.

# 077
## 진리 탐구하기

남에게서부터 주입된 진리는 단지 우리들의 외면에 붙어 있을 뿐이다. 그것은 인공적인 갈빗대이다. 의치義齒와 같은 것이다. 자기 자신의 사색으로써 얻은 진리는 우리들의 참된 갈빗대이다. 오직 그것만이 실제에 있어서 우리들에게 속하고 있는 것이다.

_ 쇼펜하우어

우리는 그 아무리 오랜 세월이 흘러도 변하지 않는 만고불변의 진리 앞에는 그지없이 약한 존재입니다. 이 세상에서 진리만큼 확고하고 확실한 것은 없다고 믿고 있기 때문입니다.

〈답이 없는 문제는 없다.〉라는 말이나 〈원인이 없는 결과는 없다.〉라는 말도 진리라면 진리입니다.

그렇듯 우리는 하루가 다르게 꼬리에 꼬리를 물듯이 넘쳐나는 온갖 종류의 정보처럼 예전에는 미처 알지도 못한 진리(?)의 홍수 속에 갇힌 채 살아간다고 해도 지나친 말이 아닐 것입니다.

하지만 우리가 살아가야 하는 나름의 삶 속에는 진리만으로 설명할 수 없는 것도 있기 마련입니다. 흔한 예로 매일매일 세 끼 밥을 먹어야 하고, 기계처럼 죽을 둥 살 둥 일을 해야 하고, 억지로라도 잠을 자야 하고, 아침 일찍 화장실로 달려가 장腸 속에 차있는 음식찌꺼기를 밖으로 배설해야 하는 행위는 진리라고 볼 수 없습니다.

그런 행위는 어디까지나 힘겹고 구차스런(?) 생명을 연명하고 보존하기 위한 단순한 생리적인 현상일 뿐입니다. 그런데 그 생리적인 현상들이 진리보다 더 친근하게 느껴지는 이유는 왜일까요? 그 이유는 우리가 알고 있는 불변의 진리는 정서적으로 아주 가깝게 느껴지는 친근감이 없기 때문이 아닐까요?

그렇습니다.

친근감이 없는 진리는 우리를 혼란스럽게 하고 피곤하게만 할 뿐입니다. 특히 그지없이 복잡하고 난해하고 애매모호란 기하학적幾何學的 진리는 우리 모두의 삶 속에 절절이 녹아 있는 대중적 진실보다 못한 것입니다.

우리가 선뜻 이해할 수 없는 진리를 탐구하는 건 학문적 논리탐구를 업業으로 알고 있는 식자識者들의 몫입니다.

그저 평범함 일상 속에서 보통 사람들로 기억되고 싶은 우리는 하루하루를 살아가면서 감당해 낼 수 있는 삶의 무게만큼만 참고 견디면 되는 것입니다.

자신에 대한 인생의 모범답안은 우리 자신만이 쓸 수 있습니다. 남이 대신 써주는 모범답안은 남의 인생을 모방하고 흉내 내는 것이나 다름없으니까요.

머리에 쥐가 날 정도로 아무리 기를 써도 풀리지 않는 문제 앞에서 끙끙 앓아가면서 자신에게 어울리지도 않는 모범답안을 찾겠다고 아등바등 거릴 이유도 없습니다.

자신이 쓰고 싶은 모범답안만 쓰면 되는 것입니다. 자신이 살아가고 있는 인생과 자신의 삶에 대한 모범답안은 자기 하기 나름에 좌우되는 것이니까요.

하나의 진리를 지향하는 모범답안만으로는 이 복잡 미묘한 세상을 살아갈 수 없습니다.

다른 사람에게 혐오감을 주지 않는 적당한 임기응변, 모가 나지 않는 처세술 그리고 때로는 서로 감동과 감화를 줄 수 있는 말과 행동으로도 서로 격려하면서 살아갈 수 있는 바탕이 우리가 진정으로 바라는 진리가 아닐까요?


## 난해하고 복잡한 진리는 그냥 잊어버리세요!

그렇습니다.

쉽게 풀리지 않는 난해하고 복잡한 문제에서 자유로워지는 길은 우리가 필요로 할 때 우리 곁에 있어 줄 수 있는 서로간의 보편타당한 정신적 교감이지 결코 획일적인 원리 원칙도 아니고 진리도 아닙니다.

답이 없는 문제를 만드는 건 우리 자신이며, 답이 없는 삶은 문제가 없는 삶을 사는 것이나 다름이 없으니까요.

무릇 우리의 일상을 불안하게 하고 혼동으로 이끄는 것들은 다른 사람의 옷을 빌려 입었을 때처럼 낯설고 어색한 틀에 박힌 진리만을 요구하는 문제와 답이 아닐까요?


그지없이 복잡하고 난해하고 애매모호한 기하학적幾何學的 진리는 우리 모두의 삶 속에 절절이 녹아 있는 대중적 진실보다 못하다.

273

# 078
# 오해 길들이기

하나의 현상을 가지고 이러쿵저러쿵 말이 많은 걸 보아도 저마다 자기 나름의 이해를 하고 있는 것이다.
'자기 나름의 이해'란 곧 오해의 발판이다. 그러므로 우리는 하나의 색맹色盲에 불과한 존재이다.
그런데 세상에는 예例의 색맹이 또 다른 색맹을 향해 이해해 주지 않는다고 안달이다.
연인들은 자기만이 상대방을 속속들이 이해하려는 맹목적인 열기로 인하여
오해의 안개 속을 헤매게 된다. 그리고 보면 사랑한다는 것은 이해가 아니라 상상의 날개에
편승한 찬란한 오해다. "나는 당신을 죽도록 사랑합니다."라는 말의 정체는
"나는 당신을 죽도록 오해합니다."일 것이다.

_법정스님

지혜롭고 현명한 사람은 그 어떤 경우에도 하나의 사실을 그릇된 쪽으로 왜곡하는 오해의 여지를 만들지 않습니다. 오해의 여지를 만드는 순간, 상대방을 보는 시선이 자신도 모르는 사이에 무디어진다는 걸 알기 때문입니다.

우리 인간은 소리나 문자 따위의 언어를 수단으로 하여 서로의 생각이나 감정을 소통하지만 마음으로는 어느 누구와도 직접 대화를 나눌 수 없는 불완전한 존재입니다. 그래서 하나의 사물을 보고 느낀 사람들의 생각과 감정이 제각각 다르기 때문에 항상 갈등과 대립 그리고 반목과 불신을 조장하는 오해가 생기는지도 모릅니다.

오해는 자기의 관점에서 보면 지극히 주관적인 개념입니다. 이때의 주관은 때로는 남을 배려하지 않으려는 독선과 아집에 빠지기 쉬운 속성을 가지고 있습니다. 독선과 아집은 자기중심적 사고에 집착한 나머지 다른 사람

의 의견이나 입장을 전혀 고려하지 않고 일방적으로 자기의 주장을 내세우는 것입니다.

다른 사람과 대화를 나눌 때나, 편지를 주고받을 때나 독선과 아집만을 지나치게 고집하면 할수록 오해의 굴레에서 벗어날 수 없는 게 우리 인간의 한계입니다. 아니, 어쩌면 우리는 그 한계성을 영원히 인정할 수밖에 없는 피조물인지도 모릅니다.

우리는 자신 스스로 오해의 덫을 놓아가면서 일상을 살아가면 자신은 물론이고 다른 사람의 감정과 정서까지 불편하게 하는 후유증에서 벗어날 수 없다는 사실을 명심할 필요가 있습니다. 이때의 후유증은 예리한 칼로 도려낸다 해도 흔적을 남기는 속성을 가지고 있는 정신적 부작용입니다.

사람과 사람 사이의 의사소통은 어디까지나 상대적인 개념에 지나지 않습니다. 상대적인 만큼 한 마디 말과 하나의 행동에 신중하지 않으면 안 됩니다.

모든 의사소통은 현실적입니다. 현실적인 만큼 때로는 자신 스스로 감정에 치우치지 않는 냉철함을 유지해야 합니다. 냉철하지 않으면 오해에 종속되기 쉬우니까요.

우리가 서로 주고받는 말과 글은 지극히 불완전하고 미완성의 개념입니다. 그래서 우리 인간은 주어진 현실에만 적당히 안주하면서 완전과 완성을 꾀하려는 혈안에 목숨을 거는 하찮은 존재인지도 모릅니다.


## 스스로 오해의 불씨를 만들지 마세요!

자신 스스로 오해의 불씨를 만드는 순간, 생각은 황폐해지고 몸은 지치고 영혼은 방황하고 깨달음은 요원해지기 마련입니다.

우리는 자신의 에고만을 고집하는 주관적인 관념, 즉 남을 이해하지 않으려는 이기적인 독선과 아집에서 벗어나지 못할 때 서로의 진실한 마음을 아우르는 이해는 돌아앉는다는 사실을 알아야 합니다.

오해의 무게중심을 이해의 무게중심으로 이동시키는 유일한 방법은 단 몇 초라도 남의 입장에 서서 남의 생각과 행동을 소중하게 생각하는 배려의 마음가짐이 아닐까요?


오늘은

『자기가 얼마나 자주 타인을 오해하는가를 자각하고 있다면
누구도 남들 앞에서 함부로 말하지는 않을 것이다.』라는
괴테의 한마디를 되새기는 하루가 되었으면 합니다.


모든 의사소통은 현실적이다.
현실적인 만큼 때로는 자신 스스로
감정에 치우치지 않는 냉철함을 유지해야 한다.
냉철하지 않으면 오해에 종속되기 쉽다.

# 079
# 건전한 상상과 허황된 몽상

세상에서 유일하게 내가 전적으로 통제 가능한 소유물이 바로 상상이다. 다른 것들은 가진 것을 앗아가고 온갖 수단을 다 동원하여 속임수를 쓰기도 하지만 내게서 절대 앗아갈 수 없는 것이 바로 상상이다.

_ 나폴레옹 힐

우리가 흔히 말하는 미래는 눈으로 볼 수도 없고, 손으로 만질 수도 없는 가상의 세계입니다. 그러나 우리 인간은 가끔은 어리석은 생각인 줄 뻔히 알면서도 온갖 상상력을 동원하여 앞으로 도래될 미래의 문을 열려고 하는 나름의 욕심을 쉽게 내려놓지 못하는 존재입니다.

우리가 안간힘을 다하며 열고 싶어 하는 미래의 문은 무한의 공간이며 무궁무진한 잠재력을 가진 세계라고 할 수 있습니다. 미래 세계는 일정한 수, 일정한 양, 일정한 공간, 일정한 시간 따위에 제한이나 한계가 없으니까요.

그만큼 미래에 대한 상상은 실제로 존재하는 모든 것과는 아무런 상관이 없는 개념이며, 창조적인 테두리 안에서만 가능한 도구로 작용하는 정신적 개념입니다.

하지만 불건전하고 허무맹랑한 망상에 가까운 그릇된 상상은 우리를 온갖 미혹과 미망에 빠트리지만, 건전하고 바람직한 올바른 상상은 우리의 삶을 때로는 새롭게 하고, 때로는 풍요롭게 하고, 때로는 온갖 갈등과 오해를 해소하기도 합니다. 그렇듯 건전하고 바람직한 올바른 상상은 우리의 미래지향적인 생각을 필요로 하는 도구이기도 합니다.

상상은 몽상夢想과 비교되는 개념입니다. 몽상은 실현가능성이 아주 적거나 전혀 없는 헛된 기대나 생각을 전제로 하는 비현실적인 세계입니다. 비현실적인 세계는 가상의 세계에서 존재하는, 실제로 존재할 수 있는 것과는 거리가 먼 비창조적인 개념입니다.

상상想像은 우리가 머릿속에 품고 있는 생각을 그럴 듯한 이미지나 메시지로 바꾸는 현실적이고 창조적인 개념입니다. 여기서 바꾼다는 의미는 미래에 대한 비전이며 희망입니다. 그 비전과 희망이 눈으로 볼 수 있고, 손으로 만질 수 있는 현실이 될 때 우리는 비로소 상상의 위대한 힘을 느끼게 될 것이니까요.

우리는 하나의 상상을 통해 사고의 범위를 넓히고 무엇인가를 창조할 수 있는 미래지향적인 존재입니다. 무릇 생산적이고 건설적인 창조는 바람직한 상상에서 나오는 법이며, 몽상에 가까운 헛된 상상으로는 합리적이고 이상적인 미래를 설계할 수 없습니다. 온갖 형식의 논리나 이론으로 섣불리 예단하거나 재단할 수 없는 게 미래이기 때문입니다.

상상은 이치나 논리에 합당한 합리적인 정신 활동을 필요로 합니다. 합리성이 부재중이거나 부재인 상상으로는 방향다운 방향을 잡을 수도 없고, 찾을 수도 없으니까요. 그리고 합리적이고 건전한 상상은 우리가 평소에 전혀 들어보지 못한 소리를 듣게 합니다.

그 소리가 찬란한 미래를 예약할 수 있는 희망의 소리일 때 우리는 성취감을 느끼게 됩니다.

# 건전한 상상을 맘껏 즐기세요!

건전하고 건설적이고 바람직한 상상으로 그려보는 자신의 미래는 항상 웃는 얼굴입니다.

우리는 주어진 현실이 아무리 고단하고 힘들고 괴롭더라도 미래에 대한 상상만큼은 결코 포기해선 안 됩니다. 포기하는 순간, 미래는 자신을 외면하고 돌아앉으니까요.

상상의 세계는 빛과 그림자가 공존하는 세계입니다. 밝은 마음으로 상상하면 미래는 반드시 찬란한 빛으로 다가오기 마련이며, 그림자 진 마음으로 상상하면 그 미래는 암울하고 불투명하고 불확실한 법이니까요.

무릇 상상은 우리 자신 스스로가 가꾸어야 하는 미래의 생각입니다.

그 미래의 생각에 향기 나는 꽃을 피우느냐 그렇지 못하느냐는 어디까지나 우리 자신의 몫이 아닐까요?

불건전하고 허무맹랑하고 망상에 가까운 상상은 우리를 온갖 미혹과 미망에
빠트리지만, 건전하고 바람직한 상상은 우리의 삶을 때로는 새롭게 하고,
때로는 풍요롭게 하고, 때로는 온갖 갈등과 오해를 해소하기도 한다.

# 080
# 소통의 리더십 기르기

리더십에 관한 가장 위험한 미신은 리더란 타고나는 것으로 리더십에는 유전자가 있다는 것이다. 이 미신에 따르면 카리스마적 성격을 타고난 사람이 따로 있다. 그러나 이것은 거짓이다. 진실은 그 정반대이다. 리더는 태어나는 게 아니라 만들어지는 것이다.

_ 워렌 베니스

진정한 리더십은 처음부터 주어지는 것이 아니라 서서히 만들어지는 것입니다.

만들어지는 배경이나 저변에는 주위의 사물을 명확하게 꿰뚫어볼 수 있는 통찰력과 옳고 그름 따위를 냉정하게 판단하는 분별력이 필요합니다.

혹자는 리더십은 언제 나설 것인가, 언제까지 기다릴 것인가, 언제 말을 할 것인가, 무슨 말을 해야 설득이 될 것인가, 설득을 할 때 주위 사람들은 들을 준비가 되어 있는가 하는 것들을 주의 깊게 살필 수 있는 폭 넓은 안목과 깊은 지식 그리고 풍부한 지혜가 필요하며 다방면의 경험자이어야 한다고 했습니다.

이 말은 여러 종류의 환경 속에서 수많은 사람들을 상대하면서 얼마만큼의 경험적 감각을 길렀는가를 먼저 자신 스스로 진단할 필요가 있다는 뜻입니다. 다방면의 경험이 결여된 리더십은 진정한 리더십이 될 수 없기 때문입니다.

그러나 진정한 리더십을 자기 것으로 만들기까지에는 실패의 순간도 있기 마련이고, 성공의 순간도 있기 마련입니다.

그렇다고 실패의 순간을 너무 두려워하거나 성공의 순간에 너무 도취해서는 안 됩니다.

인생의 여정은 실패와 성공이 수차례 반복되는 가운데 비로소 그 의미와 가치를 읽을 수 있으니까요.

그리고 진정한 리더십을 기르기 위해서는 쉽게 단념하지 않는 끈기가 있어야 합니다.

끈기가 부족하거나 모자라는 리더십은 자신 스스로 자신에게 등을 보이기 마련이니까요.

혹여 자신감을 잃었을 경우에는 자신의 생각을 여러 각도로 바꾸어가면서 좀 더 바람직한 관계가 회복될 수 있도록 자신을 격려하고 독려해야 합니다.

진정한 리더는 자신에 대한 겸손과 남에 대한 배려를 필요로 합니다.

이때의 진정한 리더는 함부로 성급하게 전면에 나서지 않고, 사사로운 감정은 최대한 자제하면서 구성원들을 이끄는 사람을 뜻합니다.

만에 하나 처음부터 끝까지 카리스마적 환상에 사로잡혀 〈내가 아니면 안 된다.〉는 독선이나 아집으로 일관한다면 구성원의 반목反目은 불을 보듯 뻔합니다.

진정한 리더는 구성원들의 눈과 입 그리고 귀는 자신의 말 한마디는 물론이고 자신의 일거수일투족을 감시 · 관리 · 감독하는 미묘한 감정의 집합체라는 사실을 항상 명심해야 합니다.

진정한 리더는 신뢰의 연장선에 있을 때가 가장 아름다운 법이며, 구성원들에게 신뢰를 잃은 리더는 오래가지 못하는 불명예를 자초하게 됩니다.

진정한 리더는 신뢰를 바탕으로 이상적이고 합리적인 리더십을 분석 연

구할 줄 아는 자세를 게을리 하지 않아야 합니다.

구성원 개개인을 아무런 이유 없이 불신하거나 의심하는 마음이 내면에 자리하고 있는 리더의 말과 행동에는 신빙성이 없으니까요.


진정한 리더십을 기르세요!

자기 나름의 노하우로 자신의 말과 생각 그리고 행동을 먼저 리드할 줄 아는 자가 진정한 리더십이 무엇인지를 아는 사람입니다.

진정한 리더는 구성원들의 눈과 입 그리고 귀는
자신의 말 한마디는 물론이고 자신의 일거수일투족을
감시 · 관리 · 감독하는 미묘한 감정의 집합체라는 사실을
항상 명심해야 한다.

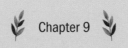

Chapter 9

# 자기믿음

# 자기율법

# 인간성

오늘은 『비관론자는 모든 기회에서 어려움을 찾아내고,
낙관론자는 모든 어려움에서 기회를 찾아낸다.』는
윈스턴 처칠의 한마디를 되새기는
하루가 되었으면 합니다.

# 081
## 기회 포착하기

기회는 배를 타고 오지 않고 우리들 내부로부터 온다. 기회는 또 전혀 기회처럼 보이지 않고 불행이나
실패나 거부의 몸짓으로 변장해서 나타난다. 비관론자들은 모든 기회에 숨어 있는 문제를 보고
낙관론자들은 모든 문제에 감추어져 있는 기회를 본다.
_ 데니스 웨이틀리

➤——

봄기운이 완연한 논두렁 가에 한 치의 미동도 없이 앉아 있다 먹이가 나타
나자 긴 혀로 재빨리 그 먹이를 한순간에 날렵하게 낚아채는 개구리의 민
첩한 동작을 본 적이 있나요?

이때의 개구리의 미동은 지극히 본능적이면서도 자연스러운 하나의 생존
수단이기도 합니다.

개구리는 자신이 움직일 때가 언제인지를 아는 매우 지혜로운 동물입니다.
움직일 필요가 없을 때는 움직이지 않으니까요.

그렇듯 개구리의 미동은 그저 아무런 생각 없이 멍하니 있는 것이 아닙니다.

눈앞에 있는 먹이를 묵묵히 지켜보면서 관찰하는 마음의 평정과 무거운
정적 속에서 나름의 동적인 그 무엇을 머릿속에 계산하고 있으니까요.

개구리의 미동은 자신이 처해 있는 주변의 자연환경을 평온하게 받아들
이면서 나름의 행동방향을 은밀히 구상하고 있는 정중동靜中動의 순간입니
다. 이때의 행동방향은 곧 깨달음이라 할 수 있습니다.

깨달음은 제대로 모르고 있던 사물의 본질이나 진리 따위의 숨은 참뜻을

비로소 이해할 수 있게 되는 정신이며, 그 어떤 경우에도 흔들리거나 망설이지 않으려는 내면적인 욕구입니다.

만약에 개구리가 논두렁 가에서 제 위치를 제대로 잡지 못했다면 먹이를 쉽게 낚아채지 못했을 것이며, 먹이를 묵묵히 기다릴 줄 아는 인내의 침묵으로 자신을 추스르지 못했다면 눈앞의 먹이 또한 보지 못했을 것입니다. 그렇듯 우리 인간의 삶의 방향도 두 가지 요소에 좌우된다고 볼 수 있습니다.

하나는 자신이 서 있어야 할 위치를 똑바로 잡는 것이고, 또 하나는 기회를 정확하게 포착하는 것입니다. 어떠한 일이나 행동을 하는데 가장 좋은 경우와 시간과 장소를 제대로 맞추고 묵묵히 기다리고 있을 때 오는 것이 기회입니다.

우리는 지금이 기회다 싶을 때 즉각적으로 그 기회의 성격과 본질을 확실하고 정확하게 포착할 수 있는 마음의 준비를 항상 하고 있어야 합니다. 이때의 마음의 준비는 기다릴 줄 아는 평정심과 인내심을 필요로 합니다. 평정심과 인내심이 부족한 마음으로 하나의 기회를 포착한다는 것은 무의미하고 무가치한 것이니까요.

기회는 늘 우리 자신을 경계하는 시선을 게을리 하지 않는 속성을 가지고 있습니다. 하지만 기회는 혈안이 되어 잡으려고 몸부림치는 사람의 눈에는 잘 보이지 않습니다.

반면에 그날그날의 나름의 삶을 충실하게 살아가면서 온갖 의심과 불신으로 자신 스스로를 미혹시키지 않는 사람의 눈에는 잘 보이는 법입니다.

## 기회를 포착하는 눈을 가지세요!

사물을 훤히 꿰뚫어 볼 줄 아는 깊은 통찰력을 가진 눈이 아니라도 좋습니다. 자신 나름의 삶 그리고 불가항력의 운명을 스스로 자각할 줄 아는 마음의 눈만 있으면 기회는 언젠가는 오기 마련이고 보이기 마련이니까요.

그리고 기회는 평생 동안에 단 한번 뿐일 수도 있고, 수십 번이 될 수도 있습니다. 하지만 기회는 많고 적고 가 그다지 중요하지 않습니다.

단 한 번뿐인 기회라도 자기 것으로 완전히 수용할 수 있는 기회라면 그것으로 족하지 않을까요?

우리는 지금이 기회다 싶을 때 즉각적으로
그 기회의 성격과 본질을 확실하고 정확하게
포착할 수 있는
마음의 준비를 항상 하고 있어야 한다.

・

# 082
# 준비된 마음 갖기

일은 미리 준비함이 있으면 성공할 수 있고 준비함이 없으면 실패한다. 말은 미리 생각하는 바 있으면
실수가 없다. 일은 사전에 계획이 있으면 곤란이 없고 행동은 미리 목표가 서 있으면 후회가 없다.
또한 미리 목적지가 서 있으면 막히는 일이 없다.

_ 중용

우리의 삶은 유감스럽게도 끊임없이 반복되는 많은 도전과 경쟁의 연속입니다. 도전과 경쟁은 우리를 때로는 좌절의 순간에 빠지게 하고, 때로는 희열의 순간을 주기도 합니다.

우리 인간은 수없이 부딪치는 도전과 경쟁 속에서 감당하기 어려운 온갖 문제와 갈등이 불러일으키는 삶의 무게를 벗어던질 수 없는 불완전한 존재입니다.

우리를 시도 때도 없이 괴롭히는 온갖 문제와 갈등은 준비되어 있지 않은 마음에서 일어나는 속성을 가지고 있습니다. 그러나 항상 준비된 마음으로 슬기롭게 대처하면 문제와 갈등은 쉽게 풀어지기 마련입니다. 하지만 준비된 마음을 가지기란 쉽게 내뱉는 한마디 말처럼 그리 쉬운 일이 아닙니다.

우리가 살고 있는 세상사는 한도 끝도 없이 반복되는 온갖 문제와 갈등에 알게 모르게 익숙해져 있고 길들어져 있으니까요.

이때의 익숙해져 있고 길들어져 있다는 것은 나쁜 습관처럼 몸에 배어 있

고, 나쁜 버릇처럼 굳어 있다는 뜻입니다. 나쁜 습관과 나쁜 버릇은 때로는 어떤 일에 대한 준비를 방해하는 독소毒素로 작용하기도 합니다.

그런 습관과 버릇을 고치기 위해서는 매사에 나름의 준비성이 필요합니다. 이때의 준비성은 반드시 그렇게 하고야 말겠다는 확고부동한 마음의 의지로 자신을 추스를 수 있을 때만 가능합니다.

수박 겉 핥듯 하는 주먹구구식이나 건성으로 그냥 대충대충 넘어가려고 하는 어설픈 마음으로는 자신이 생각하고 있는 올바른 준비성이 나올 리 만무하니까요.

준비성의 시작은 모든 가능성을 열어놓은 상태에서 주어진 상황을 면밀히 파악한 다음에 실현가능한 것부터 하나씩 하나씩 분석하지 않으면 안 됩니다. 처음부터 실현 불가능한 일에 아무런 생각 없이 죽자 사자 매달려 정신과 시간을 헛되이 소비해서는 안 되기 때문입니다. 예를 들면, 다른 사람보다 특별나게 생선회를 잘 뜨는 사람이 사용하는 칼을 보면 생선의 부위별에 따라 뼈와 살점을 발라내는 추임새가 각기 다릅니다. 그 사람은 오랜 세월동안 회를 뜨는 손놀림은 물론이고 사용하는 칼 또한 나름의 관리를 게을리 하지 않았기 때문에 가능했던 것입니다.

여기서 우리는 무슨 일을 시작할 때 준비성이 얼마나 중요한 가를 알 수 있습니다. 하지만 준비가 만족한 수준만큼 됐다고 해서 성급하게 행동으로 옮겨서는 안 됩니다. 이 세상에 티끌만큼의 결점이나 결함이 없는 완벽한 준비란 있을 수 없으니까요. 완벽에 가까운 준비성을 갖추었다 하더라도 행동으로 옮기기 전에 한 번 더 점검하고 확인해 보는 치밀함을 소홀히 하거나 게을리 해서는 안 될 것입니다. 그러다보면 자신도 미처 의식하지 못했거나 발견하지 못한 미흡한 부분을 발견할 수 있을 테니까요.

그때는 그 부분을 과감하게 버려야 합니다. 쓸데없는 미련으로 버려야 할 것을 버리지 못하면 성공의 확률은 그만큼 반감半減되기 마련이니까요.


## 준비성 있는 자세로 하루에 임하세요!

매사에 준비성을 소홀히 하지 않는 사람은 자신이 가진 재주와 능력을 유효적절하게 사용할 줄 아는 사람입니다. 아직 다 갖추지 못한 상태에서 시작한 사람은 자신의 재주와 능력을 십분 발휘하지 못할뿐더러 열에 아홉은 도중하차 아니면 용두사미 꼴이 되기 쉬우니까요.

오늘은
『늘 준비가 되어 있는 마음은 내 자신에 대한 자신감이
어떤 상황에서도 항상 긍정적으로 작용한다.』는
다짐 하나쯤은 마음에 새기는 하루가 되었으면 합니다.


모든 가능성을 열어놓은 상태에서
주어진 상황을 면밀히 파악한 다음에
실현가능한 것부터
하나씩 하나씩 분석하는 것이 준비성이다.

# 083
# 몰입의 안테나 세우기

제대로 집중하면 6시간 걸릴 일을 30분 만에 끝낼 수 있지만 그렇지 못하면 30분이면 끝낼 일을
6시간 해도 끝내지 못한다.
_ 알버트 아인슈타인

삶을 살아가면서 한 번이라도 고요함과 괴괴함이 충만한 정적인 흐름 속
에 정신을 몰입해 본 적이 있나요?

스펀지에 한 방울의 물이 빨려 들어가듯이 자연스럽게 몰입의 경지로 자
신을 던져본 적이 있나요? 이때의 몰입은 그 어떤 망설임이나 갈등이 전
혀 없는 완전한 정신 합일의 결정체를 말합니다.

무릇 몰입의 순간은 그 어떤 예외도 그 어떤 소외도 그 어떤 열외도 없는
텅 비어 있는 공간입니다. 그 텅 빈 공간 속의 몰입은 모든 것이 하나로 시
작해서 하나로 끝나는 무중력의 세계입니다. 몰입은 두 발로 걸으면서 소
위 생각이란 것을 할 줄 아는 인간만이 누릴 수 있는 정신세계이기도 합니
다. 몰입은 전지전능한 조물주가 인간에게만 유일하게 베푼 정신적 특혜
며 특권입니다.

반면에 그저 원초적 본능이 지시하는 대로 행동하는, 네 발로 걷는 짐승들
은 몰입이 뭔지도 모릅니다.

몰입은 자연의 흐름에 동조하는 정신운동이며, 그 흐름 속에 영과 육을 맡

기면 보람 있고 가치 있는 일상에 충실할 수 있는 힘이 생겨납니다. 이때의 힘은 온갖 반목과 시기, 증오와 자만심에 자신도 모르게 길들여져 있는 우리의 오염된 정신을 깨끗하게 정화시켜주는 원천이 되기도 합니다. 그리고 몰입은 우리를 미망 속에 빠트리고 미혹하게 하는 모든 맹목적이고 부정적인 것들에 대항할 수 있는 긍정적인 사고력을 갖게 하는 힘입니다. 자연의 순환에 순응하는 자세로 몰입에 빠지면 자연은 우리를 결코 배신하지 않으니까요.

갈구하는 사랑이 멀어지거나 돈독하던 우정에 금이 갈 때 자기성찰을 통한 몰입을 나름 고집해 보세요. 자의든 타의든, 싫든 좋든 어쩔 수 없이 안고 살아야 하는 마음의 상처는 소외에서 비롯되며, 소외는 이기심의 발로이니까요. 소외의 감정과 이기심의 발로를 치료하는 방법은 자기성찰을 통한 몰입뿐입니다. 그 이유는 몰입을 통해서만이 소외의 이면을 볼 수 있으며, 그 이면은 분열과 차별이 아닌 화합과 평등이라는 사실을 알 수 있기 때문입니다.

몰입은 하루에 한번 해가 뜨고 달이 지는 자연의 운행처럼 솔직하고 명백합니다. 솔직하고 명백하다는 것은 그 어떤 경우에도 흔들림이 없는 확고부동한 정체성입니다.

무릇 변하지 않는 존재의 본질을 깨닫는 가운데 탄생과 죽음의 굴레에서 벗어날 수 없는 것이 우리네 인생사이니까요.

지금이라도 늦지 않습니다.

## 몰입의 안테나를 세우세요!

몰입은 자기 자신을 어느 한 곳에서 헤어나지 못하게 하거나 고립하게 만드는 정지된 사고가 아닙니다. 무릇 몰입은 추구하고자 하는 앞날의 일상을 준비하는 정신적 마중이며 채비입니다.

자신 스스로 선택한 한 가지 일에 자신의 올바른 감정과 사고를 이입하는 순수한 마음이 진정한 몰입의 세계입니다. 진정한 몰입의 세계에 빠진 마음으로 바라본 세상은 티끌하나 없는 거울처럼 맑게 보이기 마련입니다.

평소 몰입을 가까이 하는 사람은 깊이 있는 깨달음으로 삶을 살아가는 사람입니다.

반면에 몰입을 부정하거나 거부하는 사람은 무지와 어리석음으로 삶을 살아가는 사람입니다.

진정한 몰입은 삶의 궁극적 깨달음을 알아가는 하나의 과정 그 이상 이하도 아닙니다.

몰입은 자신을 어느 한 곳에서 헤어나지 못하게 하거나 고립하게 만드는 정지된 사고가 아니라 추구하고자 하는 앞날의 일상을 준비하는 정신적 마중이며 채비이다.

# 084
## 자기믿음의 거울

자신을 믿는 자는 행동할 때 필요한 것들을 모두 수중에 갖고 있다. 중요한 문제이거나
사소한 문제이거나 어려운 일이거나 손쉬운 일이거나 혼자의 힘으로 얼마든지 해결할 수 있다.

_ 발타자르 그라시안

우리는 어떤 사실이나 사람을 있는 그대로 믿는 마음을 믿음이라 알고 있습니다.

어머니가 자기 자식을 애지중지 보살피는 모성애도 자신에 대한 믿음으로부터 시작됩니다. 이때의 믿음은 자신의 마음속에 있는 또 하나의 자기애라 할 수 있습니다. 자기 자신에 대한 사랑이 없이는 그 누구도 믿을 수 없으니까요.

겉으로만 번지르르 행세하려고 드는 얕은 믿음은 진정한 믿음이 아닙니다. 진정한 믿음은 마음속에서 진실로 우러나야 합니다. 솔직하지 못한 가식적인 가면으로 화려하게 치장한 믿음은 진실과는 멀게 느껴지는 법입니다.

진실과 거리가 먼 믿음은 생명이 짧기 마련이며, 단명으로 끝나는 믿음은 아무 쓸모 짝에도 없는 폐품에 지나지 않습니다.

온갖 불신과 의혹이 난장판을 치는 사회일수록 서로를 믿고 의지할 수 있는 바탕이 필요한 법입니다. 이때의 바탕은 믿음의 거울입니다.

우리는 오직 진실한 것만을 투영할 수 있는 믿음의 거울로 우리 자신을 매일매일 들여다보아야 합니다.

그럴 수 있을 때 아무런 이유 없이 서로를 불신하는 마음, 공공연히 서로를 오해하는 마음은 봄눈 녹듯 사라지니까요.

하나의 믿음은 모가 나서는 안 됩니다. 모든 것을 포용할 줄 알고, 용서할 줄 알고, 배려할 줄 알고, 이해할 줄 아는 하나의 동그란 원圓이어야 합니다. 모가 난 믿음으로는 불신과 의혹의 노예가 될 뿐 주인은 결코 되지 못하니까요.

그러나 믿음의 거울을 서로의 인격과 품성을 시험하거나 저울질 하려고 드는 악의적 잣대로 삼는다면 인격적으로 성숙된 인간이 되기를 포기하는 것과 다를 바 없습니다.

믿음의 거울은 그 어떤 경우에도 훼손되어서는 안 됩니다. 우리 인간의 행복과 불행은 주어진 운명에 따라 좌우되는 것이 아니라 믿음의 거울 안에서 어떤 모양으로 비춰지느냐에 따라 달라지기 마련이니까요.

자신에 대한 믿음은 정직한 확신이며, 정직한 확신은 변하지 않아야 합니다. 주어진 주위의 여건에 따라 쉽게 부패하거나 변질되기 쉬운 믿음은 믿음이라고 할 수 없으니까요.


# 믿음의 거울로 자신을 거래하세요!

가식으로 얼룩져 있는 믿음의 거울은 진실성이 없습니다. 진실성이 없는 믿음은 순수한 마음이 느껴지지 않습니다.

순수한 마음이 없는 믿음으로는 인간적인 감정의 거래 또한 할 수 없으니까요.

늘 자기믿음의 거울로 나름의 삶을 살아가면 당연히 반대급부가 따를 것입니다.

반면에 자기불신의 거울로 삶을 살아가면 클레임, 즉 손해배상만 당하게 될 것입니다. 자기믿음으로 정신적 거래를 하는 사람은 이 세상의 온갖 거짓과 위선에서 자유로울 수 있으니까요. 그리고 자기믿음의 거울은 자신의 순수작품이어야 합니다. 처음부터 불순물이 잔뜩 섞여있는 조잡한 거울이 되어선 안 됩니다. 믿음을 주는 주체主體는 신이 아니라 자기 자신이기 때문입니다. 하나의 믿음은 인간이 가지고 있는 가장 지고지순한 정신입니다. 때 묻지 않고 항상 박꽃처럼 뽀얀 얼굴로 청순하고 해맑은 웃음을 잃지 않는 어린아이처럼 말이죠.

오늘은 자기믿음의 거울로 나름의 삶과 일상에 대범하고
당당해질 수 있는 뿌듯함이 충만한 하루가 되었으면 합니다.

인간의 행복과 불행은
주어진 운명에 따라 좌우되는 것이 아니라
믿음의 거울 안에서
어떤 모양으로 비춰지느냐에 따라 달라진다.

# 085
## 역발상으로 접근하기

새로운 발상에 놀라지 마라. 다수가 받아들이지 않는다고 해서
더 이상 진실이 아니지는 않다는 것을 잘 알지 않는가.

_ 바휘르 스피노자

어떤 생각을 하게 된다는 뜻인 발상發想은 그 나름의 시간표를 가지고 있습니다. 이때의 시간표는 우리의 정신세계 속에는 만질 수도 없고, 볼 수도 없는 일정한 주기의 파장이 일정하게 움직이고 있음을 말합니다.

하나의 발상은 생각을 할 줄 아는 사람이라면 누구나 할 수 있는 정신활동입니다. 그러나 역발상은 선택된 사람만 가능합니다.

우리는 깊은 웅덩이에 고여 있는 물은 오래두면 쉽게 섞는다는 사실을 알면서도 왜 섞는지는 보통사람의 일반상식으로는 정확하고 명쾌한 답을 내릴 수 없습니다. 하지만 역발상으로 보면 답은 간단명료해집니다. 물이 섞는 이유는 물이 일정하게 흐르지 않고 한곳에 고여 있기 때문이라고 말하면 되니까요. 이것이 바로 발상의 전환을 의미하는 역발상逆發想입니다.

역발상은 누구나 다 보편적으로 수긍하고 인정하는 사실을 아닌 것으로 부정하는 것이 아니라, 그 사실을 다른 각도로 살짝 비트는 생각의 전환입니다. 원래의 형태는 그대로 유지하되 약간의 변화와 변형을 줌으로써 다른 의미의 개념을 창출해 내는 것이 바로 역발상인 것입니다.

우리 인간 대부분은 유감스럽게도 발상 그 자체에만 얽매여 전전긍긍할 뿐이지 진즉에 하나의 생각을 다른 쪽으로 적용하거나 이용하는 응용의 기법은 도외시하는 속성을 가지고 있습니다. 예를 들면, 고속도로에 왜 갓길이 필요한지를, 왜 중요한지를 잘 이해하지 못하는 것과 같습니다.

발상과 역발상의 관계는 손등과 손바닥처럼 나누려 해도 나눌 수 없는 불가분한 관계라고 볼 수 있습니다. 손등과 손바닥은 서로 마주 볼 수 없기 때문에 손등이 무슨 일을 하는지 손바닥이 알지 못하듯, 손바닥이 무슨 일을 하는지 손등 역시 알 리 없습니다. 그렇듯 손등과 손바닥의 관계는 별개의 개념이 아닙니다.

손등이 없다면 손바닥은 아무런 의미도 없듯, 손바닥이 없다면 손등 역시 무의미 그 이상도 무가치 그 이하도 아니니까요.

우리는 단순히 발상만으로는 하나의 사물과 개념을 심도深度 있게 관찰하거나 분석할 수 없다는 사실을 알아야 합니다.

역발상으로 모든 사물과 모든 개념을 주의 깊게 관찰할 필요가 있습니다. 그렇게 함으로써 사물과 개념을 다른 각도로 세세히 분석할 줄 아는 역발상의 눈이 절로 밝아질 테니까요.

## 역발상으로 사물과 개념에 접근하세요!

그러면 무슨 일을 하든 실패보다는 성공의 지름길로 이끄는 혜안의 빛을 볼 수 있을 것입니다. 이때의 혜안은 나름의 삶을 살아가는 데 필요한 제2의 지혜입니다. 역발상은 발상 그 개념 자체를 다른 각도로 살짝 비트는 지혜에서 나오는 법이니까요.

오늘은 나름의 발상의 전환으로 일상의 번잡함 속에서
자신만의 지혜를 깨우치는 깊이 있는
사고의 하루가 되었으면 합니다.

역발상은 누구나 다 보편적으로 수긍하고 인정하는 사실을 아닌 것으로
부정하는 것이 아니라, 그 사실을 다른 각도로 살짝 비트는 생각의 전환이다.

# 086

# 자기율법 만들기

> 율법은 우리의 자유를 조금도 구속하지 않을뿐더러 오히려 그것을 유지해 준다.
> 만일 율법이 우리를 구속한다면 그것은 우리의 유익을 위해서
> 우리에게 보다 더 큰 자유를 주기 위해서이다.
>
> _ 헨리 A 버클러

우리는 삶을 살아가는 동안 누구나 한번쯤은 온갖 열과 성을 다해 계획한 일이 생각대로 순조롭게 풀리지 않거나, 예기치 않은 어려움에 직면하게 되는 경험을 하게 됩니다. 이를 우리는 역경이라 생각하고, 무엇이 잘못되어 역경을 불러들였는지를 곰곰이 뒤돌아보게 됩니다. 이때 우리는 흔히 있을 수 있는 단순한 역경인지, 어느 날 갑자기 알게 모르게 느닷없이 닥친 고약한 역경인지에 따라 받아들이는 마음가짐이나 태도가 달라져야 합니다.

처음부터 미처 예상하지 못한 외적인 영향으로 인한 역경이라면 그냥 그 자체로 받아들이고 다시는 되풀이 되지 않도록 자신 나름의 주의와 경계를 소홀히 하지 않으면 됩니다. 하지만 내적인 면, 즉 자신의 성격적 장애나 결함으로 스스로 자초한 역경이라면 문제가 될 수 있습니다. 그 문제에 대한 해답은 자기 자신 안에 있습니다.

이럴 때 우리는 자신의 의지와 정신력으로 극복할 수 없는 역경일수록 자신 내면에서 나름의 해결책을 스스로 찾아야 한다는 사실을 간과하지 않

아야 합니다. 그 해결책은 자기성찰을 통한 정신수양에 있습니다.

이때의 정신수양은 당면한 문제를 극복할 수 있는 깨달음, 즉 나름의 한 방편을 모색하는 행위입니다.

불가에서 방편은 보살菩薩이 중생을 근본적인 깨달음으로 이끌어가기 위해 쓰는 정신적 수단을 말합니다.

우리는 자기 자신을 깨달음으로 이끌기 위해서는 자신을 신격화 할 필요가 있습니다. 이때의 신격화는 자기 자신에게 세상의 삼라만상을 만들고 다스리는 전지전능한 조물주의 자격을 뜻합니다. 조물주의 자격됨은 자신이 자신을 스스로 가르치는 것입니다. 가르치기 위해서는 나름의 교본을 가지고 있어야 합니다. 이때의 교본은 자신만을 위한 율법律法을 말합니다.

율법은 반드시 지켜져야 하는 것인 만큼 자신과의 약속이 우선되어져야 합니다. 우리가 자기 자신과의 약속을 지킨다는 것은 말로는 쉬운 것 같으면서도 행동으로는 어려운 법입니다.

하지만 어려운 만큼 소기의 목적을 이루었을 때에는 감히 말로는 표현할 수 없는 짜릿한 성취감은 물론 남부럽지 않은 강한 자신감을 얻게 됩니다. 우리네 인생사는 온갖 문제들과 과감하게 부딪치면서 나름의 지혜와 깨달음으로 고난과 역경을 극복할 때 비로소 빛이 나는 법이니까요.


## 자신 고유의 율법을 만드세요!

그리고 충실히 이행하십시오. 자신에게 명하는 엄중한 령令이라 명명하고 복종하듯 충실히 따르십시오.

그러다 보면 도저히 감당하기 힘들고 감내하기 힘든 역경의 순간이 닥칠 때 비로소 자신이 세상에서 얼마나 위대한 존재인지를 알게 될 것이니까요.

여기 열 가지 수행修行 율법이 있습니다.

하루에 한 번 마음으로 읽고 몸으로 행하여 보십시오.

잃어버리는 것보다 얻는 것이 더 많을 것입니다.

- 하루하루에 충실하세요!

  하루에 충실하지 못한 자는 하루를 실패하는 것이니까요.

- 매사에 감사하세요!

  매사에 감사할 줄 모르는 사람은 고마움을 베풀 줄 모르니까요.

- 남을 배려하세요!

  남에 대한 배려는 자기희생이 아닌 자신을 구원하는 길이니까요.

- 부모에게 효도하세요!

  부모에 대한 효는 반드시 행하여야 하는 도리 중의 도리이니까요.

- 웃어른을 존경하세요!

  웃어른에 대한 존경은 삶의 스승을 만나는 것이니까요.

- 자신을 속이지 마세요!

  자신을 속이는 생각과 행위는 불신의 싹을 키우는 것이니까요.

- 과거에 연연하지 마세요!

  과거에 연연하면 할수록 현재는 발전이 없으니까요.

- 현재를 부정하지 마세요!

  현재를 부정하는 사람에게 미래는 없으니까요.

- 미래를 의심하지 마세요!

  미래를 의심하는 순간 현재는 불행의 연속이니까요.

• 중용의 미덕을 기르세요!

중용의 미덕은 올바른 소통의 한 방편이니까요.

우리는 자신의 의지와 정신력으로
극복할 수 없는 역경일수록
자신 내면에서 나름의 해결책을
스스로 찾아야 한다는 사실을
간과하지 않아야 한다.

# 087
# 나름 곱게 미치기

감정은 언제나 이성을 짓밟아버리는 경향이 있다. 감정에 충실하게 행동하면
모든 것이 광기로 흐르기 쉽다.

_ 발타자르 그라시안

환경미화원은 1년 365일 내내 거리의 파수꾼이 됩니다. 그는 우리가 아무런 생각 없이 무심코 버린 일상의 지저분한 흔적들을 말끔하게 치우는 사람입니다.

아름다운 희생을 몸소 실천하는 위대한 성자聖者가 바로 환경미화원입니다. 환경미화원은 자기 자신이 하는 일에 곱게 미칠 수 있기에 보통사람들이 하기 어려운 일을 천직으로 알고 묵묵히 해낼 수 있습니다. 그렇게 하지 않으면 가족들이 추운 겨울을 따뜻하게 날 수 없을 것이고, 일용할 양식을 얻을 수 없을 것이고, 어쩌면 살아남을 수 없을지도 모른다는 사실을 알고 있기 때문입니다.

『환경미화원은 일과 자신은 동격同格이라는 사실을 부끄러워하지 않는다.』

이 말은 일을 하는 건 자신이지만 자신을 한 가지 일에 매달리게 하는 건 일임을 그 누구보다도 잘 알고 있다는 뜻입니다.

305

일은 땀과 노력을 필요로 하는 노동입니다. 노동의 가치는 노동을 해본 사람만이 알 수 있으니까요.

굳이 〈개미와 베짱이〉 우화가 주는 교훈을 입에 올리지 않더라도 노동은 위대하고 성스러운 가치관입니다.

우리는 한 가지 일에 곱게 미치고 싶으면 먼저 한 가지 일에 전심전력을 다해야 합니다. 그 일에 빠져있는 순간, 자신이 그 무엇에 미쳐 있다는 사실을 실감할 수 있기 때문입니다. 한 가지 일에 미친다는 건 정신적 측면에서는 지극히 비정상으로 보이기도 합니다. 하지만 불행하게도 고삐 풀린 망아지처럼 날뛰는 지금의 세상은 비정상이 정상으로 대우받고, 정상이 비정상으로 평가절하 되는 일이 다반사입니다.

『정상적으로 걸어 다닐 수 있는 두 발이 버젓이 있으면서도 미친 척 물구나무를 서서 걸으면 거꾸로 보이는 세상이 더 아름답다.』

이 말은 때로는 비정상이 정상 그 이상으로 의미와 가치를 되살린다는 뜻의 어느 기인奇人의 말씀입니다.

지금이라도 하루에 단 1분이라도 곱게 미칠 수 있는 시간을 가져보십시오! 아니, 미친 척이라도 해보세요!

그러면 잠시나마 자신도 모르게 삶의 한쪽 구석 모퉁이에 소홀하게 방치해둔 본연의 자아自我를 재발견할 수 있는 기회가 주어질 것이니까요.

그렇습니다.

미쳐도 곱게 미치면 됩니다.

오늘도 노란색 야광 안전 조끼를 입고 닳고 닳은 빗자루로 거리의 온갖 쓰레기를 묵묵히 청소하는 환경미화원의 고귀한 인격처럼 곱게 미치면 그게 곧 새로운 삶의 또 다른 창조이며 영적인 깨달음이 아닐까요?

## 가끔은 곱게 미쳐보세요!

곱게 미친다고 해서 정상이 비정상으로 보이고, 비정상이 정상이 되는 건
아니니까요.
한번 곱게 미쳐보세요!
자신 스스로 한 번쯤 곱게 미친다는 것은 자신에게 주는 아름다운 선물인
동시에 축복일 수도 있으니까요.

한 가지 일에 곱게 미치고 싶으면 먼저 한 가지 일에 전심전력을 다해야 한다.
그 일에 빠져있는 순간, 자신이 그 무엇에 미쳐 있다는 사실을
실감할 수 있기 때문이다.

# 088
# 내면의 아름다움

사람은 겉으로 나타나는 모습을 통해 안을 들여다 볼 수 있다. 따라서 만약에
그 얼굴에 허영심이 가득하다면 그 마음은 교만이 가득 차있는 것이다.
_ 헨리 스미스

이목구비를 갖춘 인간이라면 누구랄 것도 없이 거의 모두가 남보다 더 아
름다워지기를 소망하고 갈망하는 원초적 본능을 가지고 있습니다. 혹자
는, 특히 여자는 아름다움에 대한 욕망을 천형天刑으로 알고 태어난다고도
합니다. 그래서 아름다움을 두고 신의 존재보다 전지전능하다고 하는지
도 모릅니다.

그러나 우리는 유감스럽게도 아니, 불행하게도 아름다움이 하나의 상품
화 되는 기가 막힌 세상에 살고 있다고 해도 지나친 말이 아닐 것입니다.
디자인이 돋보이는 제품이 날개 돋치듯 유독 잘 팔리는 것을 보면 알 수
있듯이 말이죠. 그만큼 아름다움은 우리 인간들의 의식구조에 뿌리깊이
박혀있는 욕망이나 크게 다를 것이 없습니다.

『겉만 번드르르하게 치장한 화려한 아름다움은 진정한 아름다움이 아니다.』
이 말은 기능과 실속을 중요하게 생각하지 않고 무시한 제품은 수명이 짧
기 마련이듯 인간이 추구하고자 하는 아름다움은 겉모양만으로 판단해서

는 안 된다는 뜻이 아닐까요?

내면의 아름다움을 소홀히 한 아름다움은 싫증을 빨리 느끼게 마련이며, 식상해진 아름다움은 오래가지 못하는 법입니다.

『겉모양만 화려한 사람은 사람다운 향기가 없다.』

이 말은 향기가 없는 꽃은 벌과 나비를 부르지 못하며, 벌과 나비에 외면 당한 꽃은 열매를 맺지 못하며, 열매를 맺지 못하는 꽃은 꽃이 아니듯 사람다운 향기가 없는 아름다움은 그만한 가치와 의미가 없다는 뜻의 어느 시인詩人의 말씀입니다.

그러나 아름다움에 미치다시피 현혹당한 여자들은 아름다워지고 싶은 욕망에 안달복달하여 몸에 주사바늘을 꽂고, 칼을 들이대는 행위를 서슴지 않습니다. 그래서 어떤 사람은 그런 여자들의 욕망 그 자체는 자기 입장에서는 합리이고 순수하다고 할지는 모르나 자연 그대로의 모습을 인위적인 모습으로 조작한다는 것은 한번쯤 심각하게 재고해 볼 문제라는 말을 서슴지 않았습니다. 여기서 조작은 자아상실의 의미입니다. 자아상실은 자신의 존재, 즉 자존自存이 없다는 말과 같습니다. 자존이 없는 사람은 향기가 없는 꽃이나 다름없습니다.

한순간 자아도취에 빠진 채 말로 표현할 수 없는 행복감에 젖어 세상에서 자신만이 제일 아름답다는 착각(?)을 불러일으키는 것이 인위적인 아름다움의 한계이니까요.

우리는 진정한 아름다움은 있는 그대로의 모습에서 찾아야 합니다. 이 세상에 자연스러운 것만큼 가치 있고 소중하고 아름다운 것은 없으니까요. 세상의 모든 신비와 힘의 원천은 자연 그대로의 모습일 때가 가장 소중하고 아름다운 법입니다.

진정한 아름다움은 외면보다 내면에서 찾아야 합니다. 내면에서 자연스럽게 우러나는 아름다움이야말로 그 어떤 아름다움과도 비교할 수 없는 진정한 아름다움이니까요.

인위적인 아름다움에는 불행하게도 내면이 없습니다. 내면이 없는 아름다움은 가면을 쓰고 가장무도회에 초대된 것이나 다름이 없으니까요.


진정한 아름다움은 내면에서 찾으세요!

자신 고유의 자아와 자존으로 자기애自己愛를 소중하게 생각하는 마음에서 나름의 향기를 피우는 아름다움만이 우리가 소중하게 다루어야 하는 진정한 아름다움이 아닐까요?

오늘은
〈내면의 아름다움이 없이는 외면의 아름다움은 허울뿐인
겉치레에 지나지 않는다.〉는 말을 되새기는
하루가 되었으면 합니다.




내면에서 자연스럽게 우러나는 아름다움이야말로
그 어떤 아름다움과도 비교할 수 없는 진정한 아름다움이다.

●

# 089
# 인간성 길들이기

우리가 인간성에 대해 정말로 아는 유일한 것은 그것이 변화한다는 것이다.
우리가 말할 수 있는 유일한 속성은 변화이다.

_ 오스카 와일드

우리는 흔히 나쁜 의미로 〈인간성이 드러난다.〉는 말을 무심결에 하거나 듣게 되는 경우가 있습니다.

그렇다면 누군가가 우리 자신에게 진정성이 묻어나는 표정으로 나름의 삶을 살아가는 동안만이라도 가능한 한 인간성에 충실하라고 충고한다면 좋은 의미로 들릴까요?

그럴 것입니다. 자신의 인간성에 나름의 충실을 기한다는 자체는 곧 자아 발견의 계기가 될 수 있으니까요.

인간의 인간성은 봄에는 꽃을 피우고, 여름에는 녹음을 노래하고, 가을에는 단풍으로 치장을 하고, 겨울에는 동면에 빠지는 한 그루의 나무와 같습니다.

나무는 사계절의 자연스런 순환에 순응할 줄 아는 나름의 지혜를 가지고 있는 것은 물론이고 묵묵히 인내할 줄 아는 미덕 또한 남다르며, 비와 눈, 더위와 추위 그리고 바람을 온몸으로 받아내며 꿋꿋이 살아남는 질긴 생명력의 존재입니다.

우리도 나무처럼 자신 고유의 인간성을 나쁜 의미로 매도하거나 폄하해서는 결코 안 됩니다.

인간의 인간성은 타고나는 것이며, 하나 이상의 공정을 거쳐 인위적으로 만들어지는 하나의 공산품이 아닙니다. 공산품이 아니니 유통기한이 있을 리 없습니다. 유통기한이 없으니 반품이니 부패니 하는 것과는 관련이 없습니다.

그렇듯 인간 고유의 인간성은 자연 그대로일 때가 가치가 있는 법입니다. 인간성은 임의로 바꾸고 싶다고 해서 냉큼 다른 얼굴로 탈바꿈 하는 그런 성질이 것이 아니니까요.

하지만 인간성은 때로는 행복과 불행의 척도가 되기도 합니다. 잘못 사용하면 맹독이 되고, 잘 사용하면 영약이 되니까요. 그렇듯 인간성은 두 개의 얼굴을 가지고 있습니다.

그런 이유로 어쩌면 우리 인간은 어떤 일에 맞닥뜨릴 때 자의든 타의든 알게 모르게 인간성의 눈치를 보며 살아가야 하는 약한 존재인지도 모릅니다.

인간성은 솔직한 녀석이기도 합니다.

인간성은 주어지는 상황과 조건에 따라 위선과 가식의 가면을 쓴다 해도 진실을 모범답안으로 아는 본질 그 자체는 변하지 않으며 쉽게 휘둘리지 않는 법입니다.

인간성은 아무런 생각 없이 그냥 바꾸고 싶다고 해서 쉽게 바꾸어지는 것이 아닙니다. 바꾸지 못할 바에야 차라리 타고난 인간성에 충실을 기하는 게 백번 낫지 않을까요?

충실을 인정하는 인간성은 갈고 닦은 보석과 같은 영롱한 빛을 발하기 마련이니까요.

•

## 늘 깨어있는 인간성에 충실하세요!

그 길만이 자신의 인간성을 지키는 유일무이한 최고선最高善이 될 수 있습니다. 그 어떠한 경우에도 타고난 인간성을 자신 스스로 저울질하거나 시험하지 마세요.

아무런 생각 없이 무턱대고 저울질하고 아무런 대책 없이 섣불리 시험하는 순간, 인간성은 우리 자신이 미처 생각지도 못한 고약한 해코지로 우리를 희롱하려 들 테니까요. 희롱을 당하는 순간부터 우리는 자신도 모르는 사이에 타성에 길들어지는 나약한 존재로 전락하고 말테니까요.

본성은 주어지는 상황과 조건에 따라
위선과 가식의 가면을 쓴다 해도
진실을 모범답안으로 아는 본질
그 자체는 변하지 않으며
쉽게 휘둘리지 않는 법이다.

# 090
# 위기 극복하기

*중국인은 위기를 두 글자로 씁니다. 첫 자는 위험의 의미이고 둘째는 기회의 의미입니다.*
*위기 속에서는 위험을 경계하되 기회가 있음을 명심하십시오.*

*_ 존 F 케네디*

➤━━━━

우리 인간은 삶을 살아가다 보면 자신의 의지와는 상관없이 위험한 고비나 시기는 있기 마련입니다. 위험한 고비나 시기를 위기라고 한다면, 우리인간은 자의에 의해서든 타의에 의해서든 늘 위기의 주머니를 차고 삶과투쟁하며 살아가는 존재인지도 모릅니다.

위기 없는 삶을 살아간다는 것은 어리석기 짝이 없는 이기적인 바람일 뿐입니다. 어쩌면 위기는 우리들 삶 속에 진득하니 녹아있는, 떼려야 뗄 수없는 천덕꾸러기나 애물단지와 다름없는 제2의 분신인지도 모르니까요.

만약에 눈앞의 위기를 삶의 소중한(?) 하나의 자산이라고 한다면 궤변이고, 어불성설일까요?

아닙니다.

우리의 삶에 위기라는 함정이 없다면 그 위기를 벗어날 수 있고 타개할 수있는 역전의 기회 또한 주어지지 않을 것이며, 위기가 반드시 삶을 나쁜쪽으로만 비트는 것이 아니라는 사실을 알게 될 것입니다.

도저히 피할 수 없는 불가항력의 위기가 닥쳤을 때는 처음부터 지레 주눅

•

이 들어 겁을 먹고 피하려고만 하지 말고 차라리 당당하게 맞서야 합니다. 몹시 위태롭거나 절박한 지경의 위기라 해도 대범하고 당당하게 맞서다 보면 생각지도 않은 의외의 변수가 생기기 마련이니까요.

의외의 변수라고 할 수 있는 기회는 그냥 하늘에서 뚝 떨어지듯 주어지지 않습니다. 이때의 기회는 위기가 닥쳤을 때 조심스럽게 조용히 다가서는 낯선 불청객 같은 것입니다.

우리는 낯선 불청객이라 해서 앞뒤 가리지 않고 일언지하에 내처서는 안 됩니다. 천재일우나 다름없는 단 한 번의 기회를 결정적으로 놓치게 되는 어리석음을 저지르는 셈이 되니까요.

하나의 기회를 잡는다는 것은 낯설고 생소한 미지의 세계를 탐험하는 것이나 다름없습니다. 처음 맞닥뜨리는 기회 또한 마찬가지입니다. 낯설고 생소한 만큼 도전할 가치가 있는 것이 기회의 속성이며 본질이니까요.


## 위기를 기회로 받아들이세요!

하나의 죽음은 하나의 삶에 대한 중차대한 위기라고 할 수 있습니다.

언젠가는 한 줌의 흙으로 돌아갈 수밖에 없는 인간인 이상 삶의 마지막 문턱인 죽음은 결코 피해갈 수 없습니다. 피할 수 없으니 위기 중의 위기인 것입니다.

하지만 정면으로 대항할 수 있는 기회 또한 주어지는 것이 죽음의 본질입니다. 이때의 기회는 살아 있는 동안만이라도 죽음과 당당하게 맞서는 강한 의지인 것입니다.

우리는 이루고자 하는 확고부동한 의지가 동반되지 않는 기회 포착은 삶에 대한 굴욕임을 명심하지 않으면 안 됩니다. 위기를 그냥 단순히 있을 수 있는 위기로 받아들이고 나약한 마음으로 쉽게 자포자기를 선택하는 사람은 절호의 기회를 잡을 수 있는 순간을 놓치는 것이니까요.

우리의 삶은 초대하지도 않은 허무맹랑하고 황당한 위기 앞에 항상 노출되어 있기 마련입니다. 피할 수 없는 죽음처럼 말이죠.

하지만 위기는 누구나 극복할 수 있기에 위기인 것이며, 기회 또한 누구에게나 공평하게 주어지기에 기회인 것입니다.


오늘은
『비관론자는 모든 기회에서 어려움을 찾아내고,
낙관론자는 모든 어려움에서 기회를 찾아낸다.』는
윈스턴 처칠의 한마디를 되새기는 하루가 되었으면 합니다.

도저히 피할 수 없는
불가항력의 위기가 닥쳤을 때는
처음부터 지레 주눅이 들어 겁을 먹고 피하려고만 하지 말고
차라리 당당하게 맞서야 한다.

# Chapter 10

# 휴식

# 노력

# 마음그릇

오늘은 탐욕의 마음그릇은 작으면 작을수록
삶의 질은 행복해지고 일상에 불필요한 감정들은
저만치 돌아앉는다는 교훈을 일깨우는
하루가 되었으면 합니다.

# 091
# 작심삼일 즐기기

하나의 새로운 습관이 우리가 전혀 알지 못하는 우리 내부의 낯선 것을 일깨울 수 있다.
_ 생텍쥐페리

작심삼일作心三日.

우리 인간은 하나의 생각을 하나의 행동으로 옮기는 시작의 순간을 맞이하게 되면 자신도 모르게 이 사자성어를 머리에 먼저 떠올리게 됩니다. 특히 새해 벽두劈頭가 되면 우리네 인간은 무엇인가를 성취하고자 하는 자신을 애써 두둔하면서 다시 새롭게 펼쳐지는 1년이란 시간 속을 향해 365일간의 긴 여행을 떠납니다.

시작은 그 어떤 종류의 시작이든 처음에는 낯설고 어색한 얼굴로 다가서기 마련입니다. 시작은 순간순간의 시간이 끝없이 계속 이어지는 영원을 향하여 내처 달리고 싶은 찰나의 순간처럼 홀로 꾸밈이 없는 낯선 얼굴로 우리를 대하기 때문입니다.

이상과 희망의 의식儀式 앞에 자신의 이름 석 자를 남기고 싶은 욕망으로 새로운 일을 맞이하는 우리네 인생의 단면도는 살아온 인생만큼 복잡하며, 마치 출구가 보이지 않는 미로와 다를 바 없습니다.

우리는 일상의 무게로 지친 심신을 이끌고 내면에서 우러나는 외침을 들으며 자신에게 약속을 해야 합니다.

『그래, 오늘은 또 다른 새로운 시작이야!』

그러나 시작은 늘 두려운 존재로 다가서기 마련입니다. 두렵기 때문에 삶의 대문을 나서는 일상의 발걸음은 그저 무겁기만 합니다.
여태껏 살아온 삶에 대한 유·무형의 부채가 주는 중압감 때문인지도 모릅니다.
우리는 지금이라도 삶의 부채를 과감히 벗어 던질 수 있는 의지와 용기를 가져야 합니다. 이때의 벗어던짐은 선의의 일탈입니다. 자기 자신에게 이로운 일탈은 타성을 거부하는 새로운 시작이 될 수 있으니까요. 그 새로운 시작이 나름의 향기를 피울 때 비로소 우리의 삶과 일상은 미혹과 미망에서 벗어날 수 있는 소중한 깨달음을 얻을 수 있을 테니까요.


작심삼일作心三日을 즐기세요!

해마다 통과의례처럼 우리 자신의 의지를 시험하고 저울질하는 작심삼일을 피할 수 없다면 차라리 양 어금니 앙다물고 맞장을 뜨는 기분으로 즐기세요. 즐기는 가운데 작심삼일이 주는 막연한 불안과 두려움은 슬그머니 꼬리를 내릴 테니까요.
아무런 대가 없이 그냥 막연히 흘러 보낸 과거의 시간에 연연해하는 자신을 깨우치는 일은 자신만이 할 수 있습니다. 다른 사람의 도움을 바란다는 것은 패배자의 전유물 그 이상 이하도 아니니까요.

하루 한 번 단 10분이라도 눈을 감고 가부좌를 틀고 앉아 작심삼일의 의미를 되살리는 자기성찰을 즐기세요. 그렇게 즐기며 또 다른 자신의 내면에서 속삭이는 강인한 의지와 의욕의 외침을 불러내십시오. 그러면 반드시 들을 수 있을 것입니다.

오늘의 끝은 내일의 새로운 시작일 뿐이며, 시작은 새로운 끝을 향한 초심初心이라고 말입니다.

오늘은 시간의 흐름에 따라가는 것보다는 그 시간의 흐름을
스스로 이끌어나갈 수 있는 강한 의지의 하루가 되었으면 합니다.

해마다 통과의례처럼 우리 자신의 의지를
시험하고 저울질하는
작심삼일을 피할 수 없다면
차라리 양 어금니 앙다물고 맞장을 뜨는 기분으로 즐기세요.

# 092
# 명상과 휴식

우리는 휴식이란 쓸데없는 시간낭비가 아니라는 것을 알아야 한다. 휴식은 곧 회복인 것이다.
짧은 시간의 휴식일지라도 회복시키는 힘은 상상 이상으로 큰 것이니 단 5분 동안이라도
휴식으로 피로를 풀어야 한다.

_ 앤드류 카네기

우리는 육신을 지탱하고 있는 모든 힘을 최대한 늘어뜨리고 휴식을 취할 때 비로소 일상의 긴장과 스트레스에서 벗어날 수 있는 완전한 고요를 느낄 수 있습니다. 이때의 휴식이 바로 명상입니다.

명상의 자세에서 필요한 것은 적막감마저 감도는 완전한 고요 속에 자기 자신을 아무런 사심 없이 자유롭게 내려놓은 일입니다. 이때의 고요는 일상의 긴장과 스트레스로 복잡하게 헝클어져 있는 마음과 정신은 물론이고 지쳐 있는 영혼까지도 편안하게 해주는 쉼터입니다.

굳이 일정한 방식과 규칙으로 매뉴얼화 되어 있는 명상 프로그램을 있는 그대로 따라 하지 않더라도, 단 10분 만이라도 혼자서 고요한 침묵과 함께 하는 생각의 공간에 자신을 동화시키는 것도 휴식의 한 방편입니다.

항상 우리의 몸과 정신은 본의 아니게 나름의 균형을 잃고, 마음은 이유 없이 산만해지고, 삶의 근심거리들이 만드는 고달픈 일상의 무게에 짓눌려 있습니다.

매일매일 잠을 자야 하고 밥을 먹어야 하는 것과 마찬가지로 혼자 조용히

앉아서 지친 몸과 마음을 편안하게 쉬게 하는 것이 바로 명상을 통한 휴식입니다.

그렇다고 다른 사람으로 하여금 휴식을 구실 삼아 명상을 무작정 강요하거나 억지로 참가하게 해서는 안 됩니다. 다른 사람들이 자연스럽게 자신을 따를 수 있도록 무형식의 본보기가 되면 그만이니까요.

우리가 나름의 명상을 즐기면서 자신 스스로를 비우거나 버리거나 내려놓을 수 있다면, 그것만으로도 경이로운 고요함을 경험할 수 있을 것이고, 안락하고 편안한 행복감에 젖을 수 있는 휴식을 누릴 수 있을 것입니다.


## 명상으로 나름의 휴식을 즐기세요!

우리는 누구나 자신 스스로 정기적으로 휴식의 상태로 돌아갈 수 있는 나름의 여유로움을 가져야 합니다. 그렇게 함으로써 우리의 삶은 항상 새로워지고 순수해지고 심오한 평온함을 느끼게 될 테니까요.

휴식을 얻기 위한 명상은 어떤 격식과 방식이 있는 의식儀式도 아니고 종교적인 행위도 아닙니다. 그저 속세의 온갖 문제와 갈등으로부터 나름 자유로워지는 편안한 마음 상태일 뿐입니다.

고요한 침묵 속 명상을 통한 휴식이야말로 세파에 지친 몸과 마음 그리고 영혼을 치유하는 완전한 평화의 시간이 아닐까요?

오늘은 휴식은 결코 시간낭비가 아니라 일상의 재충전을 위한 정신적 투자라고 생각하는 하루가 되었으면 합니다.

나름의 명상을 즐기면서
자신 스스로를 비우거나
내려놓을 수 있다면,
그것만으로도
경이로운 고요함을
경험할 수 있을 것이고,
안락하고 편안한 행복감에
젖을 수 있는 휴식을
누릴 수 있을 것이다.

# 093
## 불신과 의심 타파하기

사람을 믿는다는 것은 사람이 반드시 모두 성실하지 못하더라도 자기만은 홀로 성실하기 때문이며,
사람을 의심하는 것은 사람이 반드시 모두 속이지 않더라도 자기가 먼저 스스로를 속이기 때문이니라.
_ 채근담

우리는 때로 무심결에 자신의 의지에 반하는 말과 행동으로 인하여 본인
은 물론이고 주위 사람들까지 본의 아니게 당혹하게 만드는 경우를 더러
경험하게 됩니다.
그때가 바로 자신도 모르는 사이에 미망迷妄에 사로잡히게 되는 순간입니다.
미망의 사전적 의미는 사리에 어두워 갈피를 잡지 못하고 순간적으로 헤
매는 상태를 말합니다.

『미망은 무의식중에 일어나는 정신적 오류의 일종이며, 이때의 오류는 즉
각 수정하지 않으면 일상의 리듬을 깨뜨리는 나쁜 습관으로 굳어지기 쉽
다.』
이 말은 미망은 자기 자신을 불신하고 다른 사람을 의심하는 가운데 자신
도 모르게 빠지게 되는 정신적 질환이며, 자신에 대한 부정심리에서 비롯
되는 탈 이성적 판단이라는 뜻을 강조한 어느 선사의 말씀입니다.

그렇습니다.

매사에 자기 자신은 물론이고 다른 사람을 긍정적으로 보지 않을 때 생기는 불신과 의심은 오해와 갈등을 불러일으키는 주범이 되기도 하니까요.

『의심이 곧 병이다.』라는 속담도 있듯 쓸데없이 지나친 불신과 의심으로 자신을 학대하면 할수록 치유가 힘든 정신적 질환이 되기 쉽습니다.

불신과 의심의 순간에 깊이 빠지면 빠질수록 번뇌煩惱에 사로잡히기 쉽습니다.

불가에서 번뇌는 마음과 몸을 괴롭히는 욕망이나 분노 따위의 모든 망념妄念을 이르는 말입니다.

망념은 곧 망상입니다.

이치에 맞지 않는 허황된 생각인 망상에 깊이 빠지거나 도를 넘어 집착하면 할수록 올바른 정신과 사고는 한순간에 황폐해지기 마련이니까요.


## 불신과 의심에 현혹되지 마세요!

현혹되는 순간, 자기 자신은 오해와 반목에서 헤어나지 못하는 사람으로 전락하고 맙니다.

우리는 사람과 사람 사이의 불행은 의심과 불신에서 기인된다는 사실을 마음깊이 새겨야 합니다. 그 의심과 불신에서 벗어나기 위해서는 그 어떠한 경우에도 미망에 갇혀 있는 눈으로 세상과 인간을 보지 않아야 합니다. 의심과 불신은 올바른 생각과 믿음 사이를 온갖 이간질로 떼놓으려고 하는 악의적인 꼬드김을 서슴지 않는 불쾌한 녀석입니다. 매사 의심과 불신의 눈으로 세상을 보고, 인간을 보면 볼수록 미망은 늘 자기 곁에서 맴돌기 마련이니까요.

불신과 의심은 한마디로 헛된 것이며, 존재의 궁극적인 본성을 파괴하려는 속성을 지닌 탈개념입니다.

우리는 늘 불신과 의심을 주의하고 경계하면서 그날그날의 삶을 살아가야 합니다. 불신과 의심에 현혹되지 않으려면 자신에 대한 확고한 믿음부터 가져야 합니다. 자기 자신을 먼저 믿지 않고 남부터 믿는다는 건 어불성설 그 이상 이하도 아니니까요.

자신이 먼저 자신에 대한 믿음을 배신하지 않는 한 믿음 역시 자신을 먼저 배반하는 법은 없습니다.

하루에 한 번이라도 소리를 내어 경經을 읽듯 중얼거려 보세요.

『불신과 의심은 허상이다!』

『의심과 불신은 허구이다!』

『모든 번뇌와 망상은 불신과 의심에서 온다!』

불신과 의심은 한마디로 헛된 것이며, 존재의 궁극적인 본성을 파괴하려는 속성을 지닌 탈개념입니다.

# 094

# 고정관념 뛰어넘기

남의 잘잘못을 따질 때는 항상 다른 사람이 너와 같은 환경에서 자라지 못한 것을 기억해라.
_ F. S. 피츠제럴드

우리는 흔히 어떤 일이나 사물에 대한 견해나 생각의 차이, 즉 관념의 차이로 정신적 혼란을 겪는 경험을 종종 할 때가 있습니다. 처음부터 일관성이 실종된 무질서한 사고는 보편적이고 이성적인 감지능력을 부정하려고 드는 경향이 강한 편입니다. 특히 고집스러울 정도로 한 방향으로만 흐르는 획일적인 고정관념은 많은 폐단과 모순을 잉태하기도 합니다. 폐단은 어떤 일이나 행동에서 일어나는 옳지 못한 성향이나 해로운 현상이며, 모순은 어떤 사실의 앞뒤, 또는 두 가지 이상의 사실이 이치상 어긋나서 서로 맞지 않는 상태입니다.

고정관념은 위의 폐단과 모순처럼 자칫 자신의 의사나 의지에 서로 반대되거나 어긋나는 생각이나 행위를 부추기는 요소로 작용하기도 합니다.

특히 『나 아니면 안 된다.』는 독불장군식의 고정관념은 어느 한 부분에만 집착하려드는 지극히 단편적이며 자기 자신 밖에 모르는 이기적인 사고로 흐르기 쉽습니다.

모든 사물에는 그 사물의 본질을 규정하고 규명하는 외형상의 겉과 내형상의 속이 있기 마련입니다.

우리 인간의 관념 역시 보편타당한 일반적 관념과 어느 한 부분에만 얽매이는 고정적 관념, 이 둘로 나누어져 있습니다. 후자에 속하는 단편적인 사고나 이기적인 사고를 뜻하는 고정관념으로는 관념의 겉만 보일 뿐 속은 보이지 않는 법입니다. 그 이유는 고정관념의 배경에는 공정하지 못하고 어느 한쪽으로만 치우치려는 편파적인 심리와 한쪽으로만 치우쳐 도량이 좁고 너그럽지 못한 편협적인 감정이 깔려있기 때문입니다.

우리는 편파적인 심리와 편협적인 감정은 인간의 창조력과 계발의지를 저해하는 요소로 작용한다는 사실을 알아야 합니다. 그러나 한편으로는 고정관념 그 자체를 우리가 보편적으로 알고 있는 일반상식처럼 특정하게 굳어진 개념인 이상 딱히 부정적으로 볼 필요는 없습니다. 일반적으로 생각하고 행동하게끔 하게 만드는 관념 그 이상 그 이하도 아닌 것이 고정관념의 한계라면 한계일 뿐이니까요.

하지만 우리는 그때그때 주어지는 환경이나 상황에 따라 시의적절하게 변화를 주는 융통성이 없는 획일적인 고정관념은 폭 넓은 사고를 방해하는 요인으로 작용하기 쉽다는 사실만큼은 간과해서는 안 됩니다.


## 획일적인 고정관념은 버리세요!

흔쾌히 버리는 순간, 획일적인 고정관념의 이면에 숨어 있는, 우리가 미처 깨닫지 못한 깨달음과 지혜를 얻을 수 있을 테니까요.

지금이라도 늦지 않습니다.

머뭇거림이나 주저함 하나 없이 떨쳐버리고 싶은 획일적인 고정관념이

있다면 과감하게 벗어버리십시오. 벗어버리는 그 순간부터 쳇바퀴처럼
반복해서 돌아가는 일상을 대하는 자신이 크게 달라 보일 것이니까요.

오늘은 편파적이고 획일적인 고정관념에 사로잡힌 채
남을 탓하는 자신이 아닌지를 뒤돌아보는
성찰의 하루가 되었으면 합니다.

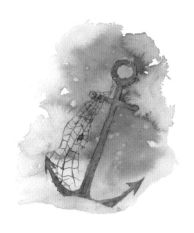

고정관념의 배경에는 공정하지 못하고
어느 한쪽으로만 치우치려는 편파적인 심리와
한쪽으로만 치우쳐 도량이 좁고 너그럽지 못한
편협적인 감정이 깔려있다.

# 095
# 마음의 상처 다스리기

*비록 많은 사람들을 웃기더라도 한 사람에게 상처를 주는 말이라면 나쁜 말이다.*
*남에게 피해를 주지 않고 사람들을 즐겁게 해주는 사람은 훌륭하다고 칭찬 받을 만하다.*
*_ 세르반테스*

우리는 나름의 삶을 살아가면서 백사장의 모래알처럼 많은 사람들과 수없이 부대끼는 가운데 자의든 타의든, 작든 크든, 싫든 좋든 마음의 상처를 입기 마련입니다.

마음의 상처는 다양한 얼굴을 가지고 있습니다.

실패를 경험하면서 생긴 상처도 있을 것이고, 실연으로 생긴 상처도 있을 것이고, 모욕을 당하여 생긴 상처도 있을 것이고, 실직으로 생긴 상처도 있을 것이고, 이혼으로 생긴 상처도 있을 것이고, 죽음으로 생긴 상처도 있을 것이고, 갈등으로 생긴 상처도 있을 것이고, 배신과 배반으로 생긴 상처도 있을 것이고, 뜻하지 않은 사고로 사랑하는 사람을 잃은 상처도 있을 것이고, 오해로 생긴 상처도 있을 것입니다.

우리는 마음의 상처를 단순히 상처로만 치부해서는 안 되며, 소홀히 취급해서도 안 됩니다. 마음의 상처는 제때 말끔히 치료하지 않고 그냥 제멋대로 방치하면 평생 동안 괴로워하고 아파하며 심신에 막대한 영향을 끼치는 후유증에 자신도 알게 모르게 사로잡히게 되니까요. 그러나 마음의 상처는 상대적입니다.

자기 자신의 생각과 행위로 인해 생긴 마음의 상처는 자신을 우울하게 하기도 하고, 상실감에 젖게 하기도 하고, 자신을 냉정하게 뒤돌아보게 하는 여지와 함께 어느 정도 시간이 지나면 자연스럽게 치유가 되기도 합니다. 반면에 다른 사람으로부터 받은 마음의 상처는 가슴속에 오랫동안 응어리로 남아 많은 시간이 흘러도 쉽게 잊혀 지지 않는 법입니다.

마음의 상처는 때로는 순간순간 정신과 마음을 흐리게 하는 속성이 있습니다. 정신과 마음이 흐려지면 일상의 리듬은 깨지기 마련입니다. 일상의 리듬이 깨지다보면 삶을 부정적으로 생각하는 슬기롭지 못하고 어리석은 실수를 자신도 모르게 저지르게 되는 경우도 생깁니다. 우리는 그런 실수를 두 번 다시 해서는 안 됩니다. 그러기 위해서는 먼저 올바른 생각과 행동을 방해하는 나쁜 습관을 버리고 좋은 습관을 갖고자 하는 마음가짐을 가져야 합니다. 좋은 습관은 자칫 바람직하지 못한 생각과 행위에 집착하기 쉬운 자신을 정화시켜주니까요.

마음의 상처는 자기 자신 스스로 치료하지 않으면 안 됩니다. 대수롭지 않게 생각하거나 그냥 그대로 방임하거나 방치하는 것은 비생산적인 행위나 다름없습니다. 생산적이지 못한 정신세계는 아무런 가치도 창출할 수 없으니까요.


## 마음의 상처는 자신 스스로 치료하세요!

그 길만이 마음의 상처로부터 자기 자신이 구원받을 수 있는 유일무이唯一無二한 방법입니다.

마음의 상처는 그때그때 과감히 지워버리십시오. 지우지 않고 그대로 내버려두면 두려움으로 발전하는 것이 마음의 상처의 속성입니다. 아물지 않은 마음의 상처 하나하나가 켜켜이 쌓이고 쌓이면 황폐해지는 건 정신뿐이니까요.

모래 위에 쓴 글씨는 밀려오는 파도에 흔적도 없이 쉽게 지워지듯 남이 대신해 줄 수 없는 마음의 상처라면 자신이 전문의가 되어 과감하게 집도執刀의 메스를 드십시오. 그런 다음 아무런 미련 없이 과감히 도려내십시오. 티끌만큼의 흔적을 남겨서도 안 됩니다. 흔적을 남기게 되면 그 흔적이 또다른 마음의 상처를 불러오기 마련이니까요.

마음의 상처는 제때 말끔히 치료하지 않고 그냥 제멋대로 방치하면
평생 동안 괴로워하고 아파하며 심신에 막대한 영향을 끼치는 후유증에
자신도 알게 모르게 사로잡히게 된다.

# 096
# 진정한 노력의 가치

떨어지는 물방울이 돌에 구멍을 낸다. 승리의 여신은 노력을 사랑한다.
노력 없는 인생은 수치 그 자체다. 어제의 불가능이 오늘의 가능성이 되며 전 세기의 공상이
오늘의 현실로 우리들의 눈앞에 출현하고 있다. 명예는 정직한 노력에 있음을 명심하자.
_ M 마르코니

우리 인간은 삶을 살아가면서 매일매일 어떤 목적을 이루기 위해 자의든
타의든 몸과 마음을 다하여 애를 쓰는 존재입니다.

한 가지 목표를 세우고 해야 할 일에 최선을 다하면 하루하루를 헛되이 낭
비하지 않고 알차게 보낼 수 있으니까요. 이를 우리는 노력의 진정한 의미
이며 가치라고 합니다.

노력은 때로는 살아가는 인생의 윤곽을, 때로는 주어진 운명의 실체를 결
정짓는 매체가 되기도 합니다. 그만큼 노력은 삶에 도전하며 살아가는 우
리 인간에게는 한 순간도 게을리 할 수 없고, 소홀히 할 수도 없는 중요한
자기지침서이기도 합니다.

그러나 진정한 노력은 잠시 동안만 일어나는 일시적인 것이거나 일정한
기간에 한정되어 있는 한시적인 것으로 끝나서는 안 됩니다.

모든 노력에는 끊이지 않고 이어지는 연속성과 오래도록 유지되는 지속
성이 필요한 법입니다. 처음부터 도중하차를 염두에 두고 하는 노력은 진
정한 노력이라고 할 수 없으니까요. 그리고 노력에는 은근과 끈기라는 배

경이 필요합니다. 은근과 끈기를 대수롭지 않게 여기는 노력은 한계를 빨리 느끼기 쉬우니까요.

노력은 말로는 쉽습니다. 그러나 행동으로는 어려운 게 노력이기도 합니다. 그렇듯 노력은 두 개의 얼굴을 가지고 있습니다. 자기 하기 나름에 따라 때로는 독이 되기도 하고, 때로는 약이 되기도 하고, 주위 여건이나 상황에 따라 시들해지기도 하고, 그 반대일 수도 있으니까요.

인간이 하는 모든 일에는 영원한 것은 있을 수 없습니다. 그러나 노력만큼은 영원할수록 좋습니다. 그 어떠한 악조건 속에서도 도중하차라는 불명예스런 의지로 중단되지 않는 노력이야 말로 노력의 진짜 얼굴이니까요.

노력에는 남보다 앞장서서 행동하는 솔선수범의 의지가 따라야 합니다. 다른 사람이 하니까 나도 그냥 따라해야지 하는 모방심리로 하는 노력은 빛 좋은 개살구에 지나지 않습니다. 실속이 없는 노력은 아무 쓸모가 없는 빈 깡통이나 다를 바 없으니까요.

그리고 노력에는 창조성이 따라야 합니다. 창조성이 아예 없거나 턱없이 모자라는 노력은 오래가지 못하는 법이니까요. 창조성이 결여된 노력은, 노력하는 과정에서 수정이 필요할 때 즉각적으로 대응할 수 없기 때문입니다.

노력은 즉흥적으로 변덕을 부리는 고약한 속성을 가지고 있습니다.

잠시라도 다른 데 한눈을 팔면 자신의 의지와는 정반대로 방향을 잡고 마는 변덕이 심한 녀석이니까요.


## 시작한 노력은 소홀히 하지 마세요!

굳이 시작이 반이라는 속담을 강조하지 않더라도 자신과의 약속을 지킨다는 마음으로 노력에 충실히 임하세요.

자기 자신과의 약속도 지키지 못하는 의지박약한 사람은 죽자 사자 노력을 한들 그 결과는 시작은 좋으나 마무리가 좋지 않은 용두사미로 끝나기 십상이니까요.

모든 노력은 하나의 일에 자기 내면에 존재하는 힘과 능력 그리고 잠재의식을 빌려서 자신의 역량을 밖으로 유감없이 표출해야 하는 정직한 행위라야 합니다. 자기 자신을 희생한다는 마음으로 노력을 다한다면 결코 이루지 못할 것은 없는 법이니까요.

다른 사람이 하니까 나도 그냥 따라해야지 하는
모방심리로 하는 노력은 빛 좋은 개살구에 지나지 않으며,
실속이 없는 노력은 아무 쓸모가 없는
빈 깡통이나 다를 바 없다.

# 097
# 주관과 객관의 차이

청년기에는 주관이 지배하고 노년기에는 사색이 지배한다. 청년기는 작가로서 알맞은 시기요
노년기는 철학에 적합한 시기다. 실천하는데 있어서도 청년기는 주관과 인상에 따라 결심하지만
노년기에는 대부분이 사색한 다음에 결정한다.

_ 쇼펜하우어

우리 인간은 어쩌면 자아의 주체라고 할 수 있는 주관과 제삼자의 주체라
고 할 수 있는 객관의 틈바구니 속에서 알게 모르게 갈등하고 반목하는 존
재인지도 모릅니다.

『개개인의 눈에 보이는 사물에 대한 지각知覺은 극히 주관적으로 흐르기
쉽다.』
이 말은 자기만의 견해나 관점을 기초로 하는 주관적인 개념은 제삼자의
입장에서 사물을 보는 객관적인 것과는 달리 경우에 따라서는 일방적일
수 있다는 뜻입니다.
우리는 개개인의 주관이 일방적으로 흐를 때 자칫 보편적인 판단의 기준
이 흐려지기 쉽다는 사실을 알아야 합니다. 하나의 대상에 대한 판단이 흐
려지게 되면 사리분별에 대한 감각이 무디어지기 마련이니까요.
그러나 주관도 주관 나름이라는 역설적인 표현도 있습니다. 자기 나름의
진정한 의미가 내포되어 있지 않은 주관은 주관이 아닐 수도 있으니까요.

예를 들어, 매일매일 지나치는 길가에 줄지어 서 있는 가로수도 우리가 눈길을 주지 않으면 아무런 의미가 없는 것처럼 주관 역시 자신이 관심을 두지 않으면 아무런 가치가 없는 법이니까요.

『자기 주관에 나름의 의미를 부여하는 것은 가치관의 문제이다.』
이 말은 가치관이 있는 주관은 다른 사람에게 어필할 수 있지만, 가치관이 없는 주관은 궤변에 불과할 따름이며, 자신이 아닌 제삼자의 생각이나 의지에 대입될 수 있는 설득력이나 신빙성이 그만큼 부족하다는 뜻의 어느 석학碩學의 말씀입니다.
하나의 주관은 우리 주위에 실제로 존재하는 사물을 보고 느끼는 순수감정과는 다릅니다. 하나의 감정은 오감을 통해 일어나는 마음이나 느끼는 기분이지만, 주관은 실제로 존재하는 사물의 이치나 도리를 분별하는 능력이기 때문입니다.
스스로 알아서 깨닫는 지각의 범위를 벗어나는 주관은 주관으로 바로 설수 없습니다. 좌우대칭이 아닌 한쪽으로 기울어진 삐딱한 주관으로는 제삼자에게 오해만 불러일으키는 요인으로 작용하기 쉬우니까요.
그렇습니다.

형평성을 무시한 삐딱한 주관으로는 제삼자의 이해를 돕는 명확한 의사 전달을 할 수 없으니까요.


## 주관에 나름의 의미를 부여하세요!

나름의 의미를 부여함으로 해서 주어진 환경이나 상황에 따라 자신의 생각과 감정을 냉정하게 추스를 수 있는 여유와 여지를 얻을 수 있습니다. 그런 여유와 여지 속에서 재생산 되는 주관은 건설적이며 능률적이며 생산적입니다. 그만큼 어떤 일을 좋은 방향으로 좋은 조건으로 이끌어가는 힘이 생기기 마련이니까요.

다만, 자기 주관에 구속되어서는 안 됩니다. 이때의 구속의 의미는 자신의 주관을 너무 자만하거나 너무 과신하지 말라는 뜻입니다. 자신 스스로 주관의 노예가 되면 자칫 사물을 객관적으로 볼 수 있는 지각에 오류를 범하기 쉬우니까요.

하나의 주관은 어디까지나 보편타당한 객관적 사고의 바탕 위에서 그려져야 합니다. 객관을 무시한 주관은 그 어떤 경우에도 하나의 생각, 하나의 감정으로 성립될 수 없으니까요. 그 아무리 완벽한 주관이라 해도 말입니다.


좌우대칭이 아닌 한쪽으로 기울어진 삐딱한 주관으로는 제삼자에게 오해만 불러일으키는 요인으로 작용하기 쉬우며, 형평성을 무시한 주관으로는 제삼자의 이해를 돕는 명확한 의사전달을 할 수 없다.

# 098
# 욕망의 마음그릇

욕망이란 처음에는 눈에 보이지 않을 정도로 느리게 진행되다가 일단 그 목적을 달성하고 나면
걷잡을 수 없이 파멸을 향해 달려가는 법이다.

_ 발타자르 그라시안

영양가 없는 음식은 아무리 배불리 먹어본들 이로울 것이 하나 없는 백해
무익입니다.

우리가 안간힘을 쓰며 갖고 싶어 하는 욕망 또한 아무런 생각 없이 무분별
하게 받아들이면 정신세계는 삭막해지고, 육체는 생체리듬을 잃어버리기
마련입니다. 삭막한 정신세계는 이상적인 발전과 개발을 저해하고, 생체
리듬을 잃어버린 육체는 건강에 적신호를 불러들이니까요.

『과유불급過猶不及!』

이 말은 정도程度를 지나침은 미치지 못함과 같다는 뜻이며, 과하거나 부
족함이 없이 한쪽으로 치우침이 없는 중용中庸을 생활화하라는 의미로도
통하는 사자성어입니다.

그런데 우리 인간은 과유불급의 의미를 너무도 잘 알고 있으면서도 그저
입으로만 앵무새 흉내를 낼 뿐 진즉에 행동으로는 실천하지 못하는 미약
한 존재이기도 합니다. 그 이유는 인간의 본능 속에는 너 나 할 것 없이 지

나치게 탐하고 싶은 과욕이라는 그릇을 가지고 있기 때문입니다.

과욕은 사사로운 이익이나 지나친 욕심에서 비롯되는 인간의 본능적이며 원초적인 감정입니다. 다른 사람보다 조금 더 사람답게(?) 살고 싶고, 조금 더 특별나고 유별나게 보이고 싶은 전시효과적 욕망의 발로가 바로 과욕이니까요.

우리는 깨달아야 합니다. 과한 욕심에 눈이 멀면 맨 먼저 마음이 흔들린다는 사실을. 마음이 흔들리면 평정심을 잃는다는 사실을.

우리는 평정심을 잃게 되면 생각이 없는 무뇌無腦가 된다는 사실을 간과해서는 안 됩니다.

혹자는 인간으로 살아가기 위해서나 인정받기 위해서는 욕망이라는 구실(?)은 꼭 필요하다고 말합니다. 그러나 어느 혹자는 욕망은 아예 없는 것이 바람직하지만 그 어떤 환경이나 조건에서 어쩔 수 없이 필요한 것처럼 여겨지고 요구되는 필요악 욕망도 있기 마련이라고 했습니다.

하지만 욕망에 관한 한 필요악 욕망은 반드시 버려야 합니다. 아무 데도 효용가치가 없는 욕망은 허황되고 망상에 지나지 않는 무가치 무의미한 욕망이니까요.

아무 쓸모 짝에도 없는 욕망은 한시라도 빨리 버리는 것이 지혜로움입니다. 이때의 지혜로움은 중용의 정신입니다. 어느 한쪽에도 치우침이 없는 생각과 정신만이 지혜로움으로 가는 지름길이니까요.

효용가치가 있는 욕망이냐 그렇지 않은 욕망이냐 하는 구분은 자신의 몫입니다.

『이건 내가 가질 욕망이 아니야!』라고 판단되는 것이 있으면 그건 자신에게 어울리지 않는 욕망으로 받아들여야 합니다.

욕망은 가지되 자기 분수에 어울리는 최소한의 욕망이 진정한 욕망이 아닐까요?


## 효용가치가 없는 욕망은 탐하지 마세요!

욕망은 탐하면 탐할수록, 취하면 취할수록 잠 못 이루는 밤이 많아질 테니까요.

삶과 일상을 괴롭히는 번뇌와 갈등은 탐욕에서 비롯되는 법입니다.

지금이라도 건전한 정신과 건강한 몸에 어울리는 영양가 있는 건전한 욕망을 품으십시오. 그 욕망은 그 어떤 보약보다도 효과가 크기 마련이니까요.

불순물을 제거한 정제된 순수한 욕망의 그릇을 가지세요. 아직 남아 있는 삶을 윤택하게 하는 자양분滋養分이 될 테니까요.


오늘은 탐욕의 마음그릇은 작으면 작을수록
삶의 질은 행복해지고, 일상에 불필요한 감정들은
저만치 돌아앉는다는 교훈을 일깨우는 하루가 되었으면 합니다.


아무 데도 효용가치가 없는 욕망은
허황되고 망상에 지나지 않는
무가치 무의미한 욕망이다.

# 099
## 고난과 시험 극복하기

고난이 크면 클수록 그것을 극복하고 나서의 영광은 더 크다.
노련한 조종사는 영예를 폭풍과 폭우에서 획득한다.

_ 에피쿠로스

너와 나, 우리 모두는 삶을 살아가는 동안 때로는 누구나 다 예외 없이 고난이란 이름 앞에 굴욕의 무릎을 꿇을 때가 있습니다. 하지만 고난이 없는 삶은 이 세상에 없습니다. 삶이라는 무게에 짓눌러 살아가는 한 고난이란 녀석은 불청객처럼 어김없이(?) 불쑥 찾아오기 마련이니까요.

우리가 초대를 했든 하지 않았든 낯선 얼굴로 우리 주위를 어슬렁거리며 기회를 엿보고 있는 것이 고난이란 나쁜 녀석입니다.

『이것이 바로 고난이구나!』하고 느끼는 순간, 우리는 그때서야 고난의 실체를 실감하게 됩니다. 그런데 유감스럽게도 실감이 실감으로 끝나면 그나마 다행스러운 일이겠지요. 하지만 고난이란 녀석은 또 다른 고난을 미리 준비시켜 놓는 음흉한 속성 덩어리입니다. 우리를 고난에 빠트려놓고 제2, 제3의 고난으로 우리를 수도 없이 괴롭히는 고약하기 짝이 없는 녀석이니까요.

그렇습니다.

고난이란 녀석은 괴롭힘이란 전매특허로 우리의 의지를 수시로 시험하고 저울질하려 듭니다. 우리 인간은 그 시험과 저울질 속에 어쩔 수 없이 때로는 방황하고 때로는 갈등하는 그지없이 약한 존재입니다. 그 방황과 갈등 속에서 우리는 우리 자신의 정체성을 잃기도 하고 의심하기도 하니까요.

고난이란 녀석은 한번 빠지게 되면 좀처럼 헤어날 수 없는 늪처럼 우리를 사정없이 옥죄는 못된 만행을 서슴지 않습니다.

하지만 우리는 다행스럽게도 조물주로부터 고난에서 탈출할 수 있는 권리를 부여 받은 존재이기도 합니다. 우리 인간은 고난이 휘두르는 횡포에 저항할 수 있는 백신을 스스로 주사할 수 있는 능력의 소유자이니까요.

우리네 삶은 궂은 날이 있으면 맑은 날이 있기 마련이고, 내리막길이 있으면 오르막길이 있기 마련입니다. 평생 동안 그림자처럼 따라다니는 고난은 없습니다. 그러나 무작정 버틴다고 저절로 달아나는 고난은 결코 없습니다. 지금이 고난의 순간이다 싶을 때는 확고한 결단과 희망으로 당당하게 맞설 줄 아는 강한 배짱이 있어야 합니다.

『왜 나는 이 상태를 고난이라고 생각하는가?』

『왜 나는 고난 속에 갇혀 바둥거려야만 하는가?』

『이 고난을 떨쳐버릴 수 있는 방법은 없을까?』

우리는 이런 자문으로 고난이란 녀석을 면밀히 관찰하고 분석하지 않으면 안 됩니다.

그리고 고난이 자신을 시험하는 과정에 있다는 것을 깨달아야 하니까요.

시험은 고달프기 마련입니다. 그렇다고 피해갈 수도 없습니다.

피할 수 없다면 차라리 즐기는 기분으로 대담하게 정면대결로 맞서십시오.

담대한 정신무장으로 당당하게 기선을 제압하고 말겠다는 오기로 말입니다. 오기로 맞서기 전에 다잡아야 하는 마음가짐은 처음부터 지레 겁을 먹지 않겠다는 확고하고 강인한 의지입니다.

•

능히 있을 수 있는 시험이라고 판단이 되면 감사하는 마음으로 받아들이는 게 백번 낫지 않을까요?

그렇습니다.

시작부터 주눅이 들어 스스로 꼬리를 내리거나 사리면 고난이란 녀석은 그걸 우리의 약점으로 알아채고 또 다른 고난으로 공격하기 마련이니까요.


## 고난을 시험으로 받아들이세요!

그런 다음 온몸을 내던져 과감하게 행동하십시오. 과감한 행동은 때로는 최고의 공격인 동시에 최선의 방어일 수 있으니까요.

고난이란 녀석은 괴롭힘이란 전매특허로 우리의 의지를 수시로 시험하고 저울질하려 드는 나쁜 속성을 가지고 있다.

# 100
# 끝의 미학

"난 못해" 라는 말은 아무것도 이루지 못하지만 "해볼 거야" 라는 말은
기적을 만들어 낸다.

_ 조지 P 번햄

『시작한 것은 모두 다 끝이 있기 마련이다.』
『시작은 끝을 위한 하나의 과정이다.』

이 말은 만물의 이치이며 진리인 동시에 자기 나름의 삶을 살아가야 하는
인간이라면 결코 거부할 수 없고, 감히 부정할 수도 없는 불문율입니다.
우리 인간이 살아가는 조건과 환경에는 끝은 항상 숙명처럼 따라 다니기
마련입니다. 끝이 없는 시작이 없듯, 시작이 없는 끝 또한 아무런 의미와
아무런 가치가 없으니까요.
끝은 자연의 섭리攝理처럼 일정하게 돌고 도는 과정의 마무리 단계인 동시
에 중심입니다.
중심이 없는 끝은 방향타를 잃어버린 배와 다를 바 없습니다.
끝은 우리를 때로는 아무런 이유 없이 두렵게 하고, 때로는 아무런 까닭
없이 망설이게 합니다.
우리는 생각하고 행동하고 느끼며 살아갈 수밖에 없는 인간인 이상 이것

을 과연 끝이라 할 수 있을까? 이것이 과연 끝이 될 수 있을까? 하고 감히 장담할 수 없는 것이 우리 인간의 한계이니까요.

그렇습니다.

소위 만물의 영장이라고 자부하는 우리 인간은 기계적인 메커니즘의 주입에 따라 움직이는 로봇이 아닌 이상 항상 끝에 대한 막연한 동경심으로 살아갈 수밖에 없는 불완전한 존재인지도 모릅니다.

하나의 끝은 시작만큼이나 상대하기 어렵고 두려운 존재이며, 시작 또한 아무리 거창하다 해도 끝이 엉성하거나 허술하지 않을까 하는 자기의문에 사로잡히는 것이 우리 인간의 보편적인 심리입니다.

하지만 어차피 무슨 일이든 끝이라는 마지막 매듭을 피해갈 수는 없습니다. 그렇다고 막연한 기대감을 불러일으키는 끝이 의미하는 명분에 스스로 집착하는 어리석은 포로가 되어선 안 됩니다.

끝은 우리 자신 스스로가 슬기롭게 풀어나가야 하는 삶의 중요한 과제이며 소중한 이상理想 그 이상 그 이하도 아니니까요.

끝은 시작한 일에 대한 성취욕이기도 합니다.

성취욕은 일의 끝을 통해서만이 얻을 수 있고 느낄 수 있는 자기만족입니다. 성취욕에 대한 갈증을 느끼지 못하는 사람은 일에 대한 승부근성이 부족한 사람이라 할 수 있습니다.

끝은 결코 두려움의 상대가 아닙니다. 끝에 대한 두려움을 떨쳐버리고 그 어떤 경우에도 흔들리지 않고 나름의 의지로 주어진 일에 전심전력을 다할 때 우리는 비로소 끝이 주는 성취감에 웃을 수 있을 테니까요.

오늘도 우리네 삶의 톱니바퀴는 누가 뭐라고 하던 지구의 자전처럼 돌고 돕니다. 돌아가는 만큼 끝은 항상 우리 곁에서 공존하기 마련이며, 그 공존 속에서 우리는 발전과 퇴보를 반복하는 존재입니다

# 끝을 두려워하지 마세요!

두려워하는 순간, 끝은 삶의 의미와 가치를 가늠하는 정신적 발전과 계발
을 외면하고 아무런 일도 없었던 것처럼 냉정하게 돌아앉아 버리니까요.
두려움은 나약한 의지 속에 기생하는, 아무 쓸모 짝에도 없는 반드시 제거
되어야 하는 악성 종양일 뿐입니다.
끝은 새로운 시작을 위한 워밍업입니다.
새로운 시작은 또 하나의 새로운 끝을 향하는 도전정신입니다.
우리의 하루는 새벽과 더불어 열리듯 새로운 시작은 끝으로부터 새롭게
열리는 법입니다.
이때의 새롭게 열린다는 의미는 삶의 소중함이며, 소중한 만큼 감사할 줄
알아야 한다는 뜻입니다.
작가가 마지막 문장 끝에 찍는 마침표는 단순히 탈고를 의미하는 부호가
아니라 새로운 글에 대한 새로운 도전의 의미입니다.

오늘은 『끝이 좋아야 시작이 빛난다.』는 마리아노 리베라의
한마디를 되새기고 실천하는 하루가 되었으면 합니다.

끝에 대한 두려움을 떨쳐버리고
그 어떤 경우에도 흔들리지 않고
나름의 의지로 일에 전심전력을 다할 때
우리는 비로소 끝이 주는 성취감에 웃을 수 있다.

# 욕망이라는 이름의 마음그릇

우리 인간은 자신 나름의 삶을 살아가면서 욕망이란 이름의 그릇을 때로는 비우고 때로는 채우기 마련이다.

비우고 채우는 과정에서 우리는 사람다운 사람이 되기도 하고, 사람 답지 않은 사람이 되기도 한다.

전자는 욕망의 그릇을 비울 때 비울 줄 알고 채울 때 채울 줄 하는 지혜로운 사람이고, 후자는 비울 때인 줄 알면서도 비울 줄 모르고 채울 때가 아닌 줄 알면서도 무작정 채우고 보는 어리석은 사람이다.

그릇을 넘쳐흐르는 물은 물의 가치를 상실한 물이듯 적당한 비움과 채움의 미학을 등한시한 욕망그릇은 탐욕과 과욕이란 가면을 쓴 겉치레 허영일 뿐이다.

우리 인간의 삶의 여정은 무엇을 비우고 채우는 과정의 연속에서 자신에게 가장 소중한 것을 찾아가는 길이다.

하지만 우리의 삶은 언제 무엇을 비우고 채우느냐의 결과에 따라 인생의 가치관이 달라진다.

자기분수에 넘치게 채웠다고 해서 삶이 반드시 행복하고 만족스러운 건 아니다.

얼마만큼 채웠으면 얼마만큼 비울 줄 아는 것이 삶의 진정한 행복이고 기쁨이다.

비울 수 있을 때 비우고 채울 때 채울 줄 하는 균형 있는 마음그릇이 오히려 삶의 소중함을 깨닫게 하는 지름길이다.

무엇을 지나치게 탐하는 욕심은 남을 해치고 남을 속이는 것은 물론 자신을 해치고 자신을 속이는 악순환의 함정에 스스로 빠지는 어리석음 그 이상 이하도 아니다.

오늘은 이 책이 자신 나름의 삶을 충실히 살아가는 모든 분들에게 무엇을 비우고 무엇을 채워야 하는지를 깨닫는 자기성찰의 하루가 되기를 소망하고 싶다.

2016년 6월
박치근